COLLECTION FOLIO

Jenny Lecoat

La clandestine de Jersey

Traduit de l'anglais
par Marie-Pierre Bay et Nicolas Castelnau-Bay

Mercure de France

Titre original :
HEDY'S WAR

First published by Polygon, an imprint of Birlinn Ltd., Edinburgh.

Née à Jersey, Jenny Lecoat est documentariste pour la télévision anglaise. *La clandestine de Jersey* est son premier roman.

AVANT-PROPOS

Les événements relatés dans ce livre se sont réellement passés. En 1940, Hedwig Bercu, une jeune fille juive de Vienne, qui avait fui l'Anschluss, se retrouva prise au piège à Jersey dans les îles Anglo-Normandes quand les Allemands les occupèrent.

L'extraordinaire histoire de sa lutte pour survivre, ainsi que le rôle d'un officier allemand et celui d'une habitante de Jersey n'ont réellement été connus que près de soixante ans plus tard. Ils sont à l'origine de ce roman où tout est vrai. Certains noms, toutefois, ont été changés.

1

JERSEY, ÉTÉ 1940

La chaleur du soleil commençait à baisser et les mouettes tournoyaient pour leur dernière pêche de la journée quand les sirènes retentirent. Leur son plaintif s'élevait, puis diminuait, se faisant entendre par-delà les toits d'ardoise et les clochers de la ville, jusque dans les nombreux champs de pommes de terre alentour.

Dans la baie de St Aubin, où les vagues venaient mourir sur le sable, il finit par arriver aux oreilles de Hedy qui somnolait, près du mur de la jetée, et elle se réveilla en sursaut.

Se relevant lentement, elle scruta le ciel. On entendait maintenant un autre bruit, comme un faible gémissement, au loin, à l'est. Elle essaya de reprendre son souffle. Peut-être n'était-ce qu'une fausse alerte de plus ? Depuis deux semaines, il y en avait tous les jours : chaque fois, des avions de reconnaissance se contentaient de survoler l'île, puis repartaient vers la mer, leurs caméras bourrées d'images floues des routes principales et du port. Mais cette fois, c'était différent. Il y avait dans le ronronnement des moteurs quelque chose de brutal – et puis des petits points noirs apparurent au loin dans le ciel bleu. Le bruit devint strident. Alors elle comprit. Il ne s'agissait pas d'une mission de reconnaissance, mais du début.

Cela faisait des jours que les habitants de l'île observaient les panaches de fumée noire s'élever et s'épanouir sur les côtes françaises, ressentant dans leur ventre et dans leurs os la vibration des explosions lointaines. Les femmes passaient des heures à compter et recompter les boîtes de conserve dans leur garde-manger, tandis que les hommes se bousculaient dans les banques pour en retirer les économies de la famille. Les enfants protestaient violemment quand on les coiffait de force d'un masque à gaz. Désormais toute forme d'espoir avait disparu. Personne ne pourrait repousser les agresseurs. Rien ne s'interposerait entre eux et cette île tant convoitée, rien que les flots bleus et le ciel vide. Et maintenant, les avions arrivaient. Hedy les voyait désormais très clairement, encore à une certaine distance, mais elle devina à leur silhouette que c'étaient des stukas, des bombardiers en piqué.

Elle se retourna brusquement, cherchant du regard où se protéger. Le café de plage le plus proche se trouvait à près d'un kilomètre. Elle se baissa pour ramasser son panier et courut escalader trois par trois les marches de l'escalier de pierre menant à la Promenade du front de mer.

Arrivée en haut, elle aperçut, à une centaine de mètres, un tout petit abri ouvert sur les quatre côtés sans rien d'autre à l'intérieur que quatre bancs en bois. Mais il faudrait s'en contenter. Elle se mit à courir et en y arrivant s'écorcha le mollet contre le pied d'un des bancs, sur lequel elle se laissa tomber. Au bout d'un instant elle fut rejointe par une jeune femme l'air terrifiée, sans doute à peine plus âgée qu'elle, qui agrippait par le poignet un petit garçon le visage blême. Maintenant, les avions survolaient le port de St Hélier. L'un d'eux se dirigeait en arc de cercle droit sur eux, dans un grondement de moteur assourdissant au point de noyer les hurlements de l'enfant quand sa mère l'obligea à se coucher par terre. Le violent crépitement des mitrailleuses perça les oreilles de Hedy tandis que des balles ricochaient contre le mur de la Promenade et s'éparpillaient dans toutes les directions. Un instant plus tard, une explosion au loin ébranla le petit abri au point qu'elle crut que le toit allait s'effondrer.

« C'était une bombe ? »

Le visage de la femme était devenu terreux sous son hâle.

« Oui. Près du port, je pense. »

Elle jeta à Hedy un bref regard méfiant. Celle-ci savait pourquoi : à cause de son accent. Même dans un moment pareil, il la distinguait des autres. On voyait qu'elle était étrangère. Mais l'attention de la jeune mère se reporta sur son enfant.

« Oh mon Dieu, qu'avons-nous fait ? murmura-t-elle. Mon mari dit que nous aurions dû accepter d'être évacués quand c'était encore possible. Vous croyez que ç'aurait été mieux de partir ? »

Elle fixait le ciel des yeux et sans lui répondre, Hedy en fit autant. Elle pensait à ses patrons, les Mitchells, embarquant en trébuchant sur cet impossible et très sale cargo, avec leur petite fille qui hurlait et pour tout bagage, un peu de linge de rechange et quelques provisions entassés dans un sac de voyage marron. À cet instant, alors que l'odeur d'essence en train de brûler lui envahissait les narines, elle aurait donné n'importe quoi pour être avec eux. Les jointures de ses doigts devenaient jaunes à force de serrer les lattes du banc. De minces tourbillons de fumée noire s'éparpillaient au-dessus de la baie. À côté d'elle, le petit garçon sanglotait. Elle ravala sa salive un bon coup et se concentra sur la question qui lui tournait sans arrêt dans la tête : dans combien de temps les Allemands débarqueraient-ils ? Rassembleraient-ils les gens, pour les aligner contre un mur et les fusiller ? Et s'ils venaient la chercher, elle, alors... Cela ne servait à rien de réfléchir davantage. Anton, la seule personne dans l'île dont elle savait qu'il était son ami, ne pourrait rien faire pour elle. Le petit abri, qu'elle sentait si fragile, fut ébranlé encore.

Hedy resta recroquevillée sur son siège, silencieuse, écoutant les avions qui tournaient et plongeaient en piqué à un kilomètre à peine, dans le fracas des explosions. Puis, enfin, le grondement des moteurs commença à faiblir et à s'éloigner. Un vieil homme aux cheveux blancs en désordre approchait d'un pas mal assuré et il s'arrêta devant le petit abri pour voir qui était là.

« Les avions sont partis, annonça-t-il. Essayez de rentrer chez vous aussi vite que possible. Ça ne sera plus long avant qu'ils débarquent. »

Hedy avait les yeux fixés sur sa veste, couverte de poussière et de taches de sang.

« Ne vous inquiétez pas, la rassura-t-il. Ce n'est pas moi qui suis blessé. Un type âgé qui marchait près du port s'est pris une balle dans la jambe. On a dû l'emmener à l'hôpital.

— Il y a beaucoup de blessés ? demanda-t-elle. Ou de… »

Elle ne finit pas sa question, en jetant un regard à l'enfant.

« Oui, plusieurs. »

La voix de l'homme tremblait un peu et Hedy sentit monter en elle une bouffée d'angoisse. Elle serra son poing contre ses lèvres et avala encore un bon coup tandis qu'il poursuivait : « Ils ont bombardé une file de camions remplis de pommes de terre qui attendaient d'être déchargés au port. Vraiment, pour l'amour de Dieu, à quoi cela rime-t-il ? »

Il secoua la tête et indiqua d'un geste de quel côté il allait. « Dépêchez-vous, maintenant. » Et il partit.

Hedy, encore tremblante, se mit debout, souhaita bonne chance à la jeune femme et s'en fut le long de la Promenade en direction de la ville, se demandant comment, au nom du ciel, elle réussirait à rentrer chez les Mitchells – en supposant que la maison fût encore là. Elle essaya de marcher vite, mais ses maigres jambes la soutenaient à peine. Elle imagina Hemingway en train de se cacher sous le canapé, dans le salon vide, ses poils gris raides de peur. Elle commençait à regretter d'avoir désobéi aux instructions de Mr Mitchell, lui intimant de le faire piquer. Les yeux pleins de confiance de la pauvre bête l'avaient fait fondre à la porte du cabinet du vétérinaire. Et maintenant, elle n'était pas sûre d'avoir de quoi se nourrir. Alors, un chat…

Quand elle arriva à l'entrée de St Hélier, elle entendit les alarmes des ambulances et les cris d'hommes essayant désespérément de se regrouper pour travailler ensemble. Des colonnes de fumée s'élevaient des immeubles et des bateaux, on voyait des voitures abandonnées, n'importe où. Quelques personnes étaient à la recherche de disparus, d'autres erraient sans but et, sur un banc, un couple âgé pleurait. Hedy se forçait à avancer, à mettre un pied devant l'autre, tâchant délibérément de se raccrocher à la réalité. Autour de l'île, la mer devait grouiller de sous-marins. Bientôt elle verrait partout leurs uniformes vert-de-gris et les entendrait aboyer des ordres. Elle imagina les coups contre la porte, les mains des hommes de la Wehrmacht l'attrapant par les coudes, la maison abandonnée, avec la vaisselle sale encore sur la table. Désormais, tout était possible. Elle se souvenait trop bien de la façon dont les Allemands s'étaient comportés à Vienne.

Particulièrement à l'égard des Juifs.

Elle pressa le pas, projetant son corps en avant, dans son désir d'être rentrée chez elle. Elle avait besoin de retrouver Hemingway et de le serrer contre elle.

*

« J'ai ça. Mais est-ce que ça ne risque pas de nous attirer des ennuis ? »

Anton, de l'embrasure de la porte de sa chambre, lui montrait un caleçon qui avait dû être blanc, maintenant grisâtre et un peu déchiré. De là où elle était, assise près de la fenêtre, Hedy voyait qu'il n'avait pas été lavé. Elle sentit s'esquisser un tout petit sourire sur ses lèvres au mot « ennuis ». Anton pouvait être si prudent, parfois, mais aussi absurdement optimiste. Son visage à lui, comme le sien dont elle vit soudain le reflet dans le miroir, était blême d'épuisement et d'angoisse. Anton vivait seul et Hedy soupçonna que lui aussi avait passé les quatre dernières nuits à contempler les rues désertes, incapable de dormir, en comptant les heures de couvre-feu avec angoisse.

« Trop tard pour s'en inquiéter, répondit Hedy. Et ils ont dit, un drapeau blanc. Ils n'ont pas précisé comment il serait. Regarde, tout le monde fait comme toi. »

Ils se penchèrent à leur fenêtre du premier étage, en plein soleil. Devant eux s'étendait une rue bien nette, bordée d'appartements au-dessus des boutiques et des bureaux, donnant directement sur la chaussée. Partout étaient accrochés des sortes de « produits maison », un tablier blanc, une couche de bébé, un vieux sous-vêtement. Un défi face à la défaite. Anton eut un hochement de tête approbateur et Hedy, prenant soin de ne le toucher que du bout des doigts, prit le caleçon, l'attacha à un manche à balai qu'elle sortit par la fenêtre, laissant à l'intérieur la partie brosse posée sur une chaise, avec une serviette dessus pour l'empêcher de tomber. Pendant qu'ils s'affairaient tous les deux, un bruit de moteur se fit entendre. « Les voilà », murmura Hedy.

La première voiture apparut, très visible de là où ils étaient, une élégante Bentley décapotable pleine d'officiers supérieurs en grand uniforme. La deuxième, une scintillante Daimler, également occupée par des officiers, était suivie de deux ou trois autres semblables. Derrière venait une douzaine de Ford et de Morris, moins impressionnantes, avec des militaires de rang inférieur. Deux motos équipées de side-cars fermaient le cortège. Hedy supposa que tous ces véhicules avaient été volés dans les garages d'habitants de l'île, car les envahisseurs n'auraient guère eu le temps d'en faire venir de tels depuis la France. Même de l'étage où elle se trouvait, l'intense satisfaction des Allemands se lisait sur leurs visages. Sans doute qu'après des mois dans les champs froids et boueux d'Europe, les plages au sable d'un blanc crémeux et les allées bordées d'arbres de cette île si pittoresque faisaient pour eux figure de divine surprise – comme cela avait été le cas pour Hedy.

« Regarde-les. » La voix d'Anton vibrait de colère. « On dirait qu'ils ont conquis l'Angleterre entière, et pas quelques îles au large de Saint-Malo.

— Pour eux, c'est le premier pas, murmura t-elle.

— Ils ne s'attendent pas à ce qu'on les salue, quand même ? »

Hedy scruta les fenêtres des maisons d'en face. À chacune étaient postés des habitants de Jersey, contemplant avec une haine impuissante leurs nouveaux maîtres. Depuis le vendredi soir, il n'y avait plus eu de bombardement autour du port et les dégâts causés sur Weighbridge Place étaient déjà en partie réparés, mais chacun savait qu'aujourd'hui commençait réellement l'occupation. En regardant leurs geôliers arriver, ces gens déversaient intérieurement leur rage contre eux, n'ayant comme seule défense à leur opposer qu'un air maussade.

Hedy fit non de la tête :

« Ils ne nous obligeront pas à les saluer. Ils veulent nous montrer ainsi qu'au monde entier à quel point ils sont civilisés et comment ils ont l'intention de régner sur l'Angleterre. Qu'est-ce qu'ils ont dit déjà ? »

Elle prit sur la petite table d'Anton une brochure dont elle secoua les particules de terre venues du parterre de fleurs où elle avait été jetée :

« Écoute ça : "La liberté de ses paisibles habitants sera solennellement garantie." Elle ricana : « On verra bien ce que cela durera. »

Anton lui pressa l'épaule, pour la rassurer. Elle sentit la chaleur de sa main, son premier contact physique avec quiconque depuis qu'elle avait dit au revoir à la petite fille des Mitchells, en se mordant l'intérieur des joues pour s'empêcher de pleurer. Anton et elle restèrent sans bouger plusieurs minutes, jusqu'à ce que la file de voitures ait disparu et que les fenêtres commencent toutes à se refermer. Les jours suivants, il y aurait bien plus de soldats, de toute évidence, beaucoup plus, mais les habitants de l'île avaient déjà une première image de l'ennemi, cela suffisait pour la journée. Anton alla s'asseoir près de la cheminée, dans son confortable fauteuil habituel soigneusement installé de façon à dissimuler les déchirures du linoléum. Son appartement était petit, en désordre, mais avec un côté bien plus chaleureux que la grande maison vide des Mitchells, et les odeurs qui montaient de la boulangerie du rez-de-chaussée avaient quelque chose de rassurant. Là, Hedy s'était toujours sentie en sécurité.

« Ça ne sert à rien de penser au pire, dit Anton, lisant dans ses pensées.

— Parle pour toi. »

Elle alla s'effondrer sur le seul autre fauteuil, en repliant une jambe sous elle, selon son habitude. Elle ne cessait de tourner entre ses doigts le ruban de sa robe.

« Je suis si bête ! Pourquoi ne suis-je pas partie en Amérique quand j'aurais pu le faire ?

— Tu sais pourquoi.

— J'aurais fini par trouver l'argent d'une manière ou d'une autre au lieu d'abandonner si facilement ! »

Anton se pencha vers elle.

« Voyons, il reste si peu de Juifs ici, une douzaine, peut-être, que probablement, pour les Boches, ça ne vaudra pas la peine de les rechercher. »

Il dut voir la lueur de cynisme dans ses yeux car il reprit : « Je ne crois vraiment pas que ce sera aussi dur ici qu'à Vienne. »

Hedy empoigna ses cheveux.

« Non ? Et même si tu as raison, même s'ils ne s'en prennent pas à mon peuple, tu réalises à quel point nous sommes vulnérables désormais, toi et moi ? Nous sommes des étrangers ici, des étrangers qui parlent allemand. Nous serons entre deux feux.

— Les gens d'ici ne se retourneront pas contre nous comme ça. Ils savent très bien pourquoi nous sommes là.

— Anton, il y a à peine six semaines, ils t'ont embarqué de force dans ce camp d'internement, simplement parce que tu venais d'un pays étranger ennemi.

— Juste le temps de tout vérifier et je suis rentré chez moi. C'est ce que je veux dire : les habitants de Jersey sont très raisonnables.

— Oh vous, les catholiques ! »

La voix d'Hedy s'éleva, puis se cassa : « Vous croyez le monde peuplé de saints ! Tu crois qu'ici on va oublier que les Autrichiens ont lancé des fleurs aux Allemands et les ont acclamés quand ils ont franchi la frontière ? »

Anton écarta les mèches épaisses qui lui retombaient sur les yeux et se renfonça dans son siège. Malgré toute l'affection qu'Hedy lui portait, la façon dont il refusait la discussion la décevait chaque fois. C'était en partie parce qu'il ne voulait réellement pas faire de peine à quiconque et en partie parce qu'il n'aimait pas la confrontation. Peut-être était-ce la raison pour laquelle il n'y avait jamais rien eu de romantique dans son affection pour lui, en dépit de tout ce qui les réunissait. Comme elle se serait sentie mieux protégée, pourtant, si les choses avaient tourné autrement entre eux.

Anton s'agita sur son fauteuil et essaya de changer de sujet :

« Il faut que je réussisse à dormir un peu cette nuit, finit-il par dire. La boulangerie va rouvrir demain. Mr Reis s'attend à ce qu'on soit envahis de clients affolés mais je n'en suis pas trop sûr. Je pense que pour la plupart, les gens essaieront de se comporter comme un jour normal. »

Hedy eut un rire amer : « Oh oui, bien sûr. Tu dis que les boutiques vont rouvrir, ordre du commandant. Et la vie va reprendre comme si de rien n'était. C'est ainsi que tout le monde va se comporter, n'est-ce pas ? Nous allons fermer nos volets à cause du couvre-feu et avancer nos montres d'une heure, pour être à l'heure allemande. Et nous nous dirons que ça va bien se passer. »

Elle commençait à respirer par à-coups. Anton se pencha vers elle :

« Hedy, arrête.

— On circulera en ville en prétendant ne pas mourir de peur à l'idée d'être arrêté. Et moi, je vais rester assise à attendre qu'on vienne m'expédier Dieu sait où par le prochain bateau. Mais tu as raison : à part ça, ce sera un jour normal après l'autre. »

Elle cria presque les derniers mots en tombant à genoux, le corps secoué de sanglots : « Je ne peux pas le supporter, Anton. Pas encore une fois. Je t'en prie, ne les laisse pas m'emmener. »

Il la prit doucement dans ses bras, en chuchotant des mots de réconfort, puis lui tendit un mouchoir. Hedy pleura dix longues minutes tandis qu'Anton préparait du thé, puis la faisait asseoir dans son fauteuil à lui pendant qu'elle le buvait. Après il mit un disque de Rachmaninov sur le gramophone et ils écoutèrent sans bouger la déchirante mélodie, jusqu'à ce que le soleil commence à décliner. Hedy contemplait le ciel par-dessus les toits passer du doré au rose. Elle laissait vagabonder ses pensées, autour de ses parents restés à Vienne et dont les lettres, si précieuses, ne lui parviendraient plus. Autour de Roda, aux cheveux fous et au rire perlé, si courageuse, quand elle avait caché l'enveloppe bourrée de billets dans sa culotte et qu'à elles deux, elles poussaient leur vieille auto, une Steyr, dans des buissons épais, à deux kilomètres de la frontière suisse. Elle se demandait si sa sœur était arrivée jusqu'en Palestine. Puis elle ferma les yeux et somnola un peu. Quand elle se réveilla, Anton lui proposa de nouveau du thé et quelques macarons un peu desséchés rapportés de la boulangerie. Il lui donna une boîte de sardines qui lui restait pour Hemingway. Enfin, quand le ciel devint bleu foncé, ce fut l'heure de partir.

« Je mets ma veste et je te raccompagne, dit-il. Tu ne devrais pas être seule dans la rue. »

Hedy se moucha et se recoiffa avec les doigts. Ce soir représentait un seuil, un moment pour mettre les choses en ordre, tout emballer, tout ranger. Demain, elle achèterait un verrou pour la porte d'entrée, un gros verrou en acier qui cliquerait quand elle le fermerait. C'était ça qu'il lui fallait.

Par la fenêtre, on voyait les étoiles les plus brillantes commencer à surgir de l'obscurité. En les regardant, elle pensa aux opposants, à Vienne, à genoux sur les trottoirs en train d'effacer des slogans protestataires. Les Boches riaient et prétendaient que les seaux renversés et les doigts écrasés l'étaient accidentellement. Les mots tracés à la craie ou avec de la peinture finissaient par disparaître mais le message qu'ils portaient restait gravé dans sa mémoire, ainsi que la promesse de ne jamais oublier le regard de ces hommes-là.

Anton revint, après être allé mettre sa veste. Hedy lui rendit son mouchoir.

« Garde-le », dit-il.

Hedy secoua la tête :

« Non, merci. Je n'en aurai plus besoin. »

*

Le matin du 16 septembre – une date cerclée à l'encre noire sur le calendrier de Hedy – il faisait un beau temps clair et ensoleillé, même si une forte brise soufflait venant du port. Depuis plusieurs jours, les éléments avaient été imprévisibles : une violente tempête, venue de l'Atlantique, s'était engouffrée dans le golfe de Saint-Malo, accompagnée de fortes pluies et d'un vent si vif qu'aux coins des rues de la ville, il arrachait les chapeaux des femmes et secouait les bannières avec la croix gammée accrochées à l'extérieur du Town Hall. De telles bourrasques étaient rares, étant donné le climat doux de l'île, alors que les feuilles des arbres étaient encore vertes et les soirées si claires. Toutefois, Hedy n'avait entendu personne se plaindre, peut-être parce qu'il n'y avait plus de touristes que ce mauvais temps aurait fait fuir – ou alors parce qu'il reflétait bien, en quelque sorte, la dépression généralisée de la population. La veille, en fin de journée, elle avait marché jusqu'à la Promenade longeant la baie de St Aubin et vu des soldats allemands dérouler des kilomètres de barbelés le long de la plage. Il lui sembla que même les vagues reculaient plus vite qu'avant, comme si elles ne voulaient plus rester en ce lieu désormais souillé.

Elle resserra son cardigan sur sa robe tandis qu'elle se hâtait vers les rues commerçantes en se demandant pourquoi le clic-clac de ses talons résonnait si fort sur les pavés, au point que les passants se retournaient sur elle, comme agacés par le bruit. Une fois dans King Street, elle réalisa peu à peu qu'il n'y avait plus de circulation. À part de rares véhicules allemands, les rues de St Hélier étaient devenues piétonnières et le moindre son semblait ricocher d'un mur à l'autre, comme autrefois. Elle nota mentalement de ne plus porter désormais de chaussures à talons dehors. Si elle avait passé les semaines précédentes tel un fantôme, ne sortant que rarement pour faire ses courses ou prendre un peu l'air, ce n'était pas pour se faire remarquer maintenant.

Elle était néanmoins contente d'avoir trouvé un nouveau logement dans le centre, proche des boutiques et du marché couvert de Beresford Street. C'était beaucoup moins confortable que la grande maison des Mitchells désormais réquisitionnée, mais une froide chambre meublée du dernier étage représentait au moins un chez-soi et cela valait mieux que d'être obligée de partir dans un coin perdu à la campagne. Il ne restait plus un seul vélo à vendre nulle part et Hedy avait déjà repéré quelques vieux canassons attelés à des charrettes datant de l'époque édouardienne remplies de marchandises venues de St Mary et St Martin, en conséquence de quoi des quantités de crottin s'accumulaient jusque sur les routes goudronnées. Bientôt, se dit-elle, les rues de Jersey sentiront comme celles que je connaissais dans mon enfance.

Elle regarda sa montre, neuf heures un quart passé, juste assez de temps pour aller acheter des bas avant son rendez-vous. Ce matin, elle avait pourchassé Hemingway à travers sa chambre, un journal à la main, parce qu'il venait de déchirer sa dernière paire. Elle lui cria qu'elle aurait mieux fait de ne pas le garder avec elle. Sortir jambes nues ne se faisait pas et en plus, sûrement pas aujourd'hui, où il était vital d'être à son avantage et de se sentir le mieux possible. Elle se hâta vers le grand magasin Gruchy's, croisant au passage des ménagères avec toutes la même expression d'attente et de peur. Chacune accélérait le pas en passant près d'un groupe de soldats allemands en train de plaisanter – effrayée d'être si près de l'ennemi mais n'osant pas courir de peur que ce soit mal interprété. Et il y avait maintenant des dizaines, peut-être des centaines de militaires en ville, qui venaient regarder les vitrines ou allaient traîner dans les parcs. Comment le Reich disposait-il d'autant de bateaux pour les transporter tous, se demanda Hedy. Elle traversa pour éviter un groupe bruyant de militaires en permission qui s'échangeaient des cigarettes et se tapaient dans le dos les uns des autres. Arrivée devant le magasin, elle poussa la lourde porte en verre et longea plusieurs élégants comptoirs avant d'arriver au rayon bonneterie.

« Excusez-moi, dit-elle, en essayant de gommer son accent le plus possible, mais sans en faire trop, je voudrais acheter des bas. »

La vendeuse, une femme d'une quarantaine d'années, les cheveux noués en chignon, baissa la tête, pour se préparer à annoncer la mauvaise nouvelle à sa cliente : « Je suis désolée, madame, mais nous avons tout vendu. »

Hedy jeta un coup d'œil au présentoir sous sa plaque de verre et vit qu'il était effectivement presque vide. Elle esquissa un sourire forcé, une sorte de rictus, et tout en craignant de commettre un impair demanda :

« Vous n'auriez rien dans vos réserves, par hasard ? »

La vendeuse secoua la tête : « Désolée, je ne peux rien pour vous. »

Elle se pencha, avec un air de conspiratrice, et son parfum fleuri agressa l'odorat de Hedy :

« C'est eux. Ils sont arrivés, amicaux et tout. Mais regardez-moi ça ! Ils se sont rués sur le magasin comme une horde de sauterelles affamées. Ils disaient vouloir tout envoyer à leurs familles, parce que depuis des mois, on ne trouve plus rien chez eux. Les manteaux d'hiver, les ustensiles de cuisine, les tissus, tout, tout. Avez-vous essayé d'acheter du fromage, cette semaine ? Pas moyen, à n'importe quel prix... » Elle avait baissé la voix.

Hedy fit comme elle :

« Vous n'auriez pas pu refuser de les servir ?

— Un officier boche est venu nous prévenir que si nous faisions ça, le directeur du magasin serait jeté en prison. Et d'où recevrons-nous des bas, maintenant, je voudrais bien le savoir. Vous les avez vus au port, cette semaine, qui envoient toutes nos bonnes pommes de terre en France ? Nous, nous allons être censés manger quoi ? Je vais vous dire... »

Le visage de la femme s'éclaira soudain, comme si elle venait d'avoir une idée, et elle parla plus bas encore :

« Je vous donne les bas que je porte aujourd'hui si vous pouvez me trouver deux côtelettes de porc pour ce soir. C'est l'anniversaire de mon homme et je n'ai rien à lui offrir qu'un reste de tripes. »

Hedy la dévisagea, tout en réfléchissant. L'idée d'enfiler des bas déjà portés ne lui plaisait pas du tout, mais pire encore, le fait de réaliser que même si elle l'avait voulu, elle n'aurait pas pu accepter ce genre de marché. Ce matin même, elle avait remarqué que le boucher au bout de sa rue avait affiché une pancarte annonçant « Clients habituels seulement ». Nul doute qu'il devait y avoir des arrangements pour les amis et les connaissances dans une île aussi petite, mais elle n'avait pas les contacts nécessaires. Et elle eut une vision de son avenir en forme de queues interminables, où elle serait toujours la dernière, n'ayant droit qu'à ce que les autres n'avaient pas voulu – ou même à rien du tout.

« Merci. J'apprécie votre proposition, mais je vais tenter ma chance ailleurs. »

La vendeuse haussa les épaules, pour lui signifier qu'elle perdait son temps. Ce qui s'avéra exact. Dans les boutiques voisines, les merceries à l'autre bout de la rue et même la drôle de petite échoppe, derrière le marché, où les vieilles dames venaient acheter des tabliers à l'ancienne mode et des chemises de nuit en flanelle, on lui raconta partout la même histoire. À dix heures moins dix, elle dut s'avouer vaincue et aller, jambes nues, vers son rendez-vous, entendant dans sa tête la voix de sa mère lui disant que les filles bien élevées ne sortaient pas comme ça.

Dès qu'elle arriva au Royal Square, où restait la trace de la croix blanche géante, signe de la reddition de l'île, sur les pavés de granite rose, elle vit une file hétéroclite d'hommes en train de serpenter jusque dans Church Street, serrés les uns contre les autres par deux ou trois. Ils avançaient en traînant les pieds et en échangeant des jurons à voix basse, avant d'entrer dans un « bureau d'inscription » improvisé, installé dans la bibliothèque municipale. Hedy comprit qu'il s'agissait en fait d'enregistrer tous les hommes de Jersey entre dix-huit et cinquante-cinq ans.

Les nazis manifestaient ainsi clairement leur désir d'établir des listes, de classer, de numéroter, préparant les moyens d'identifier chacun à l'avenir. Désormais, rechercher, repérer et convoquer quiconque serait aussi facile que sortir une note de service d'un dossier. Comment disait-on, en anglais ? Ce serait pêcher un poisson dans un tonneau. Le vent se leva et Hedy frissonna.

Quelque part, du milieu de la cohue, des cris de colère s'élevèrent. Elle tendit le cou pour apercevoir un jeune homme coiffé d'une casquette qui gesticulait devant deux soldats allemands, en leur hurlant qu'ils n'avaient pas le droit de traiter ainsi des citoyens respectueux des lois. Elle vit les militaires s'emparer de lui et l'entraîner, sur quoi son cœur s'emballa dans sa poitrine et elle ferma les yeux un instant. Puis elle tapota sa robe, s'éloigna de la foule et se remit en marche sans regarder en arrière. De l'autre côté de la place, elle tourna dans Hill Street et, la tête haute, entra d'un pas assuré dans le bureau des Étrangers.

*

Le lieutenant Kurt Neumann laissa tomber son sac sur le parquet bien ciré du logement qui lui avait été attribué et alla droit jusqu'à la porte-fenêtre à l'autre bout de la pièce baignée de soleil. Il sentait qu'il se mettait à largement sourire, comme un gosse qu'on a emmené pour la première fois à une fête foraine. Quelle vue ! Si seulement il avait un appareil de photo ! Le jardin était splendide. Des rosiers couverts de fleurs blanches et des bosquets de plantes exotiques encadraient une pelouse impeccable, au bout de laquelle se dressait une grille en fer forgé ornementée, ouvrant sur la mer. Ou plutôt, pour employer l'expression anglaise qui convenait, trouvée dans son dictionnaire tout neuf, « le bord de mer ». Ce n'était pas du tout l'océan qu'il connaissait, cette étendue tourmentée et inquiétante qui menaçait d'engloutir des navires et de faire disparaître des soldats. Une vaste étendue d'eau scintillante bleu saphir venait lécher du sable blond parsemé de petites algues noires. Elle vous attirait, vous mettait au défi d'ôter vos bottes et de vous mettre à courir pieds nus le long de cette plage si séduisante. Et s'il n'avait pas dû se rendre à une réunion d'information dix minutes plus tard, c'est exactement ce que Kurt aurait fait aussitôt. Il secoua la tête, émerveillé et reconnaissant d'avoir été envoyé dans un lieu pareil.

L'Unterfeldwebel venu les accueillir au port peu après l'aube avait suggéré un tour guidé de l'île avant de déposer chaque officier au cantonnement qui lui était alloué. À l'arrière de la luisante Morris Eight décapotable, le passager assis à côté de Kurt, un certain lieutenant Fischer qui avait déjà mentionné fièrement trois fois qu'il venait de Munich, étala une carte sur ses genoux et se mit à bombarder le chauffeur de questions sur les positions stratégiques de défense et les fortifications de l'île. Mais Kurt, après un hochement de tête distrait pour faire croire que cela l'intéressait, se contenta de se renfoncer dans la banquette de cuir et de regarder autour de lui, trop content de laisser ces informations lui échapper. Il aurait tout son temps pour travailler plus tard. Là, il voulait s'imprégner du moindre détail.

L'île, semblait-il, avait la forme d'un rectangle. Ils longèrent d'abord la baie de St Aubin, au sud, au-delà du pittoresque port aux constructions de granite, où dansaient des bateaux de pêche, et dépassèrent le coteau de St Brelade, couvert d'une végétation d'un vert luxuriant, et descendirent jusqu'à une étendue de sable blanc. Puis ils remontèrent vers l'ouest, au-delà d'une autre vaste plage et d'une succession de collines. Dix kilomètres plus loin, sur la côte nord, ils longèrent de majestueuses falaises et des petites criques de carte postale aux eaux d'un bleu vert. Maintenant sur la partie est, un paysage lunaire de falaises couleur terre cuite apparut, puis surgit dressé vers le ciel le majestueux château Mont-Orgueil, vieux de plusieurs siècles. À chacun des nombreux virages, chaque fois que la voiture passait sous une épaisse couche de feuillage, Kurt éprouvait un frisson d'excitation. Mais voilà que Fischer et les autres officiers consultaient leurs montres et marmonnaient qu'il fallait maintenant rejoindre leurs cantonnements respectifs et aller se faire enregistrer. Il eut un hochement de tête approbateur, tout en se disant à quel point il aimerait revenir là après la guerre avec son vieux copain Helmut. Il avait entendu parler de projets visant à transformer les îles Anglo-Normandes en un lieu de vacances de luxe pour les militaires quand tout ceci aurait pris fin. Ils descendraient dans un des grands hôtels de l'Esplanade, feraient la tournée des bars, rencontreraient des filles. Ils prendraient du bon temps.

Il s'avéra qu'on lui avait attribué une adresse dans une jolie maison mitoyenne, sur la côte est, dans un quartier nommé Pontac Common. Dès l'entrée, cela sentait la cire et la lavande et les précédents propriétaires avaient soigné la décoration, à base de motifs floraux discrets. Dans le jardin, en train de contempler la mer, Kurt se demanda où ils habitaient maintenant. En dépit de la brise fraîche, le soleil lui réchauffait le visage. Des abeilles bourdonnaient au milieu des roses. Fischer, qu'on lui avait attribué comme compagnon de chambre, apparut à la porte-fenêtre, avec un sourire d'approbation :

« Sacrée vue, n'est-ce pas ?

— Magnifique, répondit Kurt.

— Va pourtant falloir sérieusement mettre de l'ordre dans tout ça. Je parle de la population.

— Vraiment ? »

Kurt nota qu'il portait un badge de l'infanterie d'assaut et l'insigne de bronze du close-combat.

« Directives de Berlin en ce qui concerne les relations publiques. »

Fischer renifla et écrasa le mégot de son cigare sur la pelouse : « La coopération a bien fonctionné avec le gouvernement local les premières semaines et à mon avis, cela n'augure rien de bon. »

Kurt hocha la tête, en signe d'accord, tout en se demandant ce que cela voulait dire. « Apparemment, ils n'ont même pas encore rassemblé ces porcs de Juifs. »

Kurt tira une longue bouffée de sa cigarette, comprenant que la partie agréable de la journée allait prendre fin.

« Et ils ont l'intention de le faire ?

— On les enregistre cette semaine. Après, on verra. »

Fischer aspira largement l'air de la mer : « Oui, je crois qu'on pourra vraiment faire quelque chose de cet endroit. »

*

Hedy observait Clifford Orange, le chef du bureau des Étrangers de Jersey, en train de s'installer à sa table, puis de laisser courir ses mains dessus, comme pour en éprouver la solidité. C'était un homme d'âge moyen, à la peau des joues flasque, qui commençait à perdre ses cheveux mais arborait une petite moustache, et dont les sourcils étaient si épais qu'ils semblaient prêts à se mettre soudain à bouger. Au plafond pendait un lustre beaucoup trop important pour la pièce, le soleil entrait à flots par la fenêtre et faisait luire le parquet. Derrière les vitres, Hedy apercevait les arbres du cimetière municipal. Elle s'assit sur un des sièges rembourrés, face au bureau, et croisa les mains sur son sac, posé sur ses genoux, en signe d'obéissance et de respect, du moins l'espérait-elle. Elle esquissa un petit sourire, mais Orange se plongeait déjà dans le dossier ouvert devant lui.

« Donc, Miss Bercu. Que je me rafraîchisse la mémoire. Vous avez vingt et un ans, vous êtes arrivée à Jersey le 15 novembre 1938 et vous habitez actuellement 28 New Street. Est-ce exact ?

— C'est exact. Au dernier étage. »

Il leva les yeux et lui lança un regard plein de curiosité. Hedy soupçonnait que sa maîtrise de l'anglais l'intriguait. Elle se demanda s'il s'était attendu qu'elle aboie.

« À votre arrivée, vous étiez en possession d'un visa britannique récent, au nom d'Hedwig Bercu-Goldenberg, d'un passeport étranger délivré à Vienne le mois de septembre précédent et d'une carte d'identité avec le statut de citoyenne roumaine, délivrée également à Vienne en mai 1937 au nom d'Hedwig Goldenberg. »

Il posa les papiers sur la table et la regarda droit dans les yeux :

« Pouvez-vous m'expliquer ces variations autour de votre état civil ?

— Je crois l'avoir déjà fait. Bercu est le nom

de mon beau-père et Goldenberg celui de ma mère.

— Votre beau-père ?

— Je ne sais pas qui était mon vrai père. Après ma naissance, ma mère a épousé un Roumain et j'ai pris son nom. »

À la fin de sa phrase, Hedy déglutit et fut désagréablement consciente de la sueur sur sa lèvre supérieure. Elle avait répété cette histoire une douzaine de fois chez elle avec Anton, mais la réciter là, dans un cadre officiel, c'était différent.

Orange prit un stylo et nota soigneusement quelque chose dans son dossier.

« Donc, Goldenberg étant un nom juif, en réalité vous êtes juive.

— Non. »

Il reboucha son stylo et le remit soigneusement en place, parallèlement au buvard.

« Vous n'êtes pas juive ?

— J'ai été élevée dans la religion protestante. Mon beau-père est juif et ma mère a adopté sa religion quand ils se sont mariés, mais moi, je n'ai pas de sang juif. »

Elle tenta à nouveau de sourire, mais sans succès, cette fois. Chaque parole mensongère lui emplissait toute la bouche. Orange la regarda longuement et elle réalisa qu'il contemplait ses cheveux, relevés aujourd'hui en chignon, spécialement pour ce rendez-vous. Hedy savait que leur teinte blond doré, un héritage de sa grand-mère maternelle, serait son meilleur alibi face à quelqu'un comme lui qui n'avait dû voir des Juifs qu'en images dans des livres – mais maintenant, il semblait mettre en doute leur authenticité. Peut-être lui avait-on raconté que les femmes juives portent des perruques.

« Vous me dites que votre mère, dont le nom est Goldenberg, était en fait protestante ?

— Oui. »

Ses mains agrippaient maintenant son sac, comme s'il risquait de s'envoler.

Orange se leva et alla jusqu'à la fenêtre contempler le clocher de l'église normande d'un air d'intense concentration.

« Vous voyez, Miss Bercu, je me trouve dans une position extrêmement difficile. J'imagine que vous comprenez la relation qui existe entre les autorités de Jersey et le nouveau haut commandement allemand ?

— Pas vraiment. »

Il lissa sa moustache avec le pouce et l'index :

« C'est quelque chose d'extrêmement délicat. L'administration civile de Jersey fonctionne comme avant, mais nous devons accepter et exécuter les ordres de nos nouveaux maîtres. Or les Allemands ont demandé que tous les Juifs vivant dans les îles Anglo-Normandes soient enregistrés à part du reste de la population. »

Il se retourna et lui fit face :

« Donc je manquerais à mes devoirs si je n'enregistrais pas toute personne juive auprès du haut commandement allemand.

— Mais je ne suis pas juive. »

Il poussa un soupir assez profond pour qu'elle puisse l'entendre :

« Pardonnez-moi, mais je trouve vos explications insuffisantes à la lueur des documents que nous avons. Si vous étiez capable de prouver vos origines…

— Pourquoi est-ce à moi de fournir des preuves ? Si vous ne me croyez pas, n'est-ce pas à vous ou aux Allemands de prouver que je suis juive ? »

Elle se tut et se mordit les lèvres, en se souvenant du conseil d'Anton : répliquer, mais jamais provoquer. Elle enfonça ses ongles dans ses paumes. Orange, maintenant, la foudroyait du regard et il revint s'asseoir, comme pour en finir.

« Au contraire, déclara-t-il. Les instructions du haut commandement allemand sont très claires. Quand il y a doute, les précautions exigent que la personne soit déclarée juive. »

Hedy inspira un bon coup. Elle sentait qu'il ne lui restait que quelques secondes :

« Mr Orange… » Elle prit soin de prononcer son nom à la française, sans appuyer sur le « g » comme en anglais. « J'ai vu à Vienne comment les Allemands traitent les Juifs. Si vous m'enregistrez comme juive, je serai constamment surveillée. Je risque d'être emprisonnée ou peut-être pire. Vous me mettriez gravement en danger. »

Orange fronça les sourcils, comme un père déçu par son enfant indiscipliné :

« Aucune réelle mesure n'a été prise contre les étrangers juifs.

— Cela ne veut pas dire qu'aucune n'est prévue.

— Si vous avez si peur des Allemands, pourquoi n'avez-vous pas accepté d'être évacuée en juin ?

— Je l'aurais fait si l'Angleterre avait reconnu mon visa actuel. »

Elle tapota sa lèvre supérieure du dos d'une main : « Si vous fournissez aux Allemands les explications que je vous ai données aujourd'hui, ils accepteront votre parole. Il n'y a aucune raison qu'on mette en doute mon statut racial pendant le reste de la guerre. »

Elle essaya de croiser son regard, pour un dernier appel au secours. Orange baissa les yeux une fois de plus sur son dossier, les leva vers elle, les baissa de nouveau :

« Je regrette, Miss Bercu, mais étant donné les informations dont je dispose, ce serait une erreur de ma part de ne pas vous classer comme issue de famille juive roumaine, selon les règles en vigueur. Si je ne les respectais pas, je ne prendrais pas seulement des risques pour moi, au cas où les Allemands découvriraient un jour ce que j'ai fait, mais pour la relation de coopération entre le gouvernement de Jersey et l'occupant, relation dont dépend la sécurité de notre île. Je suis sûr que vous comprenez. »

Elle continua à le dévisager. Semblant soudain mal à l'aise, il se mit à bavarder d'un ton enjoué en déplaçant ses papiers sur le bureau. « Vous n'avez vraiment rien à craindre, vous savez. S'il y a eu des irrégularités commises dans votre pays d'origine, ici, s'enregistrer est une simple formalité. Cela fait partie du zèle des Allemands à l'égard d'une bonne administration. Ceux d'entre nous qui ont eu affaire à eux les ont trouvés parfaitement raisonnables et courtois. Nous devons simplement obéir à leurs règles dans un futur immédiat. »

Hedy savait qu'il attendait qu'elle se lève, mais elle ne bougea pas, comme si rester assise pouvait encore changer le cours de son destin. « Eh bien, je crois que ce sera tout pour aujourd'hui. »

C'était fini. Elle se mit debout avec difficulté, essayant de bien réaliser sa nouvelle situation. Son sort étant désormais scellé, sa vie transformée d'un seul trait de plume. Elle regarda autour d'elle, enregistrant mentalement d'autres détails dans la pièce – la lampe de banquier en cuivre, inclinée comme il convient à quarante-cinq degrés, les rayonnages où s'alignaient en impeccable ordre alphabétique les dossiers juridiques de Jersey. Et tout au fond, dans un coin, il y avait un globe terrestre posé sur un guéridon, recouvert d'une fine couche de poussière, sans doute là depuis des mois. Hedy n'avait jamais eu la moindre chance.

Orange lui tendit la main :

« Bonne journée, Miss Bercu. »

Elle le regarda bien en face, sans tendre la sienne.

« *Fich dich selbst.* » (Va te faire f…)

Puis elle tourna les talons et repartit.

2

1941

Dans la baie de St Ouen, sur la côte ouest, la partie la plus sauvage et la plus spectaculaire de l'île, une plage de sable immaculé se déployait sur huit kilomètres, en un arc de cercle parfait. Venaient y mourir les énormes vagues couronnées d'écume remontant vers le golfe depuis l'Atlantique, qui s'écrasaient dans un fracas de tanks en marche. À chaque extrémité seuls des affleurements rocheux coupaient la perspective et environ six cents mètres plus loin se dressait la tour La Rocco, un solide petit édifice datant de l'époque napoléonienne, résistant toujours aux forts courants. Hedy l'aimait beaucoup. La plage était son but de promenade préféré, malgré le vent très vif qui traversait le tissu rongé par l'usure de son vieux manteau de laine. Et parce qu'elle n'avait pas la colle qu'il aurait fallu, la semelle de sa bottine gauche menaçait de se séparer du reste de la chaussure. C'était sa dernière paire.

Cette année-là, le printemps refusait de se

montrer. Le soleil qui, à ce moment de l'année, aurait dû chauffer la terre et inciter les fleurs et les tomates à pousser prématurément et à donner aux pommes de terre leur petit goût de noisette si spécial était pâle et mouillé. Hedy avançait le long du chemin encombré de paquets d'algues et sentait le sable lui gratter les doigts de pieds. Derrière la vaste plage, des dunes ondulaient en pente douce jusqu'à des terres agricoles. Si une contre-attaque alliée survenait, ce serait sûrement là. Rien d'étonnant si cette baie se couvrait de béton et d'acier, reflétant l'obsession de Hitler d'édifier son bien-aimé mur de l'Atlantique en prévision d'une invasion dont il était sûr qu'elle se préparait. Les vibrations annonçant l'arrivée de camions firent se retourner Hedy qui vit une colonne remonter le long de Five Mile Road, avec des chargements de ciment et de barbelés. On posait des mines sur tout le bord de mer et des blockhaus surgissaient depuis La Pulente, au sud, jusqu'à la pointe de Grosnez au nord, de lourdes masses grises, avec d'étroites fentes, par où viser, des gros bunkers en béton équipés d'armes. St Ouen n'aurait plus jamais le même aspect.

Le bus pour rentrer en ville devait arriver dans vingt minutes. Elle hésita à continuer sa promenade jusqu'à Le Braye, mais y renonça. Il n'y avait qu'un seul service aujourd'hui et si elle calculait mal son temps, elle savait qu'elle n'aurait pas la force de courir l'attraper, pas plus que celle de faire à pied les six kilomètres pour rentrer en ville. Ces derniers mois, elle avait compris l'importance d'avoir du gras dans la nourriture et ce qui se passait quand on en manquait. En frissonnant encore un peu, elle fourra ses mains dans ses poches et se dirigea vers la station, d'un pas mal assuré, heureuse qu'il y ait un banc de pierre, sur lequel elle se laissa tomber et attendit que son souffle redevienne normal. C'est alors qu'elle repéra un exemplaire de l'*Evening Post* de la veille, abandonné dans l'herbe.

Surprise, elle regarda autour d'elle, s'attendant un peu que quelqu'un vienne le rechercher. Un journal, ça servait à allumer le feu, à bloquer les courants d'air, à nettoyer les vitres. En jeter un numéro entier était impensable et le propriétaire serait furieux de s'apercevoir l'avoir perdu. Enchantée de sa trouvaille, un vrai trésor, Hedy feuilleta les huit pages en deux langues remplies d'articles de propagande et d'ordres divers déguisés en nouvelles du jour. Plus tard, elle s'amuserait à les scruter à la recherche d'erreurs de traduction, certaines faites délibérément par les journalistes de Jersey pour que les lecteurs sachent exactement quels passages leur avaient été dictés. Et elle lirait aussi les colonnes « à échanger » et « d'occasion », même si elle avait troqué depuis longtemps jusqu'au moindre objet ayant une valeur quelconque et dont elle pouvait se passer.

Tout en lisant distraitement, son œil fut attiré, page 3, par un titre : « TROISIÈME DIRECTIVE, relative aux mesures concernant les Juifs. » Le même texte avait déjà été publié la semaine précédente et elle n'avait nulle envie de le relire. Mais, attirée par une curiosité malsaine, elle le fit quand même :

« … auront l'interdiction de se livrer aux activités économiques suivantes :

a. Ventes en gros et en détail.
b. Travailler dans les hôtels et les restaurants.
c. Les assurances.
d. La navigation.
c. Stocker ou expédier des marchandises.
f. Travailler dans les agences de voyage et les bureaux de tourisme.
g. Travailler comme guide.
h. Dans le transport sous toutes ses formes, y compris la location de voitures et autres véhicules.
i. La banque et les bureaux de change. »

La liste continuait jusqu'au bas de la page, mais Hedy replia le journal et le fourra dans la poche intérieure de son manteau. Aussi déprimant que cela soit, cela ne changeait rien pour elle. De toutes les façons, personne n'engagerait une Juive de peur de déplaire aux Allemands. Même avoir été embauchée comme femme de ménage dans une école avait été déclaré « trop risqué » par le directeur, qui la renvoya avec une semaine de salaire et de vagues remarques sur « du travail mal fait dans les toilettes ». Depuis trois mois, elle ne vivait plus que sur ses maigres économies et la charité d'Anton qui mettait de côté pour elle un peu de pain trop cuit à la boulangerie ou lui glissait quelques pièces pour acheter les rations auxquelles elle avait encore droit. Mais ce matin-là, en se couvrant le plus possible pour sa promenade, elle ne pouvait pas ne pas voir à quel point ses vêtements flottaient sur elle et comme sa peau, auparavant douce et crémeuse, devenait sèche et terne. En fin de compte, les Allemands n'allaient pas la fusiller. Ils la laisseraient tout simplement mourir de faim.

Le bus arriva, bondé, et après avoir soigneusement compté ses petites pièces pour payer son ticket, elle se faufila à l'intérieur et trouva une place assise tout au fond. Comment se concentrer sur le paysage et ne pas avoir à parler avec quelqu'un ? Trop souvent, les gens avaient un mouvement de recul, en entendant son accent, et la prenaient pour une secrétaire allemande ou pire, une espionne. Par les temps qui courent, mieux vaut se faire invisible et rester silencieuse, se disait-elle. Le bus remontait la colline et Hedy se tordit le cou pour apercevoir la tour La Rocco disparaître par la vitre arrière, les vagues tourbillonnant autour de son rocher.

Au moins, ce jour-là, quelque chose d'agréable l'attendait. Anton lui avait proposé un billet pour aller voir au cinéma West *Le Magicien d'Oz*, et même si elle l'avait déjà vu six fois, étant donné que la salle ne passait rien d'autre depuis l'année dernière, cela ferait un agréable changement, au lieu d'une soirée solitaire de plus chez elle. Avant, on pouvait acheter du chocolat chaud à l'entracte, mais plus rien d'aussi luxueux désormais. Hedy saliva et son estomac se mit à gargouiller en y pensant. Le reste du trajet, elle se força à compter les camions de soldats sur la route. Rêver à de la nourriture ne servait qu'à vous rendre malheureux.

Elle descendit à l'arrêt Weighbridge et se dirigea vers le cinéma où une queue s'était formée qui allait déjà jusqu'au bout de la rue. Il n'y avait là que des habitants de Jersey – les Allemands préférant voir des films dans leur langue, dans un autre cinéma, le Forum. Elle chercha Anton des yeux et crut d'abord être arrivée avant lui. Et puis elle le vit, au milieu de la queue, ses mèches toujours en désordre cette fois bien peignées en arrière, lui donnant un air très élégant. Il était comme collé à une femme un peu plus âgée que lui, au pâle visage ovale et aux yeux bleu clair. Ses cheveux noirs, coiffés « à la Greer Garson », la célèbre actrice de cinéma, la faisaient paraître plus jeune que ses trente ans et plus, en lui donnant un air fragile. Elle et Anton se tenaient par le bras et il riait à quelque chose qu'elle lui disait d'un vrai rire, comme Hedy n'en entendait plus depuis longtemps. Elle fut emplie de curiosité. Elle avait vu Anton dévisager des jolies filles dans des parcs et des cafés et rougir sans avoir jamais le courage d'en inviter une à sortir avec lui. Elle se fraya un chemin jusqu'à eux et attendit.

Anton eut un large sourire et prit une profonde inspiration comme toujours avant de parler en anglais :

« Hedy, voici Dorothea. Nous nous sommes rencontrés la semaine dernière, quand elle est venue à la boulangerie. »

Dorothea ignora la main tendue de Hedy et lui sauta au cou, les lèvres esquissant déjà un baiser :

« Anton m'a tellement parlé de vous, déclara-t-elle à toute vitesse, je sais à quel point vous êtes amis. J'espère beaucoup que nous le serons aussi toutes les deux. »

Hedy remarqua qu'elle avait les ongles rongés à vif et des mouvements rapides, comme ceux d'un oisillon. Mais le plus étonnant, c'était le fort accent typique de Jersey, qu'elle avait appris à reconnaître. Elle jeta un coup d'œil à Anton, surprise qu'il ait choisi une fille du cru. Elle sourit et dit :

« J'aime bien votre coiffure. »

Dorothea eut l'air ravie :

« Merci. C'est ma mère qui m'a coupé les cheveux. C'est plus simple à entretenir quand on ne trouve plus de shampoing. »

Instinctivement, Hedy toucha ses propres mèches desséchées.

« Et vous venez de Vienne, vous aussi ?

— À l'origine, de Roumanie.

— Et vous êtes juive ? »

Hedy recula d'un pas. Elle lança un regard accusateur à Anton, mais ce dernier, à son grand agacement, gardait les yeux fixés sur Dorothea. Elle indiqua alors ostensiblement la queue, pour signifier que ce n'était pas le genre de conversation à avoir en public. Elle finit par répondre à mi-voix : « Oui, je suis enregistrée en tant que juive ».

Sans réaliser le malaise de Hedy, Dorothea hocha la tête, en signe de sympathie :

« Je trouve affreuse la façon dont on vous traite. Je ne comprends pas pourquoi Hitler hait les Juifs à ce point. Comment êtes-vous censés vous en tirer si vous n'avez pas le droit de travailler ? »

Hedy prit soudain conscience de son manteau usé et de ses chaussures trouées. Mais d'un seul coup, le visage de Dorothea s'illumina : « J'ai une idée ! Je vais vous dire ce que j'ai vu l'autre jour : une petite annonce où on demandait des traducteurs.

— Des traducteurs ? »

Hedy la dévisagea, sans comprendre. « Vous voyez ces nouveaux bureaux que les Allemands sont en train de construire à Millbrook ? Apparemment, ils recherchent des gens qui parlent anglais et allemand. Vous devriez vous présenter. Votre anglais est merveilleux », ajouta Dorothea avec un large sourire.

Hedy ouvrit la bouche, puis la referma, ne sachant pas quoi répondre. Elle se tourna vers Anton pour voir sa réaction, mais il semblait fasciné par ses pieds, comme s'il sentait qu'une tempête allait éclater. Un inconfortable silence s'ensuivit jusqu'à ce que Hedy s'éclaircisse la gorge et articule exprès très lentement : « Vous suggérez que moi, une Juive, je sollicite un poste chez les Allemands ?

— Ils ont sans doute désespérément besoin de gens comme vous, répondit Dorothea, comme si elle lui faisait un compliment. Il n'y a pas grand monde ici qui parle allemand, c'est une langue tellement difficile, n'est-ce pas ? Et l'annonce précisait que c'était bien payé. »

À ce moment, un gamin, en uniforme bordeaux beaucoup trop grand pour lui, ouvrit grand les portes du cinéma et Anton s'avança :

« Dory, tu avais dit que tu voulais aller aux toilettes. Vas-y pendant que je prends les billets. »

Dorothea lui planta un bruyant baiser sur la joue et s'en fut très vite.

Anton attendit qu'elle soit assez loin pour qu'elle ne l'entende pas puis se tourna vers Hedy, de l'air d'un enfant qui s'attend à une claque. « Je t'en prie, ne la juge pas, chuchota-t-il en allemand. Elle a un cœur d'or. Elle n'est simplement pas très raffinée.

— Mais à quoi joues-tu ? siffla Hedy. Tout raconter sur moi à une parfaite étrangère !

— Ça m'est venu, comme ça. Nous avons partagé beaucoup de choses, cette semaine. Ne t'inquiète pas. On peut totalement lui faire confiance.

— Tu la connais à peine ! Et puis elle est d'ici. Elle se fera traiter de fille à Boches si on la voit avec toi. »

Anton évita de croiser son regard :

« Elle sait que je ne suis pas allemand.

— Je ne veux pas recommencer cette discussion ! Bon sang, tu as entendu ce qu'elle m'a dit ? Sait-elle seulement quel est le sens de cette guerre ? C'est une *shoyte* ! Une idiote ! »

Hedy fit un pas pour se retrouver face à Anton, mais il continuait à regarder autour de lui, comme si tout l'intéressait sauf elle.

« Quantité de gens sont obligés de travailler pour les Allemands maintenant, qu'ils le veuillent ou non. Étant donné ta position, cela vaudrait peut-être la peine d'y réfléchir.

— Ma position ? »

Elle le foudroya des yeux :

« Ma position, c'est que ces salauds m'ont forcée à fuir mon pays et ne me voient pas mieux qu'une espèce d'animal. Et tu voudrais que j'aille travailler pour eux ?

— Je dis que tu as besoin d'argent, répondit calmement Anton. Tu es mon amie et je m'inquiète pour toi. Je veux t'aider, mais cela devient plus difficile chaque semaine. Ce que Dorothea suggère peut être une solution pratique… »

Il voulut lui prendre le bras, mais elle écarta brusquement sa main.

« Alors c'est ainsi que nous allons maintenant nous comporter ? En acceptant tout simplement ce qui s'est passé ? En faisant ami-ami avec les Boches ? »

Elle eut un geste exaspéré :

« Je n'arrive pas à croire que tu es du même côté qu'elle. Ni que tu puisses t'intéresser à une femme pareille. Tu sais quoi ? Je rentre chez moi. Je n'ai plus envie de voir ce stupide *Magicien d'Oz*, de toute façon. »

Elle resserra son manteau contre elle, se tourna pour qu'Anton ne lise pas la peine dans ses yeux et partit brusquement. Quand elle finit par trouver le courage de regarder en arrière, la queue avait disparu à l'intérieur du cinéma.

*

Les marches en béton devant la maison étaient fendillées de partout et la porte d'entrée, sous le porche autrefois décoré, si délavée et gonflée par la pluie qu'elle ne fermait plus vraiment. Hedy se glissa dans le hall et entama la longue montée par le grand escalier sans éclairage jusqu'à son appartement. Elle entendait craquer les très vieilles marches en bois à chaque pas, comme si le bruit venait d'elle. Le ressentiment, mêlé à l'acidité d'un estomac vide, la rongeait. Comment occuper sa soirée, maintenant ? À écouter les informations de neuf heures à la BBC et leurs déprimants récits de défaites alliées en Afrique du Nord ? Se fourrer au lit avec Hemingway et un livre emprunté à la bibliothèque, après avoir tiré le lourd rideau qui séparait le coin « chambre » du reste de la pièce, et se couper du monde pour quelques heures ? À cette idée, son moral flancha. Elle savait qu'elle avait eu tort de partir aussi vite. Ah, ce fichu caractère qu'elle tenait de son père… Mais maintenant, c'était trop tard.

Arrivée au premier étage, elle entendit, comme elle s'y attendait, le grincement de la porte de Mrs Le Couteur qui s'entrouvrait, vit un œil larmoyant l'observer dans l'ombre. Les premières semaines, elle avait dit bonsoir à sa voisine, pour la rassurer et dans l'espoir dc calmer les soupçons de la vieille femme et peut-être d'installer un peu de confiance entre elles deux. Mais ne recevant jamais rien de plus qu'une sorte de grognement en guise de réponse, et ayant en outre vu la retraitée, devant les boîtes aux lettres, essayer, en levant son courrier à elle à la lumière d'en lire le contenu, elle avait laissé tomber. Désormais, elle ignorait cette sorcière et elle entendit la porte se refermer tandis qu'elle continuait à monter jusqu'en haut.

La pièce était sinistre, à peine éclairée par les dernières lueurs grises du crépuscule qui se reflétaient un peu sur le linoléum. Il faisait affreusement froid. Hemingway vint l'accueillir, à pas silencieux, et elle le souleva, pour le serrer contre elle, heureuse de sa chaleur douce contre son visage. Mais il comprit vite qu'il n'y avait pas de nourriture à attendre et l'ingrat animal se tortilla pour échapper à ses bras et retourner dans son panier, près de la cheminée. Il renifla l'âtre vide et lui jeta des regards pleins d'espoir.

« Aucune chance », marmonna-t-elle, fermant le store, à cause du couvre-feu. Puis, lentement, presque à contrecœur, elle sortit une de ses si précieuses bougies d'une boîte sous l'évier. Elles lui avaient coûté presque tout ce qui lui restait d'économies au marché noir et elle les empêchait méticuleusement de couler, à l'aide d'un couteau. Elle en limitait l'usage le soir. Pas de fête de Hannukkah, cette année. Elle prit une allumette dans la boîte posée près de la fenêtre et la craqua avec précaution. La mèche s'enflamma et elle l'entoura de ses deux mains.

Le froid devenait mordant et Hedy trouvait de plus en plus de justifications à son départ plein de colère. C'était normal, non, d'avoir été blessée par la réaction d'Anton. Il trahissait sa meilleure amie, devant cette *meshuga*, cette sotte, cette femme qu'il venait tout juste de rencontrer ! Et cela, de la part d'un homme qui se plaignait d'avoir à servir des soldats allemands quand il en venait à la boulangerie. Une chose qu'elle avait toujours admirée, chez lui, c'était sa rectitude morale. Venait-il d'y renoncer simplement à cause d'un joli visage ?

Sur le minuscule réchaud, il restait dans une casserole un fond de soupe au chou et au rutabaga de la veille qui répandait dans la pièce une odeur âcre de linge mal lavé. Un instant, Hedy se demanda si elle le gardait pour son petit déjeuner du lendemain. Mais la faim, comme d'habitude, fut plus forte que le bon sens et elle se retrouva en train d'avaler trop vite, avec gourmandise, jusqu'à la dernière cuillerée. Elle racla le fond jusqu'à ne plus sentir qu'un goût de métal, puis se tassa sur sa chaise en bois, contemplant la flamme vacillante de la bougie. Tout en se disant que c'était une mauvaise idée, elle ouvrit le tiroir de guingois de la table, y glissa la main, et tâtonna jusqu'à trouver une petite liasse de papiers. Elle rapprocha la bougie, déplia les minces feuillets et prit la dernière lettre, datée d'avril 1940, il y avait exactement un an.

« Ma fille chérie », écrivait sa mère de sa si fine écriture. Suivaient quelques phrases sans intérêt et d'une gaieté douteuse sur le beau temps qu'il faisait et l'aide que les voisins leur apportaient, jusqu'à la dernière ligne, très sombre et certainement codée : « mais il est question que nous partions en vacances ». Hedy fixa de nouveau la flamme. Pas une seule fois, depuis qu'ils étaient mariés, ses parents n'avaient parlé de prendre des vacances. Elle ferma les yeux et évoqua le visage de sa mère quand elle se réchauffait les mains au-dessus du vieux poêle de la cuisine. Elle pensa à Roda, aux boucles noires, en train de rire et qu'elle imaginait coiffée d'un grand chapeau de soleil, bêchant la terre quelque part dans un kibboutz de Palestine. Au bout de quelques instants, elle remit les feuillets en ordre dans le tiroir, qu'elle ferma cette fois à clé. Relire ces lettres ne lui apportait aucun réconfort, pas plus que lire un livre de cuisine n'apaisait les affres de la faim. Elle n'y toucherait plus pendant un mois.

Elle se redressa sur sa chaise et des images de Roda lui revinrent encore. Roda en train de flirter avec les gardes-frontières allemands, cette nuit-là, quand ils les interrogèrent au moment de passer en Suisse, faisant la coquette et leur souriant par-dessus son épaule ou clignant de l'œil à un nazi pour éviter de lui montrer ses papiers. Cette fois-là, Hedy avait débordé d'admiration pour elle, Roda qui ferait n'importe quoi pour survivre, Roda si brillante, dotée d'un tel culot.

« Hedy, tu es mon amie, je m'inquiète pour toi. »

Très lentement, comme pour se mettre au défi de le faire, elle sortit le numéro de l'*Evening Post* de sa poche et l'étala sur la table. Elle tourna les pages, sans s'arrêter cette fois sur ce qui concernait les Juifs et se mit à parcourir les petites annonces. Et c'était là, page 7.

« ON RECHERCHE : des traducteurs, ayant une parfaite connaissance de l'anglais et de l'allemand pour travailler dans les bureaux du NSKK Transportgruppe West, Staffel Vt. Très bon salaire. Faire acte de candidature par écrit avant le 15 mai. »

Elle lut, relut, une deuxième, puis une troisième fois. Il n'y avait aucun bruit dans la pièce. La seule lumière était celle de la bougie qui se reflétait dans les yeux interrogateurs d'Hemingway. Elle devait payer son loyer vendredi. Après, il ne lui resterait rien pour acheter à manger. Elle sentit comme une brûlure dans la poitrine, tandis qu'elle découpait la petite annonce et posait le rectangle de papier sur la table. Il faisait toujours aussi froid, mais elle s'aperçut qu'elle transpirait.

*

« Celle-ci est prête. »

Le soldat s'approcha, un bloc à la main, et nota le numéro d'immatriculation du camion, un Opel Blitz. Puis il tendit le document pour le faire signer et détacha le carbone.

« Je vous apporte la plaque suivante, mon lieutenant ?

— Non, je vais prendre ma pause déjeuner. Je reviens dans une demi-heure. »

Kurt Neumann essuya ses mains pleines de graisse avec un chiffon, se redressa, le dos endolori, se recoiffa du bout des doigts et se dirigea vers le mess des officiers. Au menu aujourd'hui, il y avait du ragoût de lapin. Un vrai ragoût, avec de la purée de pommes de terre ! L'année précédente, à la même date, il n'avait pour se nourrir que de la viande en conserve (rien que d'y penser, il eut un haut-le-cœur) et cet horrible pain de seigle dur à vous casser les dents.

Tout en traversant l'enceinte du Lager Hühnlein il toussait, pour s'éclaircir la gorge, à cause de la poussière fine et presque blanche qui s'insinuait partout dans les vêtements, les yeux et même les chaussettes. Voilà ce qui arrivait quand on se mettait à édifier un complexe aussi vaste en quelques semaines à peine. Sa taille était impressionnante avec des rangées de baraquements en préfabriqué pour les bureaux, des hangars où stocker du matériel et des allées en dur afin que des véhicules lourds puissent y circuler jour et nuit. D'après le haut commandement, « on édifierait là les plus importantes fortifications que le monde ait jamais vues ».

En son for intérieur, Kurt trouvait tout cela un peu stupide. Car, si Churchill voulait récupérer ces îles par la force, ne l'aurait-il pas déjà fait ? Pourquoi dépenser tant d'argent et d'énergie à défigurer de si beaux paysages ? Mais il savait qu'il valait mieux ne pas faire part de ses idées aux autres officiers et surtout pas à des fanatiques comme Fischer, son compagnon de chambre. Pas plus d'ailleurs qu'aux employés en général. L'organisation Todt – ou OT, ainsi qu'on appelait la section d'ingénierie militaire – avait à sa tête un ramassis de véritables vauriens, très différents des garçons très professionnels, très disciplinés, avec qui il avait servi en France. Aux heures des repas, ils s'asseyaient entre eux, n'arrêtaient pas de fumer et s'esclaffaient à des blagues qu'il trouvait cruelles. Une fois, il avait vu un jeune garçon de Jersey, qui marchait d'une drôle de façon et était employé à nettoyer les latrines, recevoir un coup de pied d'un officier OT dans les parties génitales, sous prétexte de lui avoir manqué de respect – Kurt s'était senti mal sur le moment, mais n'avait pas signalé l'incident, il se disait que cela ne servirait à rien et n'aurait aucune suite. Comme son copain Helmut le lui répétait toujours, pendant leurs années de classe ensemble, mieux vaut faire profil bas, quand on n'a rien à gagner. Et à part ces voyous de l'organisation Todt, il aimait bien son travail à Jersey : superviser les tâches des mécaniciens, vérifier des listes de matériel, par exemple les camions importés – ce qu'il aurait pu exécuter en dormant. Regarder de près les moteurs des Buick, expédier un peu de paperasserie – rien à voir avec une ligne de front. Il avait presque l'impression de se retrouver à son école d'ingénieur.

En voyant la queue devant le mess, il décida d'aller fumer une cigarette et d'attendre un peu. Adossé au mur d'un hangar, il sortit un paquet de Gauloises de sa poche – il venait de les découvrir et c'étaient désormais ses préférées – et allait en allumer une quand il vit quelque chose et s'immobilisa, la flamme de son briquet agitée par la brise. Une jeune fille pâle et très mince, aux cheveux blond doré relevés en chignon, venait d'apparaître entre deux baraquements administratifs et restait immobile, regardant autour d'elle, l'air un peu perdue. Bien qu'il fît chaud, ce jour-là, elle portait un manteau en lainage, très usé, et des chaussures qui avaient connu des jours meilleurs. Elle semblait inquiète et aurait sûrement eu besoin d'un bon repas, mais ce qui le frappa le plus, ce furent ses yeux. Ils étaient immenses, avec le regard effrayé d'un petit animal, et aussi, quelque part, une lueur de défi. Il se préparait à lui demander si elle avait besoin d'aide, mais elle s'adressa à lui la première :

« Excusez-moi, je cherche le Feldwebel Schulz, dans la Baraque 7. »

Surpris, Kurt lui sourit :

« Vous êtes allemande ? »

Elle secoua la tête :

« Autrichienne. Je suis ici pour un poste de traductrice. »

Elle parlait d'une voix hésitante, comme si les mots lui écorchaient la bouche.

Il ne pouvait cesser de contempler ses yeux, qui avaient la couleur de la mer à Rozel Bay.

« La Baraque 7 est la prochaine à gauche. Je vais vous montrer.

— Non, merci, dit-elle d'une voix polie mais froide. Je trouverai mon chemin toute seule. »

Il la vit s'éloigner d'une démarche hésitante sur le sol inégal, incapable de la quitter un instant du regard, jusqu'à ce qu'elle ait disparu.

Une heure plus tard, l'estomac rempli de ragoût de lapin, Kurt les bras chargés de dossiers passait devant la Baraque 7, quand il la revit. Elle en sortait, cette fois, et serrait la main d'un homme petit et gros, à lunettes cerclées de métal, qu'il supposa être Schulz. C'était une étrange poignée de mains, comme ni lui ni elle n'en voulaient et qu'ils souhaitaient surtout en finir au plus vite. Kurt attendit qu'elle soit partie, en direction de la clôture de barbelés et la sortie, puis il fit signe à Schulz d'approcher.

« Vous êtes le Feldwebel Schulz ?

— Oui, mon lieutenant.

— Cette jeune femme, elle était là pour un poste de traductrice, c'est bien ça ?

— Oui, mon lieutenant.

— Et vous l'avez engagée ? »

Schulz eut l'air un peu embarrassé :

« On n'avait pas le choix, j'ai bien peur. Elle connaît bien les deux langues. Et il y a eu très peu de candidats.

— Je ne comprends pas. Il y a un problème ? »

Schulz cligna des yeux très vite, comme si on venait de lui jeter du sable à la figure et il se gratta le bout du nez.

« Non, mon lieutenant. Je suis sûr qu'elle donnera toute satisfaction. »

Kurt sentait qu'il lui cachait quelque chose mais n'eut pas envie d'en demander davantage. Son attention se portait toujours sur la silhouette en train de s'éloigner. Il sourit vaguement et fit signe à Schulz qu'il pouvait disposer. Puis, toujours chargé de ses dossiers, un simple sentiment de curiosité le poussa à avancer. En tout cas, c'est ce qu'il se dit plus tard.

Après avoir vérifié que personne ne pouvait le voir, il suivit la même direction que la jeune fille, en prenant soin de rester à bonne distance. Arrivée à la sortie, elle emprunta un petit chemin de terre vers la gauche. Il salua brièvement les sentinelles et s'y engagea à son tour, sans trop se rapprocher, car si elle lui demandait pourquoi il était là, que répondrait-il ? Mais ce qu'il vit alors le fit reculer et tenter de se dissimuler dans les hautes herbes, de crainte de troubler quelque chose de très privé.

Elle s'appuyait des deux bras contre une vieille barrière rouillée menant à une ferme. Il ne pouvait pas discerner son visage mais son attitude trahissait une intense tristesse et même du désespoir. Elle s'essuya les joues d'une main et de l'autre arracha les épingles de son chignon. Ses cheveux retombèrent en longues boucles qu'elle libéra davantage en rejetant la tête en arrière. Puis elle mit soigneusement les épingles dans une de ses poches. Fasciné, Kurt la contemplait, retenant son souffle, craignant qu'elle ne se retourne et le découvre, et ayant en même temps envie qu'elle le fasse. Mais elle ne se retourna pas, elle restait maintenant parfaitement immobile, toujours appuyée à la barrière contemplant le champ en contrebas, comme pour s'imprégner du paysage. La brise soulevait ses cheveux et le bas de son manteau. Kurt s'imagina qu'elle avait fermé les yeux. Puis, alors qu'un vol d'hirondelles traversait le ciel, elle se pencha en avant et se mit à vomir.

*

Ce matin-là, la ville était plus animée que d'habitude, peut-être à cause d'une rumeur comme quoi on vendrait des fromages français au marché couvert. Hedy s'arrêta à un coin de rues et observa les ménagères se hâter, leurs cabas à moitié vides à la main, et les cyclistes sur leurs vélos équipés de tuyaux de caoutchouc en guise de pneus zigzaguer pour éviter les trous dans la chaussée. Elle regarda autour d'elle, essayant de prendre une décision. L'appartement d'Anton était à une courte distance à pied, vers la droite.

Mais si elle prenait à gauche, en direction de New Street, elle serait rentrée chez elle en huit minutes. Elle avait terriblement envie de courir jusqu'à son appartement et sentir le réconfortant ronronnement d'Hemingway contre elle. Mais elle savait que le froid qui s'était installé entre elle et Anton durait depuis trop longtemps et que le moment était venu d'y mettre fin. Aujourd'hui, tout particulièrement, elle voulait retrouver sa chaleureuse compagnie et son rassurant optimisme. Elle partit donc vers la droite et accéléra le pas en approchant de la boulangerie. Sans frapper, elle emprunta la porte sur le côté qui ouvrait sur l'escalier menant directement chez Anton et commença à monter les marches. Mais ce qu'elle entendit soudain la fit se figer sur place.

« Inspirez par le nez, expirez par la bouche… Doucement, maintenant… »

La voix, celle d'un homme, au ton autoritaire, lui parvenait sans qu'elle puisse l'identifier, dans cette atmosphère qui sentait le renfermé, le moisi et la farine. Ce n'était certainement pas celle d'Anton, ni celle de Mr Reis, son patron. Son estomac se contracta. Elle essaya de ne faire aucun bruit, hésitant à avancer, puis monta jusqu'en haut, sur la pointe des pieds.

« Anton ? » Sa porte était entrouverte et elle la poussa pour voir ce qui se passait à l'intérieur. Assise très droite sur une chaise, au centre de la pièce, Dorothea fermait les yeux, très concentrée, le souffle court, les cheveux collés au front.

Elle croisait les mains comme si elle priait et une toux incessante lui déchirait la poitrine. À sa droite se tenait Anton, une main rassurante posée sur son épaule et à sa gauche, il y avait un homme entre deux âges de taille moyenne, les tempes grisonnantes, avec des lunettes à monture d'écaille. Il se retourna pour faire un signe de tête à Hedy, puis se concentra de nouveau sur Dorothea. Sans rien y comprendre, Hedy les regardait alternativement tous les trois, jusqu'au moment où elle vit une grosse sacoche de cuir à demi ouverte sur la table, puis un stéthoscope. Les yeux d'Anton se tournèrent brièvement vers elle :

« Dory a une crise d'asthme. »

Elle ressentit aussitôt une assez honteuse bouffée d'irritation. Qu'est-ce que cette femme faisait là, si elle était malade ? Et pourquoi demandait-elle du secours à Anton, alors qu'elle avait sûrement de la famille ? Mais elle remarqua vite le visage blême et les gouttes de sueur sur le front de Dorothea et repoussa ses mauvaises pensées. Albert Einstein avait prétendu une fois qu'un estomac vide n'est pas un bon conseiller.

« Heureusement, ajouta alors Anton, le docteur Maine a accepté de venir ici directement de l'hôpital.

— Ça va ? » demanda-t-elle. Dorothea ouvrit les yeux un instant et répondit à la question de Hedy d'un petit geste rassurant de la main.

« Qu'est-ce qui a provoqué cela ?

— Quelque chose l'a perturbée. »

Et Anton hocha la tête, pour indiquer qu'il ne fallait pas insister. Après un instant d'hésitation, elle posa son sac sur la table, ne sachant pas trop si elle devait rester, tandis que le docteur écoutait toujours la respiration de Dorothea. Finalement, il se redressa :

« Vous devez éviter tout ce qui peut provoquer chez vous de l'angoisse, Miss Le Brocq. Mieux vaut prévenir que guérir, n'est-ce pas ? »

Il avait l'accent de Jersey, et une voix chaleureuse, pleine de bonté, mais où on sentait une terrible fatigue. Les cernes sous ses yeux faisaient penser Hedy à ceux de son oncle Otto, quand il lui souriait et qu'elle lui souriait en retour.

« Nos stocks d'épinéphrine sont très bas, poursuivit-il, comme le reste. Et peut-être que dans deux mois, nous ne pourrons plus en avoir du tout. Il y a bien quelques remèdes maison susceptibles d'aider un peu, la farine de moutarde, le gingembre, mais je doute qu'on en trouve encore dans le commerce ces jours-ci. Si cela se reproduisait, essayez d'emmener cette jeune personne à l'hôpital. Les visites à domicile vont être limitées aux urgences absolues.

— Je croyais que les médecins avaient le droit de garder leur voiture ? demanda Anton.

— Oui, mais on ne nous fournit que moins de dix litres d'essence par semaine. Cela implique parfois des choix difficiles. »

Il griffonna d'une main hésitante sa note sur un bout de papier qu'Anton lut, l'air surpris.

« Qu'est-ce que l'argent vous permet d'acheter

aujourd'hui ? Un pain de votre délicieuse boulangerie fera plus que l'affaire. Bonne journée à tous les trois. »

Et là-dessus, il prit sa sacoche et quitta la pièce sans bruit, laissant derrière lui une légère odeur de fumée de cigarette. Hedy fut surprise de se sentir un peu triste de son départ.

Anton alla remplir un verre d'eau à l'évier pour Dorothea. Hedy s'approcha et lui demanda tout bas en allemand :

« Qu'est-ce qui s'est passé ?

— Son beau-père a découvert qu'elle me fréquentait, répondit-il en regardant l'eau couler, et il l'a jetée dehors. Elle va aller vivre chez sa grand-mère, le temps que les choses se calment un peu. Surtout, ne lui dis pas que je t'ai mise au courant.

— D'accord, je ne dirai rien. »

Après lui avoir d'abord jeté un bref coup d'œil, il ferma le robinet, puis la regarda en face.

« Je regrette, mais je tiens à elle. Et elle tient à moi. Qu'est-ce que je devrais faire ? La laisser tomber, pour faire plaisir à tout le monde ? »

Hedy posa la main sur son bras :

« Tu ne la connais que depuis quelques semaines. Est-ce que cela vaut tant d'ennuis ?

— Ce sont des ennuis uniquement si tu choisis de voir les choses ainsi. Sa famille finira par céder. Et comme dit Dory, si cela nous rend heureux, c'est que c'est bien.

— Et si les Allemands te forcent à rejoindre l'armée ?

— Cela n'arrivera pas parce que je suis classé

en tant que commerçant pour produits alimentaires. Enfin, à moins que la guerre dure… »

Il haussa un peu les épaules pour indiquer qu'il n'avait rien à ajouter, puis porta le verre à Dorothea et l'aida à boire, ce qu'elle fit, à petites gorgées, une main dans la sienne, la respiration encore haletante. Hedy restée près de l'évier les regardait. La fenêtre était ouverte et la brise soulevait le rideau de dentelle assez sale. Dehors, quelque part, une mère criait après un enfant qui pleurait.

Brisant le silence, Anton demanda délibérément en anglais :

« Comment se fait-il que tu portes ta plus belle robe ? »

Hedy hésita, ne désirant pas lui annoncer la grande nouvelle tout de suite. Mais il finirait bien par l'apprendre. Alors elle déclara :

« J'ai obtenu ce poste de traductrice au Lager Hühnlein. Vous aviez raison, ils avaient désespérément besoin de quelqu'un », ajouta-t-elle devant leurs visages stupéfaits.

Pour la première fois, Anton sourit.

Dorothea fit oui de la tête, puis inspira profondément avant de dire :

« C'est une excellente nouvelle, Hedy. Je savais que cela marcherait », et elle aussi sourit chaleureusement.

À cet instant, Hedy comprit que très probablement, grâce à la diplomatie d'Anton, Dorothea ignorait l'avoir tellement mise en colère le premier soir.

« Si j'avais pu choisir autre chose... », commença-t-elle. Mais ce genre d'explication risquait d'être pathétique et inutile.

« Un peu de café de glands ? » demanda Anton qui s'affairait devant le petit fourneau.

Hedy fit non de la tête.

« Une autre fois, peut-être. Tu as assez à faire pour aujourd'hui. »

C'était une remarque pleine de ressentiment et elle aurait voulu la retirer quand elle vit la peine dans ses yeux.

« Eh bien, je suis vraiment content pour toi, Hedy. Viens me voir à la boulangerie et tu me raconteras tout. »

Dehors, l'enfant hurlait, maintenant, et il faisait soudain trop chaud dans la pièce. Hedy eut besoin de respirer de l'air frais et elle se força à sourire :

« D'accord, à bientôt. Au revoir. »

Tandis qu'elle descendait l'escalier, elle entendit Anton lui crier :

« Tu as fait ce qu'il fallait, tu sais. »

Mais elle prétendit ne pas avoir entendu.

*

La pendule sur le mur du fond indiquait qu'il était quatre heures, le moment où, comme d'habitude, le fait d'être restée assise depuis tôt le matin, penchée sur sa vieille Adler, se faisait sentir. Elle éprouvait une vive douleur dans l'épaule gauche et avait le bout des doigts brûlants, à force de frapper les touches trop dures.

Hedy se redressa sur sa chaise de bois branlante et s'étira un instant, puis massa ses poignets engourdis. Elle se demandait si les autres employées avaient mal, elles aussi. Ces grosses Bavaroises si vulgaires, qu'on avait fait venir de la mère Patrie, tapaient à la machine toute la semaine et s'envoyaient en l'air avec des militaires le week-end. Si elles souffraient, elles ne le montraient pas. Elle leva les yeux vers une des étroites fenêtres et les rayons du soleil indiquant que dehors, l'après-midi était superbe. Dans la baraque, on manquait d'air. Et même par une si belle journée, l'électricité restait allumée sans raison. De son voisin le plus proche, Derek, un jeune homme pâle et nerveux, un des rares employés qui n'était pas allemand, émanait en permanence une odeur de moisi. Elle se demandait si c'était parce qu'il n'avait nulle part pour faire sécher son linge – comme elle. Auquel cas, elle devait sentir mauvais, elle aussi. Eh bien tant pis pour les autres. Sentant le regard inquisiteur de Fräulein Vogt, la surveillante de la baraque, elle prit une autre liste de matériaux de construction et inséra une feuille dans le rouleau de sa machine pour la traduire.

On était samedi, la fin de son premier mois de travail et jour de la paie. Elle espéra que recevoir la petite enveloppe marron lui remonterait le moral, alors au plus bas. Ses tâches n'étaient pas compliquées : traduire des lettres, des bulletins de salaire, des listes d'attribution de ceci ou cela, pour un salaire correct. Mais cela lui pesait plus qu'elle ne l'avait pensé. Déjà, les longues heures assises, l'atmosphère confinée et l'épuisant parcours à pied, deux fois une heure par jour en mangeant si peu, étaient durs à supporter. En outre, sa conscience, elle, ne la laissait pas tranquille. Chaque matin, elle voyait passer des camions remplis de mercenaires au regard vide en direction des chantiers de construction de fortifications antichars et de nouvelles pistes d'atterrissage, sachant qu'elle participait désormais à tout cela. Il semblait bien que survivre coûtait cher, moralement.

Schulz, dont les yeux jaillirent pratiquement de leur orbite quand il vit le J en rouge sur sa carte d'identité, lui avait attribué un bureau dans un coin, le plus sombre et le plus à l'écart, au fond de la pièce, visiblement très anxieux que son statut racial risque de provoquer une vive réaction. Mais il était devenu vite très clair que les officiers supérieurs de l'OT avaient gardé cette information pour eux. Et de cela, Hedy était reconnaissante. Ces insipides dactylos aryennes, qui la regardaient sans plus la voir que si elle avait été transparente, se seraient sans doute montrées beaucoup moins passives dans les passages sombres entre les baraquements après avoir découvert la vérité. Elle acceptait sa place isolée sans se plaindre, ne relevait pas la tête et faisait son travail rapidement, en parlant le moins possible, bien que là, au moins, son accent la protégeât plutôt que lui faire du tort. À la cantine, elle prenait son repas seule, sans lever les yeux. À part la surveillante et parfois Derek, quand il lui manquait quelque chose, elle n'attirait l'attention de personne. Mis à part le parfait crachat qu'en guise de secrète vengeance elle laissait sur le sol aux toilettes, elle aurait aussi bien pu ne pas être là du tout.

La seule exception, c'était ce lieutenant rencontré le jour où elle avait été engagée. Ils se croisaient de temps en temps et chaque fois, il lui adressait un large sourire et quelques mots aimables en allemand. Elle lui répondait en marmonnant un bonjour, sachant qu'une parole jugée irrespectueuse ou inappropriée risquait de la faire renvoyer. Mais il y avait une chaleur inattendue dans son regard, presque une lueur malicieuse qu'elle aimait bien. Et secrètement, au bout d'une semaine entière sans une seule conversation avec quiconque, elle attendait presque ces brefs instants d'échange. Bizarres ces tours que vous jouait un tel sentiment de solitude.

À l'instant où elle sortait de sa machine la page qu'elle venait de taper, Fräulein Vogt, une femme à l'air pincée, aux ongles jaunâtres anormalement longs, s'approcha de son bureau, sur lequel elle déposa l'enveloppe avec sa paie, plus une liste de noms et d'adresses et un paquet de bons d'essence.

« Listes de ceux qui y ont droit, croassa-t-elle d'une voix rauque, comme celle d'un perroquet.

À faire cet après-midi. Les bons sont à envoyer immédiatement. Quand vous aurez tapé les listes, indiquez sur chacune le nom du bénéficiaire et joignez-y le nombre de bons alloué et mettez le tout dans une enveloppe fermée.

— Chaque bénéficiaire a-t-il droit au même nombre de bons chaque semaine ?

— Non. Si les stocks d'essence sont bas, il peut en recevoir moins.

— Et on doit l'en informer par écrit ?

— Aucune explication n'est nécessaire. On compensera la différence la semaine suivante, ou quand les stocks seront renouvelés. »

D'un signe de tête, Hedy indiqua qu'elle avait compris et se mit à taper les fiches d'attribution comme on le lui demandait, mais en même temps, de dangereuses pensées commencèrent à lui venir. Si les bénéficiaires n'avaient aucune idée de la quantité de bons auxquels ils auraient droit chaque semaine, alors, elle pouvait, en théorie, allouer à chacun le nombre qu'elle voulait et empocher le reste. Son cœur se mit à battre plus vite. Les bons d'essence valaient une fortune et on pouvait les échanger contre n'importe quoi. Souvent, elle voyait passer dans les boutiques de la viande, des œufs, du sucre, au marché noir, bien sûr, à des prix que même son salaire ne lui permettait pas d'acheter. Ce pouvait être la clé d'un royaume magique. Seulement, si les fiches d'attribution étaient vérifiées avant d'être expédiées ? Des taches grises apparurent sur les feuilles posées sur sa table et elle réalisa qu'elle avait la paume des mains trempée de sueur.

Elle essaya de se calmer, de réfléchir posément. Être prise sur le fait, il ne fallait pas y penser. Voler de la marchandise allemande avait déjà expédié quantité d'habitants de Jersey en prison. Pour une Juive, cela signifierait être envoyée Dieu sait où. Mais malgré tout, les pensées se bousculaient dans sa tête. Il ne s'agissait pas seulement de gagner quelque chose, il y aurait aussi la satisfaction de marquer un point, d'être plus forte qu'eux. Elle inspira un bon coup, puis expira lentement, en regardant par en dessous les autres employées.

Pendant l'heure qui suivit, elle vit chacune d'entre elles apporter ce qu'elle venait de taper au bureau de Fräulein Vogt et déposer les enveloppes fermées pour que celle-ci y donne un coup de tampon, avant de les empiler les unes sur les autres. À aucun moment il n'y avait de contrôle. Hedy calcula que si on avait compté la quantité de bons à distribuer au départ, personne n'en savait davantage pour la suite. Et même si un chauffeur de camion venait se plaindre qu'il en avait eu moins que d'habitude, ce serait impossible de remonter ensuite jusqu'à elle.

À six heures moins dix, elle n'avait pas encore pris sa décision. Elle essayait d'empêcher ses doigts de trembler. Puis, alors que la grosse aiguille arrivait sur douze, elle vit Fräulein Vogt se tourner pour signer une pile de documents. Elle prit alors un formulaire destiné à une entreprise de construction irlandaise qui devait recevoir trente bons d'essence et l'inséra dans sa machine à écrire. Tandis que des gouttes de sueur lui coulaient sous les bras, elle tapa vingt-cinq, puis glissa cinq bons dans la poche intérieure de son manteau, posé sur le dos de sa chaise. Elle était certaine que personne n'avait rien vu. Tandis que retentissait la sonnerie stridente annonçant la fin de la journée de travail, elle se leva, alla déposer ses enveloppes sur le bureau de la surveillante et sortit du baraquement d'un pas tranquille.

C'était une belle soirée, le soleil encore haut dans le ciel, et une légère brise soufflait. Elle n'avait pas vraiment besoin de son manteau, mais n'osait maintenant pas l'enlever. De toute façon, sur cette île où on mourait à moitié de faim, c'était courant de s'habiller trop chaudement et personne ne faisait attention à elle. La poussière lui entrait dans les yeux et dans la gorge, son cœur battait la chamade et elle continua à avancer. Elle se disait, c'est le destin. La facilité avec laquelle saisir cette opportunité ne pouvait être que la main du destin. Elle était prise dans le flot des employés qui suivait le chemin en pente vers la grille côté sud, son butin caché, bien en sécurité contre son cœur. Elle se faisait bousculer par tous ceux et celles pressés de rentrer chez eux, mais marchait toujours d'un pas qu'elle voulait ferme. Elle arrivait à la sortie, elle était presque libre. C'est alors qu'elle sentit une main sur son épaule.

Elle se retourna, un visage se penchait tout

près du sien mais elle vit d'abord l'uniforme et crut qu'elle allait s'évanouir.

« Vous êtes Hedy, n'est-ce pas ? Je suis Kurt Neumann. Vous vous souvenez de moi ? Nous nous sommes rencontrés le jour où vous avez été engagée. »

Il devait avoir remarqué à quel point elle pâlissait, car il s'empressa d'ajouter :

« Ne vous inquiétez pas. Il n'est pas question de votre travail. Je n'appartiens même pas à l'organisation Todt. Je voulais vous demander un service. »

Elle le dévisagea, s'attendant presque que les bons d'essence jaillissent de sa poche et lui sautent à la figure. Elle retint son souffle, essayant de reprendre ses esprits : « Oui ?

— Je sais que vous êtes une de nos traductrices. J'ai ici un article de l'*American Journal of Science* où il est question de la voiture de demain et je me demandais si vous ne pourriez pas me le traduire ? »

Hedy ouvrit la bouche, mais aucun son n'en sortit :

« Je parle anglais, poursuivit-il, mais je suis sûr que le vôtre est bien meilleur que le mien ! Naturellement, je vous paierai, à moins que je puisse vous remercier en vous offrant un verre ou peut-être en vous invitant à dîner ? »

Il souriait et c'était un vrai sourire : chaleureux, sincère. Il avait les dents blanches et bien plantées. Hedy sentit l'acidité qui lui rongeait l'estomac remonter :

« À dîner ?

— Écoutez, je comprends, la rassura-t-il. Vous ne voulez peut-être pas être vue dans un lieu public avec un officier allemand. Mais nous avons accès à nos propres réserves. Je pourrais vous apporter des provisions chez vous. Vous aimez le fromage ?

— Le fromage ? »

Elle se maudissait elle-même. Cet air paniqué, c'était exactement ce qui allait la trahir. « Ou autre chose qui vous ferait plaisir. Ce n'est pas une plaisanterie, je vous assure. J'ai fait partie des Deutsche Jungenschaft, nos Mouvements de Jeunesse, nous avons des manières parfaites. »

Il eut un petit rire, comme pour l'inciter à en faire autant. Elle fit bouger les muscles de son visage en un rictus de sourire.

« Alors qu'en dites-vous ?

— Oui, d'accord. »

Elle sentait comme un brouillard autour d'elle. La seule pensée claire qui lui venait, c'est que cet homme ne savait de toute évidence pas qu'elle était juive. Chaque fibre de son corps lui hurlait de s'enfuir. Du coin de l'œil, elle cherchait la sortie.

« Très bien. En ce cas, je déposerai l'article sur votre bureau et vous me direz quel soir vous convient. À bientôt. »

Encore un large sourire – et il était parti. Hedy reprit sa marche, les jambes flageolantes, le chemin semblant onduler devant ses yeux. Elle eut du mal à respirer jusqu'à ce qu'elle franchisse enfin la sortie et durant le trajet jusque chez elle, elle dut s'arrêter à plusieurs reprises pour reprendre son souffle. C'est seulement une fois arrivée qu'elle prit réellement conscience de ce qui venait de se passer. Elle se mit à rire d'un effrayant croassement hystérique qui l'obligea à s'asseoir et envoya Hemingway se réfugier sous le lit. Pendant plusieurs minutes, elle se demanda si elle allait pouvoir s'arrêter.

D'une main tremblante, elle sortit les bons d'essence de la poche de son manteau et les contempla. Elle avait réussi. Et malgré sa peur, il n'y avait pas de raison de ne pas recommencer. Peut-être toutes les semaines. Elle ressentit une bouffée d'orgueil. Elle avait roulé ses seigneurs et maîtres, remporté une victoire. Elle ne collaborait plus, elle était une résistante, une combattante. Cachée au beau milieu de la fosse aux serpents, elle faisait couler du poison dans leur place forte. Restait un problème : il semblait bien qu'elle venait d'inviter un officier allemand à dîner chez elle.

3

Hedy n'avait jamais vu l'appartement d'Anton aussi propre et bien rangé, la moindre surface ayant été frottée à l'eau chaude. Un petit bouquet de pâquerettes et de boutons-d'or était même posé sur la table, le couvert mis pour deux avec des assiettes un peu ébréchées et des couteaux et fourchettes en fer-blanc. Un mélange de chou et du rutabaga mijotait sur l'unique plaque électrique. Hedy le tournait dans la casserole avec une cuiller métallique tordue. Si elle avait su qu'Anton n'en possédait pas une en bois, elle aurait apporté la sienne, pour éviter de se brûler le bout des doigts. Elle baissa la chaleur juste au moment où Anton surgissait à la porte, les mains enfoncées dans les poches de sa veste, le visage soucieux. Elle s'essuya les mains avec un torchon très usé :

« Tu as oublié quelque chose ?

— Il me faut un truc à lire pendant que j'attendrai, assis en bas. »

Il prit un roman de Stefan Zweig parmi la

demi-douzaine de livres alignés sur une étagère.

« Combien de temps crois-tu que ce Boche va rester ?

— Pas plus de deux heures. Merci encore de m'avoir proposé de faire comme ça. Je n'avais réellement pas envie qu'il vienne chez moi.

— Tu es sûre que tu veux aller jusqu'au bout ? »

Le visage d'Anton était dévoré d'anxiété.

« Si je recule maintenant, il risquerait de se fâcher, dire que je l'ai mené en bateau. Et je ne veux pas lui donner la moindre raison d'avoir des soupçons.

— Mais si… Enfin, tu me comprends.

— S'il y a le moindre problème, je taperai du pied ou je me mettrai à crier. Mais ça n'arrivera pas. Il n'est pas comme ça. »

Les mots lui sortirent de la bouche avant qu'elle réalise qu'elle les pensait vraiment et se demande pourquoi.

« Du moment qu'il ne découvre pas que tu es juive. Et s'il veut te revoir ?

— Il n'en aura pas envie. J'ai l'intention d'être aussi ennuyeuse que possible. Tu sais que je peux l'être. »

Ils échangèrent un petit sourire à travers la pièce. Mais Anton avait toujours l'air inquiet :

« Et tu es certaine qu'il ne se doute de rien à propos des bons d'essence ? »

Hedy secoua la tête, très sûre d'elle.

« Je crois que tu es folle, faire ça juste sous leur nez.

— C'est un problème seulement si tu veux voir ça comme un problème. »

Et elle se tut attendant qu'Anton comprenne l'allusion. Puis elle reprit :

« Comment va Dorothea ? Toujours chez sa grand-mère ? »

Anton serra les lèvres, mais ne releva pas.

« Oui, pour le moment.

— Pas d'autre crise d'asthme ?

— Non, grâce à Dieu. Qu'est-ce que tu vas faire avec ces bons ? Tu vas les vendre ? »

Hedy ne put s'empêcher d'arborer un petit air triomphant :

« J'ai bien réfléchi et j'ai décidé de les donner au docteur Maine. »

La stupeur sur le visage d'Anton était exactement ce à quoi elle s'attendait :

« Tu vas les *donner* ?

— Alors ça devient un acte de résistance. Ce n'est plus juste du vol ou un geste égoïste. C'est ma façon de me faire pardonner de toucher de l'argent des Boches. Ma *mitzvah*, ma bonne action à moi. »

Anton hocha la tête :

« Peut-être que ta foi et la mienne ne sont pas tellement différentes finalement. Bon, je serai en bas. »

Hedy écouta ses pas dans l'escalier, tandis qu'il descendait jusqu'à la boulangerie. Elle disposa un peu mieux les assiettes sur la table et déposa à côté les deux pages de sa traduction. Elle éteignit la plaque électrique, lissa les plis de sa jupe et joua un instant avec les boutons de son chemisier. Un violent spasme à l'estomac la fit roter bruyamment.

À six heures, elle se pencha à la fenêtre où Anton et elle avaient disposé leur équivalent d'un drapeau blanc un an plus tôt et regarda au-dehors. Kurt Neumann, un sac de toile à la main, remontait la rue. Il l'aperçut et sourit. Elle lui indiqua l'escalier de la main et quelques secondes plus tard, il apparaissait à la porte de l'appartement d'Anton, avec un sourire un peu gêné. Hedy fit de son mieux pour sourire en retour, mais voir un Allemand en grand uniforme dans ce cadre si familier avait quelque chose d'effrayant. Elle fit un pas de côté pour éviter tout contact physique quand elle l'invita à entrer. Il n'avança pas tout de suite, comme si, poliment, il ne voulait pas avoir l'air trop à l'aise. Ses cheveux blond foncé étaient soigneusement peignés en arrière et couverts de brillantine. Ses yeux reflétaient une sorte d'excitation enfantine. Après s'être dit bonsoir, ils restèrent silencieux un instant.

Finalement il indiqua du doigt les feuilles de papier :

« C'est ma traduction ? »

Hedy fit oui de la tête.

« Merci. Je la lirai dès que je serai rentré ce soir. Vous avez une écriture très lisible.

— Je peux voir ce que vous m'avez apporté ? »

Il était déjà en train de poser son sac sur la table et de l'ouvrir. Il en sortit deux petits poulets prêts à cuire, un camembert, une grosse miche de pain blanc, un paquet de vrai café, une tablette de chocolat et deux bouteilles de bordeaux. Hedy sentit la salive lui monter à la bouche en voyant tout cela.

« C'est pour vous, bien sûr, pas pour être partagé avec moi, la rassura-t-il.

— Merci, lieutenant, répondit-elle, fidèle à sa promesse de rester polie tout le temps.

— Je vous en prie, appelez-moi Kurt. »

Hedy rassembla les provisions, sauf le vin et le pain, et les rangea dans un des placards d'Anton qu'elle referma aussitôt. Puis elle fit signe à son invité de s'asseoir et servit le maigre plat de légumes. Il déboucha une bouteille, versa du vin dans les verres ébréchés, ils portèrent à mi-voix un toast à la fin de la guerre, puis Hedy coupa la miche en tranches. Ils se mirent à manger en silence. Elle accompagnait chaque bouchée de légumes d'un morceau de ce vrai pain délicieux, dont elle avait oublié le goût. Une ou deux fois, elle leva les yeux vers lui et vit qu'il la regardait manger, mais elle avait trop faim pour en être gênée.

Il finit par lui poser poliment quelques questions sur sa vie d'avant, en Autriche. Elle répondit aussi brièvement que possible être venue à Jersey parce qu'on lui avait proposé du travail là. Aimait-elle ce qu'elle faisait au Lager Hühnlein ? Oui, plutôt, même si la poussière était parfois gênante. Pendant une demi-heure, cette conversation se poursuivit, maladroite, empruntée, passant d'un sujet à l'autre, comme un avion qui ne parvient pas à décoller. Hedy buvait son vin à très petites gorgées. Cela faisait des mois qu'elle n'avait pas touché à de l'alcool et que cela lui délie la langue était bien la dernière chose à souhaiter. Quand Kurt parla de sa passion pour les voitures américaines, elle l'encouragea, calculant à juste titre que cela occuperait un nombre appréciable de minutes. Mais soudain il vida son deuxième verre et déclara :

« Hedy, je ne veux pas être désagréable mais je préférerais ne pas passer cette soirée à discuter des mérites des usines Ford. »

Elle se leva et commença à desservir la table :

« Alors de quoi voudriez-vous qu'on parle ? »

Il changea un peu de position sur sa chaise, comme pour s'installer plus confortablement :

« J'aimerais simplement que nous apprenions à mieux nous connaître. »

Elle alla déposer la vaisselle dans l'évier et resta le dos tourné.

« Je n'ai rien de spécial à raconter. Il y a des quantités de jeunes filles allemandes plus intéressantes que moi au Lager, j'en suis sûre. »

Aussitôt après avoir dit cela, elle se mordit les lèvres, se doutant qu'il ne laisserait pas passer cette pique. Elle avait raison :

« Vous savez, tous les Allemands, même les militaires, ne sont pas obsédés comme Hitler par cette idée de race supérieure, ainsi qu'il voudrait vous le faire croire.

— Vraiment ? »

Elle rinçait les assiettes sales avec ses doigts, en évitant d'avoir à le regarder.

« Je croyais que c'était une des principales raisons pour que votre pays déclare la guerre. Ne vous considérez-vous pas supérieurs aux Slaves ? Ou aux Juifs ? »

Elle jeta un coup d'œil au bout de miroir qu'Anton avait accroché au-dessus de l'évier pour pouvoir se raser et vit ses joues très rouges. Elle devait avoir trop bu, après tout, ce qui était une conduite suicidaire.

« Puis-je vous dire quelque chose de très confidentiel ? » répliqua-t-il.

Comme Hedy ne disait rien, il sembla prendre son silence pour un acquiescement.

« De vous à moi, je pense que Hitler attaque ces gens uniquement pour renforcer sa position. Pour lui, ils ne sont que des boucs émissaires. Personnellement, je n'ai jamais eu de problème, ni avec un Russe ni avec un Juif. »

Elle l'entendit pousser un petit soupir :

« Écoutez, ne voulez-vous pas venir vous asseoir une minute ? C'est difficile de parler à quelqu'un qu'on ne voit que de dos. »

Elle s'essuya les mains et reprit place tout au bord de sa chaise. Il se pencha vers elle si près qu'elle voyait les petits plis au coin de ses yeux et sentait l'odeur de vin rouge de son haleine.

« Merci. Vous savez, Hedy, je ne suis pas un militaire. Quand j'étais petit, tout ce que je voulais, c'était devenir ingénieur. J'ai fait mon apprentissage dans un chantier de construction navale et un jour, on nous a annoncé qu'au lieu de construire des chalutiers, on ferait des moteurs de tanks. Et nous avons tous dû porter ceci. »

Et il indiqua du doigt sa veste d'uniforme déboutonnée près du col.

« Tout de suite après, nous sommes en guerre et je suis dans les Panzers. Les hommes de mon âge n'ont pas eu le choix.

— Donc vous avez dû simplement accepter ?

— C'était ça ou la prison. Parfois, quand quelque chose est plus fort que vous, cela n'a aucun sens, c'est même un signe d'arrogance, de croire que vous pouvez vous y opposer. Comme le roi Canute qui est mort noyé parce qu'il croyait être capable d'arrêter la montée des vagues simplement parce qu'il leur en donnait l'ordre. Vous connaissez cette histoire ?

— Tout le monde la connaît. Mais la version que vous en donnez est fausse. Le roi Canute ne s'est pas noyé et il n'a pas essayé d'arrêter la marée.

— Non ?

— C'était un bon roi. Il essayait de prouver aux membres égoïstes de sa noblesse qu'aucun homme ne peut défier la puissance de Dieu, pas même un monarque ; c'était de sa part un geste d'humilité. »

Elle se retint de se lever et de retourner près de l'évier. Elle se sentait trop proche de lui, trop vulnérable.

Il se mit à rire, d'un rire agréable à entendre :

« Eh bien, j'aurai appris quelque chose, ce soir. »

Et il sourit, l'invitant à lui sourire en retour, ce qu'elle se refusa à faire.

« Tout ce que j'essaye de vous dire, c'est que je n'ai pas choisi tout cela, ni de venir à Jersey. Je n'ai vraiment rien décidé moi-même.

— Donc, de votre point de vue, vous êtes aussi responsable de ce que fait votre pays et des souffrances qu'il cause ? »

Les mots semblaient lui avoir échappé.

« Ce que j'essaye de dire, c'est que…

— Et les gens que j'ai vus à Vienne, qu'on jetait dans des camions pour les emmener on ne sait où ? »

Il se pencha vers la table et elle crut un instant qu'il voulait la toucher, mais il souleva la bouteille de vin et remplit son verre. Il but une longue gorgée :

« Je suis d'accord avec vous, c'était très mal de faire cela. Traiter les gens comme du bétail est cruel et inutile. Mais on a conduit ces gens dans de belles fermes, où ils se sont retrouvés entre eux.

— Des fermes ? Vous croyez qu'on les a emmenés dans des fermes ? »

Le vin se mêlait maintenant à sa colère, elle ne pouvait plus arrêter le flot de ses paroles, ses résolutions de rester prudente et polie s'évanouissaient :

« Pour la plupart, on n'a plus jamais entendu parler d'eux ! Et vous me dites qu'on ne les a pas emmenés quelque part dans une forêt pour les fusiller ?

— Ces histoires sont en grande partie de la propagande. »

Il y avait maintenant une nuance d'irritation dans sa voix.

« Vous ne pensez pas que les Alliés sont capables d'inventer cela ? Qu'avez-vous entendu sur nous avant notre arrivée ? Je parie qu'on vous a raconté que les Allemands allaient violer les femmes et manger les bébés vivants. Bien sûr que chez nous il y a des ignorants et des imbéciles, mais il y en a chez vous aussi. Ça ne veut pas dire que nous sommes tous comme ça. »

Hedy se leva et elle eut peur quand il en fit autant. Il avait au moins une tête de plus qu'elle et elle se dit qu'il pourrait l'assommer d'un seul coup. Elle entendit une porte claquer en bas et se demanda si Anton se préparait à grimper l'escalier à toute vitesse. Pourtant, elle ne put s'empêcher de répondre presque malgré elle : « Et pourquoi vous croirais-je ? Vous portez l'uniforme nazi, vous acceptez d'être payé par les nazis, vous obéissez à leurs ordres. Qu'êtes-vous donc sinon un nazi ? »

Il la dévisagea d'un air qu'elle ne parvint pas à comprendre. Ce n'était pas la colère ou le mépris auxquels elle s'attendait, c'était plutôt de la déception. Il leva la main et, une seconde, elle crut qu'il allait la frapper, mais il prit simplement son sac sur la table et se le mit à l'épaule.

« Et vous ? cria-t-il, vous êtes autrichienne,

donc techniquement nous sommes compatriotes. Vous m'avez invité chez vous parce que vous aviez envie que je vous apporte des provisions et vous continuez à me traiter en ennemi. Vous travaillez pour les mêmes gens que moi, vous prenez le salaire qu'ils vous versent et vous savez quoi ? Si vous décrétez que tous ceux d'une même race sont identiques entre eux, alors vous ne valez pas mieux que Hitler. »

Il enfonça bien sa casquette sur sa tête. Elle le regarda, les mains tremblantes, mais réussit à retrouver une voix calme et dit :

« Je crois qu'il vaut mieux que vous partiez.

— Très bien. »

Il alla jusqu'à la porte, puis se retourna :

« Vous savez, en dépit de tout, j'aurais aimé que nous soyons amis.

— Merci pour ce que vous m'avez apporté. »

Elle voulait garder un air digne, ne pas manifester la moindre faiblesse. Il eut l'air d'hésiter, mais se contenta de hausser les épaules :

« Merci pour la traduction et pour le dîner. »

Et il s'en alla. Hedy resta un moment immobile, en s'appuyant contre la table. Anton surgit, le visage dévoré d'inquiétude et vint lui entourer les épaules de son bras pour la réconforter.

« Tout va bien. Il est parti.

— J'ai crié après lui. »

Elle tremblait maintenant de tout son corps.

« Ne t'inquiète pas. Il n'ira pas te dénoncer. De quoi aurait-il l'air s'il se plaignait qu'une jeune fille lui a mal parlé ? Il ne dira rien. »

Hedy fit oui de la tête, mais elle tremblait toujours. Cela dura longtemps. Anton ouvrit la deuxième bouteille de vin, lui en versa un verre plein et insista pour qu'elle le boive, tout en lui racontant ce qui s'était passé. Elle n'était pas encore très stable sur ses jambes, avec légèrement mal au cœur, quand, un peu plus tard, elle le remercia pour tout et se hâta de rentrer chez elle, ses provisions soigneusement cachées sous son manteau. Une fois arrivée, elle verrouilla la porte, et s'efforça de reprendre son souffle et de se calmer. Peut-être était-elle simplement choquée par sa propre audace, le fait d'avoir parlé ainsi à un officier allemand ? Peut-être parce qu'elle n'avait plus l'habitude de boire ? Elle se servit un verre d'eau froide au robinet de la cuisine. Peut-être ressentait-elle une certaine honte à s'être comportée de la sorte avec un homme qui s'était montré amical, finalement ?

C'est à trois heures du matin qu'elle cessa de se mentir en se réveillant en sursaut d'un rêve terriblement érotique. Chaque parcelle de sa peau ruisselait de sueur. Elle rejeta ses couvertures. Elle sentait les mains de Kurt sur elle, ses lèvres sur sa bouche, son corps à elle se tendre vers le sien.

Dans son coin, Hemingway se hérissa et émit une sorte de sifflement.

*

« J'ai entendu dire qu'enfin, on va confisquer leurs postes de radio à ces cochons de Juifs. »

Fischer venait de passer en troisième vitesse avec une extrême brutalité. Kurt sursauta au violent grincement.

« Je n'arrive pas à croire que ça ait pris si longtemps. Je veux dire, s'il y en a qui transmettent des informations aux Anglais, ça ne peut être que ces sales youpins, non ? On aurait dû en faire une priorité. »

Kurt approuva vaguement de la tête, en gardant les yeux fixés sur la route. C'était une belle et chaude journée, avec un ciel sans nuages, les bateaux de pêche se balançaient dans le port et tout au bout du quai, la silhouette d'Elizabeth Castle se dressait sur son îlot. Il avait vite compris que le mieux, pendant ce trajet matinal quotidien, était de se concentrer sur le paysage. Au début, les diatribes incessantes de Fischer l'amusaient, mais maintenant, ce type lui tapait sur les nerfs. En outre, il conduisait leur voiture de fonction comme s'il essayait de dompter un étalon, accélérant à chaque stop et freinant brutalement toujours à la dernière minute. Kurt passa mentalement en revue les collègues logés à la même adresse que lui, se demandant si quelqu'un d'autre ne pourrait pas l'emmener au Lager. Il se renseignerait dans la soirée.

Ce matin-là, l'atmosphère était plus désagréable que d'habitude parce que, sur la banquette arrière, était assis Erich Wildgrube, l'odieux membre de la Geheime Feldpolizei.

Comme il évitait soigneusement de répondre à la moindre question qu'on pouvait lui poser, tout le monde supposait qu'il appartenait à la police secrète. Il passait son temps à rôder dans les baraquements et les différents clubs, soutirant un flot d'informations à tout le monde, sous couvert de simple curiosité. Ses petits yeux porcins fouinaient sans cesse ici et là. Toujours vêtu d'un trench en cuir et coiffé d'un chapeau tyrolien en feutre, il s'aspergeait d'une eau de Cologne musquée qui soulevait le cœur de Kurt. Celui-ci ne comprenait pas pourquoi quelqu'un, dont le travail reposait essentiellement sur le fait de rester anonyme, cherchait autant à attirer l'attention sur lui.

Fischer pointa du doigt un grand V peint en blanc sur un mur :

« Et en voilà encore un ! Vous avez vu combien il en est apparu partout en ville ? Dieu sait où ils trouvent assez de peinture ! »

Wildgrube se pencha en avant, sa voix geignarde et haut perchée, comme celle d'une femme, couvrant presque le bruit du moteur :

« C'est de l'insubordination, voilà ce que c'est ! Il va falloir taper fort pour que cela cesse. Sinon, cette histoire va s'étendre. Qu'en pensez-vous, Neumann ? »

Une bouffée d'eau de Cologne lui faisant remonter son petit déjeuner dans la gorge, Kurt opina :

« C'est sûr, la vermine, ça se répand vite. »

Il n'y eut pas de commentaire et il se demanda

s'il n'aurait pas dû ne rien dire. Mais ils approchaient des Millbrook et avec soulagement il se hâta de descendre de la voiture, tapa gaiement deux fois sur le toit, et partit à petites foulées jusqu'au Lager. Avec un peu de chance, il aurait une quantité de choses à faire, ce qui lui permettrait de ne pas penser à Fischer, à Wildgrube, ni même à… bon, inutile de revenir là-dessus maintenant.

Mais en réalité, ce fut une journée pourrie. Il dut passer toute la matinée à s'occuper des pistons mal alignés sur le vilebrequin d'un Horch 108, au point qu'il n'eut même pas le temps de déjeuner, et l'après-midi à récupérer des liasses d'étiquettes qu'un de ses mécaniciens avait rangées dans les mauvais casiers.

À six heures, il était en sueur, sale, et il décida d'aller ce soir-là voir à quoi ressemblait le nouveau club des officiers en ville. D'habitude, il évitait ce genre d'endroit, la vue des jeunes prostituées françaises le déprimait trop. Mais il y aurait sûrement de l'alcool de pommes en quantité et assez de visages amis pour lui changer les idées. Il était sur le point de demander à un des sous-officiers de le ramener chez lui quand il la vit.

Elle sortait de la Baraque 7 vêtue du même épais manteau d'hiver en loque et chaussée de souliers à lacets très usés. Elle marchait d'un pas assuré et ses cheveux dorés volaient au vent. Il s'immobilisa, se demandant s'il devait reculer et la laisser aller jusqu'à la sortie la première.

Ils ne s'étaient plus parlé depuis cette affreuse soirée. Il l'avait aperçue de loin plusieurs fois et imaginé une nouvelle rencontre plus souvent qu'il ne voulait l'admettre. S'excuser ? Mais à quoi bon ? Il n'avait rien fait de mal. Et si elle détestait tous les Allemands autant qu'elle le prétendait, c'était partie perdue d'avance. Mieux valait considérer cela comme une expérience et tourner la page, se chercher quelqu'un d'autre. Sauf qu'aucune autre fille ne l'intéressait. Et quand il s'endormait, le soir, il revoyait ses yeux bleu-vert, imprimés dans sa mémoire.

Kurt se redressa. Assez de se comporter en petit garçon en se cachant, il allait mettre les choses au point une fois pour toutes. Il avança délibérément dans la même direction qu'elle. Comme si elle l'avait senti, Hedy se retourna et alors il se produisit quelque chose d'extraordinaire : à la stupeur de Kurt, elle lui sourit. C'était le premier véritable sourire, sincère, qu'elle lui adressait. Il ressentit comme un choc en plein cœur. Et il lui sourit en retour – espérant que personne ne remarquerait l'effet produit sous son pantalon d'uniforme. Il avança vers elle à travers la cohue des employés, soudain plein d'optimisme, plein d'espoir. Alors qu'il reprenait son souffle pour lui parler, il entendit quelqu'un crier en allemand derrière lui. « À qui est-ce ? À qui cela appartient-il ? »

Il tourna la tête. Le Feldwebel Schulz venait de surgir, brandissant de la main droite une liasse de dix bons d'essence tachés de boue. Il scrutait nerveusement la foule autour de lui, attendant de toute évidence une réponse. Kurt en fit autant et il vit alors que Hedy devenait blême, glissant une main dans la poche intérieure de son manteau et la ressortant vide. Leurs regards se croisèrent et il comprit tout. Comme s'il s'agissait de la voix de quelqu'un d'autre, il entendit la sienne déclarer : « Oh, c'est à moi. Merci. J'ai dû les faire tomber. »

À partir de cet instant, tout, autour de lui, sembla bouger plus lentement et quand il y repensa plus tard, on aurait dit que des projecteurs énormes venaient de s'allumer, comme sur un plateau de cinéma. Hedy le dévisageait d'un air stupéfait. Il se força à détourner ses yeux d'elle quand Schulz fonça sur lui :

« Comment se fait-il que ces bons soient en votre possession, mon lieutenant ? Y avez-vous droit ? » aboya-t-il.

Le soleil tapait en plein sur ses lunettes, ce qui lui donnait l'air d'un robot aveugle. Kurt réfléchit à toute vitesse :

« Eh bien, en fait, non. C'est un des chauffeurs qui me les a donnés en échange d'un peu de tabac.

— Quel chauffeur, mon lieutenant ? »

Schulz se dandinait d'un pied sur l'autre, comme embarrassé par le côté invraisemblable de cette scène. Son visage était maintenant écarlate.

« Oh, je ne sais plus. Ils sont tellement

nombreux. Je serais incapable de le reconnaître. Il y a un problème ?

— Oui, mon lieutenant, bien sûr qu'il y en a un. Ce que vous avez fait est une transaction illégale impliquant une propriété du Reich. Les officiers sont tenus de donner l'exemple. Je regrette mais je vais devoir faire un rapport. »

Kurt sentit un filet de sueur lui couler dans le cou :

« Voyons, Henrik, soyons sérieux. Il ne s'agit que de quelques bons. Tout le monde fait ça.

— Peut-être, mais vous l'avez reconnu, mon lieutenant. Je dois en informer mon supérieur. »

La voix de Schulz avait baissé d'une octave, comme s'il n'aimait pas ce qu'il était en train de faire. Il ajouta :

« Soyez dans mon bureau dans trente minutes. »

Et il tourna brusquement les talons, en fourrant les « preuves » dans une de ses poches.

Ceux qui avaient assisté à la scène commencèrent à se disperser, en parlant tout bas. Kurt se força à attendre quelques secondes avant de regarder de nouveau Hedy dont le visage exprimait la même incrédulité – plus quelque chose, une étrange émotion qui le fit fondre intérieurement. Elle semblait sur le point de dire quelque chose, mais d'un imperceptible mouvement de la tête plus un très léger clin d'œil, il lui intima de se taire. Puis brusquement, il se dirigea vers son baraquement. En jetant un regard en arrière, il fut soulagé de constater qu'elle n'était plus là.

Après, tout alla très vite. Peu après huit

heures, Kurt était conduit à un fourgon de la police militaire. On lui tendit une cigarette qu'il fuma pendant le parcours en effectuant des ronds de fumée parfaits. Il vit le Lager Hühnlein disparaître peu à peu. Ce qu'il n'arrivait pas à comprendre, c'est pourquoi il se sentait plus en paix avec lui-même qu'il ne l'avait été depuis des mois.

*

« Deux semaines ?

— C'est ce que toutes les secrétaires ont dit. Apparemment, ils ont voulu faire un exemple. »

Anton esquissa une grimace :

« Un voisin de Mr Reis a été mis en prison le mois dernier pour avoir fait du marché noir. Il paraît que c'est plutôt dur.

— Cela vaut mieux qu'être expédié en France, je suppose. Je pourrais peut-être lui apporter de quoi manger…

— Non ! coupa Anton, tu ne t'en mêles pas sinon les Allemands risquent d'avoir des soupçons. Et je pense que tu ferais mieux de chercher un autre travail. »

Hedy s'accroupit sur le sable en le regardant s'affairer avec sa canne à pêche improvisée dans un trou d'eau derrière un rocher. Il l'avait astucieusement bricolée à l'aide d'un vieux portemanteau, d'un bout de tuyau et d'un morceau de manche à balai. Avec un peu de chance, on arrivait parfois à attraper des ormeaux ou des crabes.

« Tu sais parfaitement que je ne trouverai pas d'autre travail.

— Mais tu dois te protéger. Et si Neumann trouve que la prison, c'est trop dur et qu'il décide de dire la vérité ? »

Hedy cligna des yeux, aveuglée par la lumière qui se reflétait sur les rochers et les flaques à marée basse. Ils s'étaient avancés assez loin tous les deux et Dorothea qui les attendait sur la plage de La Rocque n'était plus qu'un point lointain.

« S'il avait voulu me dénoncer, il l'aurait déjà fait, ajouta-t-elle d'un ton qu'elle tenta de rendre raisonnable.

— Peut-être, mais à quelle récompense va-t-il s'attendre à son retour ? De toute évidence, il t'aime bien et maintenant, il sait des choses sur toi. Il peut s'en servir. »

Anton fouillait dans les trous d'eau de plus en plus frénétiquement, mais sans rien y trouver d'autre que de minuscules poissons transparents de la taille d'un ongle qui filaient dans tous les sens pour disparaître sous le rocher le plus proche. Ils sont si petits, se dit Hedy, sans défense et leur seul espoir, c'est de réussir à se cacher. Elle se releva pour se dégourdir les jambes.

« Qu'est-ce que je devrais faire ? Si je démissionne maintenant, cela paraîtra bizarre. Et ils ont mon adresse. S'il veut me faire chanter, je ne pourrai pas l'en empêcher. »

Elle essuya la sueur qui coulait sur son front

et resserra le bout de tissu noué sur sa tête. Il faisait très chaud et elle se sentait à bout de nerfs.

« Il nous reste combien de temps avant que la mer commence à remonter ? demanda-t-elle.

— À peu près vingt minutes, dit Anton en jetant un coup d'œil à sa montre. Il va falloir qu'on rentre : Dorothea dit que ça vient assez vite. C'est par ici qu'il y a les plus grandes marées d'Europe.

— Alors allons-y, mais essayons au moins de trouver des bigorneaux pour ne pas rentrer les mains vides. »

Elle se dirigea vers un amas rocheux proche, se pencha sur la partie à l'abri du soleil et à l'aide d'un bout d'ardoise en forme de lame ramassé sur un chantier de construction en ville, gratta pour en décoller quelques-uns qui tombèrent dans son panier. Anton en fit autant un peu plus loin. On apercevait sur la côte la tour Seymour, souvenir d'autres guerres et d'autres combats. Hedy jeta un rapide coup d'œil à son ami, absorbé par sa tâche, mais assez vite, les jointures des doigts en sang, ils s'arrêtèrent. À eux deux, ils avaient vingt-sept bigorneaux, même pas assez pour un apéritif.

Anton poussa un gros soupir :

« Bon, on arrête. On ne prend pas de risques, la mer monte. »

Ils se dirigèrent vers la plage, trébuchant sur les rochers glissants et s'accrochant l'un à l'autre pour ne pas tomber. Comme le silence s'installait entre eux, Hedy essaya de parler d'un sujet moins à risque :

« Quels étaient les principaux titres à la BBC hier soir ?

— Les Allemands se rapprochent de Leningrad. Si les Russes ne peuvent pas les arrêter et si Roosevelt ne se décide pas à bouger bientôt, tout peut être terminé à Noël. »

Il s'immobilisa, sortit d'une poche un très petit paquet de tabac et se roula la plus minuscule des cigarettes.

« Mais, Hedy, cela veut dire que tu es allée leur remettre ta radio, comme ils l'ont demandé ?

— C'était ça ou les voir venir fouiller chez moi. Je n'ai pas voulu prendre de risque inutile.

— Et j'imagine que tu as arrêté ton petit trafic de bons d'essence ?

— Je ne suis pas stupide, Anton. Mais si j'avais su que ma poche intérieure s'était décousue, rien de tout cela ne serait arrivé.

— Et le docteur Maine, alors ?

— Je suis triste pour lui. Mais il y a des quantités de gens qui font du marché noir à qui il peut s'adresser. »

Au fur et à mesure qu'ils avançaient, il y avait moins de rochers et ils marchaient maintenant sur du sable et des tas d'algues desséchées qui craquaient sous leurs pas. En se rapprochant de Dorothea, assise sur une vieille couverture contre le mur de la jetée, Hedy laissa échapper malgré elle un soupir – mais elle comprit qu'Anton avait entendu en voyant son visage se rembrunir. Il se tourna vers elle :

« Il y a un robinet pas loin. Je vais aller rincer les bigorneaux. Ça ne me prendra que quelques minutes. Va tenir compagnie à Dorothea. Je ne serai pas long. »

Elle sentit à son ton déterminé qu'elle n'avait pas à discuter et rejoignit donc Dorothea qui s'écarta un peu pour lui laisser la place de s'asseoir à côté d'elle.

« Alors, comment cela s'est-il passé ?

— Pas bien. Juste vingt-sept bigorneaux. »

Elle se mit à rire :

« Ne vous en faites pas. Je les cuirai avec des pommes de terre, ça leur donnera du goût. Oh, vous avez la main écorchée ! »

Elle sortit de son sac un petit mouchoir bordé de dentelles et tapota les doigts de Hedy avant que celle-ci ait le temps de protester.

« Ce n'est pas facile, la pêche à marée basse. Mais quelquefois, cela en vaut la peine si on tombe sur une belle prise. Oh, regardez ce que j'ai eu aujourd'hui ! »

Elle brandit un petit tube noir qu'elle ouvrit et lui tendit :

« Du rouge à lèvres, de chez Coty, une très bonne marque. Il appartenait à ma grand-mère, mais elle a dit que je pouvais le garder. Vous voulez l'essayer ? »

Hedy tourna la tête pour voir si Anton se décidait à arriver, mais il était toujours occupé avec ses coquillages.

« Non, merci, dit-elle.

— Vous êtes sûre ? Je parie que c'est la couleur qui vous convient.

— Non, vraiment. »

Et elle se pencha pour ôter avec ses doigts le sable de ses jambes et de ses pieds mouillés. Elle avait envie d'aller rejoindre Anton près du point d'eau mais se doutait qu'abandonner son poste n'était pas envisageable. Elle était sur le point de poser à Dorothea une question polie sur sa famille quand celle-ci déclara calmement : « Anton m'a dit qu'on a mis votre lieutenant en prison ? »

Stupéfaite, Hedy la dévisagea. Du coin de l'œil, elle voyait maintenant Anton en train de se diriger vers elles et elle eut envie de le gifler :

« Il vous en a parlé ?

— Bien sûr. Je trouve que c'est si romantique ! Comme dans un film ! Aller en prison pour sauver la femme qu'on aime ! »

Hedy eut l'impression que des insectes lui couraient sur la peau. D'une voix forte, elle s'exclama :

« Mais ce n'est pas ça du tout ! Pourquoi dites-vous des choses pareilles ! Il était désolé pour moi, c'est tout. »

Le visage de Dorothea prit une expression enfantine :

« Hedy, je suis désolée si je vous ai blessée. Mais c'est quand même un très grand geste si c'est uniquement de la pitié. Vous êtes sûre qu'il n'y a pas autre chose ?

— Je ne sais pas pourquoi il a fait ça !

Peut-être regrettait-il de m'avoir blessée le soir où nous avons dîné ensemble. Mais franchement, vous croyez que je pourrais avoir une histoire d'amour avec un officier nazi ? »

Elle sentit le sang lui monter aux joues tandis qu'Anton se dressait devant elle, son panier dégouttant d'eau à la main :

« Que se passe-t-il ? »

Hedy se mit debout et le foudroya du regard :

« Dorothea a l'air de croire qu'il y a une sorte d'intrigue amoureuse entre le lieutenant Neumann et moi ! Qu'est-ce qui a pu lui mettre cette idée en tête ? »

Il repoussa un peu de sable du pied.

« Je suis sûr que personne ne suggère rien de tel. Et si on rentrait en ville pour aller boire un truc frais quelque part ?

— Non, je regrette, je ne me sens pas bien, je veux aller directement chez moi. »

C'était vrai. Elle avait besoin de se débarrasser de tout ce sable, de se laver, de se calmer.

Dorothea lui tendit le panier :

« Au moins, prenez votre part.

— Non. D'ailleurs, je ne peux pas manger ça. Ce n'est pas cachère.

— Je crois qu'en temps de guerre, certaines choses n'ont plus vraiment d'importance. »

Dorothea parlait d'une voix très calme et quand Hedy tourna les yeux vers elle, elle vit qu'elle la scrutait étrangement.

« Hedy, vous savez que vous pouvez avoir confiance en moi, n'est-ce pas ?

— Je ne suis pas sûre de pouvoir encore avoir confiance en qui que ce soit. »

Et elle s'en fut brusquement. Arrivée au point d'eau, elle se rinça les jambes et remit avec difficulté ses chaussures sur ses pieds encore mouillés. Elle se retourna pour voir Anton accroupi qui se frottait les yeux, l'air complètement épuisé. Dorothea, elle, la fixait encore, de loin, ses yeux bleus scintillant au soleil.

*

Un mince filet de lumière filtrait par l'étroite fenêtre équipée d'épais barreaux et faisait briller les cheveux graisseux de Wildgrube. Kurt réprima un sourire ironique en le regardant debout, très raide, devant lui, comme à la parade, l'air particulièrement grave :

« Kurt, de tous ceux capables de faire une chose pareille, vous étiez bien le dernier que j'aurais soupçonné. »

Kurt suivit des yeux la fumée de sa cigarette qui se confondait avec le rayon de soleil. Le dossier du banc de bois sur lequel il était assis était un peu humide et hérissé d'échardes. Il n'arrivait pas à s'habituer à l'odeur ambiante de pisse et de merde, mais qu'il soit damné s'il donnait à cet idiot la satisfaction de l'entendre se plaindre. Il haussa les épaules, comme s'il ne comprenait pas pourquoi on faisait tant d'histoires pour pas grand-chose.

« Honnêtement, Erich... », commença-t-il, et

il vit Wildgrube sursauter en l'entendant l'appeler par son prénom. « Je savais que c'était contraire aux règles, mais je n'ai jamais imaginé que c'était si grave. Enfin, la moitié des types que je connais ici font des trucs pas très nets. J'ai même entendu dire que le chef de la police secrète se livre à un petit trafic à lui avec un des bouchers de la ville. »

Wildgrube serra les lèvres, comme pour s'empêcher de dire quelque chose et un bref éclair passa dans ses yeux. Il déclara :

« Vous êtes mal informé, mon ami. Faire du marché noir consiste à détourner du matériel de valeur, à causer de gros problèmes et à provoquer de l'insubordination parmi la population civile. C'est considéré comme très dangereux. »

Il se mit bizarrement à marcher de long en large dans la très petite cellule. Puis il reprit, tandis que Kurt continuait tranquillement à fumer :

« Je suis choqué que vous, un officier respectable, contourniez si légèrement les règles, sachant le tort que cela peut faire à votre réputation. Vous avez de la chance que cela aille si bien pour nous en Russie, sinon vous auriez risqué de vous retrouver dans un avion, direction le front de l'Est. »

Kurt tira sa dernière bouffée, puis écrasa son mégot sur le sol en pierre. Il se sentait brusquement soulagé d'un poids. Deux semaines dans cette horrible prison, il pouvait le supporter, de même que la suppression de sa prochaine permission. Mais le risque d'être expédié à l'est l'avait empêché de dormir ces dernières nuits. Pendant de longues heures, il s'était demandé pourquoi, réellement, il avait fait cela, sans trouver de véritables réponses. Certes, épargner la prison à une jolie fille, c'était bien, c'était noble, mais si cela signifiait aller mourir dans les marécages du Pripet ? Et pour quoi, finalement ? Il n'avait eu qu'une minuscule indication qu'elle éprouvait quelque chose à son égard, juste cette seconde à peine au Lager quand elle l'avait regardé avec gratitude et… affection ? Stupéfaction ? Pitié parce qu'il avait été prêt à se comporter aussi bêtement ? Quoi qu'il en soit, il la gardait, depuis, cette seconde à peine, comme un trésor au fond de sa tête. Et il se promettait que peu importe le châtiment qu'on lui infligerait, il ne la trahirait pas. Il n'était pas sûr que cette histoire fasse de lui un Don Quichotte. Ce serait peut-être plutôt le type le plus stupide de toute la Wehrmacht. Mais il savait qu'il voulait la revoir, dès que possible.

Il se mit debout, assez satisfait cette fois de dominer Wildgrube de toute sa hauteur et lui donna une petite tape sur le bras :

« Vous avez absolument raison, Erich. Et croyez-moi, je n'aurai pas besoin d'une autre leçon. Je vous assure que désormais, je serai un bon garçon.

— Ce n'est pas la question. Il s'agit d'observer l'attitude qui convient envers notre grand Reich et notre bien-aimé Führer.

— Bien sûr. »

Ils restèrent immobiles un long moment, observant un silence que ni l'un ni l'autre ne se décidait à briser. Finalement, Wildgrube renifla bruyamment et donna un grand coup dans la porte pour que le garde vienne lui ouvrir. Il se tourna pour dire au revoir, et Kurt crut décerner l'ombre d'un sourire sur ses lèvres quand il lui dit :

« Une fois qu'on vous aura fait sortir d'ici, venez me voir. On ira boire un verre et on laissera tout cela derrière nous.

— Bonne idée. »

Kurt regarda la porte se refermer et entendit les pas s'éloigner dans le couloir. Le seul bruit qui lui parvenait désormais, c'était le gémissement d'un prisonnier malade dans une autre cellule. Il retourna s'asseoir sur son banc et observa le rayon de soleil qui éclairait les fissures du mur. Puis il se mit à penser au roi Canute.

*

Sur les arbres de Parade Gardens, les feuilles jaunissaient. Des nuages chargés de pluie traversaient le ciel. On était presque en septembre. Hedy longea le Don Memorial, près duquel des soldats en goguette bavardaient en fumant des cigarettes françaises. L'un d'eux siffla à son passage et elle tourna la tête avec dégoût.

Près du General Hospital, elle prit York Street, où se trouvait le café. Petit, il ne payait pas de mine, avec son store usé et ses rideaux de dentelle aux fenêtres qui ne laissaient guère la lumière entrer. Un endroit parfait pour ce genre de rencontre. La porte grinça quand elle la poussa et elle fut soulagée de voir qu'à part une serveuse à l'air ronchon, il n'y avait qu'une seule cliente, attablée devant une tasse de « thé » de mûrier sauvage, qui observait vaguement les passants au-dehors. Hedy alla s'installer à une table au fond, commanda du « thé » de carottes et attendit. Cinq minutes plus tard, la porte s'ouvrit et elle leva la tête. C'était lui, en imperméable marron, coiffé d'un vieux chapeau melon, qui balayait la salle du regard, en prenant soin de ne pas s'attarder sur elle. Il vint s'asseoir à la table à côté de la sienne et fit comme s'il étudiait la carte. Puis il commanda un verre de lait d'une voix lasse et déplia un journal. Hedy attendit que la serveuse se soit éloignée pour sortir un petit paquet de son sac et le fit adroitement glisser vers lui, puis elle se détourna et se remit à boire à petites gorgées.

Le docteur Maine s'en empara habilement et le fourra dans une poche de son manteau. C'est seulement ensuite qu'ils échangèrent de brefs sourires, en reconnaissance du travail bien fait. Hedy eut le temps de voir que, sous ses yeux, les cernes s'étaient encore plus creusés et que ses tempes grisonnaient davantage. Et elle sut qu'elle avait eu raison de ne pas lui parler de ce qui s'était passé au Lager Hühnlein. Tout comme elle n'avait pas dit à Anton ne jamais avoir renoncé à voler des bons d'essence.

Chacun vivait son lot de contraintes, de peurs et d'incertitudes pour l'avenir, sans devoir en plus partager les secrets des autres.

Elle vida sa tasse, laissa ce qu'il fallait de petite monnaie sur la table et regagna discrètement la rue. Elle était contente d'elle, admirait son courage, sa force d'âme et essaya de bien profiter de ces sentiments, de les ancrer dans sa mémoire. Car c'était peut-être la dernière fois qu'elle pourrait les ressentir ainsi. Si la journée se passait comme elle le prévoyait, tout ce qu'elle ferait de bien par la suite serait contrebalancé par, disons, le reste, et ne suffirait pas.

La nuit précédente, ne réussissant pas à dormir et effrayée par le noir autant que par ses propres pensées, elle avait laissé une de ses précieuses bougies brûler jusqu'au bout. La flamme clignotait dans la pièce traversée de courants d'air, projetant des ombres sur les rideaux, mais elle les regardait à peine. Ce qu'elle voyait, c'était sa mère en train de pleurer sans pouvoir s'arrêter et son père en proie à la pire colère de sa vie. Elle voyait aussi Roda regardant sans comprendre cette sœur qu'elle ne reconnaissait plus. Et Anton, se tenant la tête à deux mains, comme l'autre jour sur la plage.

Mais plus que tout, elle voyait Kurt, et cet imperceptible clin d'œil qui avait signifié tant de choses. Elle se sentit envahie de désir et brûla d'envie de se caresser. Mais un vif sentiment de culpabilité l'obligea à garder ses mains posées sur la couverture. Elle ferma les yeux et enfouit son visage dans l'oreiller. Mais cela ne réussit qu'à faire apparaître les soldats allemands défilant dans Grabenstrasse et les gardes SS bourrant de coups de pied un vieux voisin juif roulé en boule dans la rue et en train de mourir. Puis ces images s'effacèrent pour laisser surgir le visage souriant de Kurt. Elle résista jusqu'à ce que les aiguilles de son vieux réveil indiquent trois heures du matin et là, elle glissa une main sous les draps pour apaiser son corps frémissant.

En approchant de Newgate Street, son cœur se mit à battre plus vite. Elle tourna dans l'étroite rue déserte, consciente du bruit de ses pas sur les pavés. Elle longea un imposant mur de granite dans lequel il y avait une grosse porte métallique agrémentée d'un lourd heurtoir. Elle traversa et alla attendre sur le trottoir d'en face, un peu à l'écart. Des gouttes d'eau commençaient à tomber, qui devinrent de plus en plus fortes, lui trempant les cheveux et les épaules. Mais elle resta là, immobile et silencieuse.

Finalement, la porte s'ouvrit et Kurt apparut, en uniforme, un sac en papier avec ses affaires à la main. Il leva les yeux vers le ciel et respira un bon coup. Après quoi, il se tourna et la vit. Un instant elle eut peur de la colère dans son regard. Mais il sourit. Rassurée, elle porta un doigt à ses lèvres, puis s'approcha :

« À vingt mètres derrière moi, chuchota-t-elle ; pas plus près. »

Kurt fit oui de la tête.

Elle se dirigea alors vers la rue principale en

jetant un coup d'œil par-dessus son épaule de temps à autre pour vérifier qu'il la suivait bien. Ils marchèrent jusqu'à Parade, puis empruntèrent les plus petites artères jusqu'à New Street et l'adresse de Hedy. Elle ouvrit la porte d'entrée et se glissa à l'intérieur, monta les deux étages, soulagée que Mrs Le Couteur ne se manifeste pas, pour une fois. Elle tourna la clé dans sa serrure à l'instant où elle entendit le pas de Kurt en bas, et entra précipitamment dans la petite pièce, essoufflée, trempée, des mèches de cheveux collées au front. Cela empestait les légumes bouillis de la veille. Entendant que quelqu'un d'autre arrivait, Hemingway, flairant le danger, se précipita sous le lit et n'en bougea plus. Kurt apparut dans l'embrasure de la porte et la regarda bien en face, essayant d'évaluer la situation. Puis il ferma derrière lui et ôta sa casquette.

Pendant quelques instants, aucun des deux ne bougea. Hedy n'avait pas la moindre idée de ce qu'il pouvait penser. Il fit un pas vers elle, un autre, et lui tendit les bras. Elle se sentit littéralement fondre en lui. Il posa ses lèvres qui sentaient un peu le tabac sur les siennes et se mit à l'embrasser avec une ferveur, une passion qui la rendit brûlante de désir. Il caressait ses cheveux, son corps, ses bras, ses épaules, ses seins. Hedy essaya de rester consciente, mais tout disparaissait, les règles, les certitudes, et elle se sentait tomber dans un abîme de plaisir. Quand sa robe se retrouva sur le plancher, elle n'aurait même plus été capable de dire son nom.

4

Le camion était littéralement rempli de soldats – peut-être vingt-cinq ou trente, leurs uniformes se fondant en une sorte de masse vert-de-gris. Quand il accéléra, dans un jet de poussière et de feuilles mortes, Hedy s'abrita contre la haie qui bordait la route, prenant soin de protéger son visage du bout de son écharpe. Avant qu'il disparaisse au tournant proche, elle eut le temps d'apercevoir le visage d'un jeune – guère plus qu'un collégien – blême, le regard vide fixé au loin, les lèvres serrées, comme pour empêcher un torrent d'en sortir. L'instant d'après, elle prit le chemin qui descendait vers la mer.

Dans la petite Belcroute Bay, les vagues venaient mourir à leur rythme au bord de la plage. Bientôt la mer commencerait à monter, et les rochers disparaîtraient sous des flots argentés. Hedy avança avec précaution. Elle ne marchait que sur les pierres glissantes – sur le sable, il risquait d'y avoir des mines – en faisant attention de ne pas tomber. Aujourd'hui, elle était encore en sécurité, mais bientôt l'eau monterait plus haut, forçant les rares promeneurs à fuir.

Jetant un coup d'œil en arrière pour s'assurer que personne ne la suivait, elle arriva dans un creux entre deux rochers dont elle avait fait son coin à elle. Elle s'assit, le dos bien droit, protégée plus haut par des buissons, de façon à ne pas être repérée depuis le sentier au-dessus. Une forte brise s'était levée, mais le soleil chauffait encore. Il devait être autour de midi. Elle s'installa le plus confortablement possible, sachant qu'elle n'aurait pas longtemps à attendre.

Le mois de novembre avait été particulièrement dur, jusque-là. La ration de pain venait encore de diminuer. On annonçait de nouvelles restrictions d'essence. Et l'arrivée de davantage de militaires allemands depuis la France, des centaines et des centaines débarquant dans le port de St Hélier, suscitait le désespoir de la population. Pourquoi tous ces soldats ? Que venaient-ils faire ici ? Il allait y avoir, sans aucun doute, davantage de directives et de nouvelles contraintes.

Pourtant, le visage tourné vers les rayons de soleil, dans un silence seulement interrompu par le bruit léger des vagues, Hedy ne pouvait pas nier qu'un sentiment enfui depuis longtemps l'emplissait peu à peu. C'était du bonheur, et elle avait presque oublié qu'il existait. Elle sourit, le sentant glisser dans ses bras, ses mains, jusqu'au bout de ses doigts. Elle aspira profondément et laissa ses pensées vagabonder.

Puis, comme toujours, il y eut le choc en retour. Cette peur, cette culpabilité qui la glaçaient.

Il en avait été ainsi dès leur premier jour, cet après-midi pluvieux chez elle, quand un mince filet de lumière éclairait leurs deux corps nus, épuisés, immobiles, sur la couverture. Ils étaient restés des heures serrés l'un contre l'autre sur le lit étroit, s'avouant comment et quand ils avaient ressenti de l'attraction l'un pour l'autre. Il fallait attendre qu'il fasse nuit pour qu'il puisse repartir sans être vu. C'est tout de suite après que cela avait commencé : ce mouvement de pendule, oscillant entre la joie et la haine d'elle-même, chaque fois comme un coup dans le plexus, qui lui valait soit des crises de fou rire nerveux quand elle partait à son travail le matin, soit des pleurs désespérés aux petites heures de la nuit. Le pire, c'était ce qui ne s'en allait jamais, qui bouillonnait jour et nuit, invisible sous une surface uniforme : la terreur.

Plusieurs fois, elle avait été sur le point de lui avouer tout à trac la vérité. Ces mots, se disait-elle souvent, et ce serait fait. Juste ça : « Je suis juive. » Cela n'aurait pas été aussi dangereux, au tout début. Elle aurait balayé sa colère d'un haussement d'épaule : voyons, ne le savait-il pas ? Était-ce sa faute à elle si lui, un officier, ignorait le véritable statut d'une des employées du Lager, où il se trouvait aussi ? Et s'il se mettait en colère, hurlait, se hâtait de se rhabiller, elle pariait qu'il n'en parlerait à personne de peur d'encourir une punition. Cela aurait été simple.

Mais elle ne lui avait toujours pas dit. Ni ce jour-là, ni les suivants, ni au cours d'aucune de leurs rencontres, toujours furtives et passionnées. Et en même temps que son affection pour lui grandissait, la peur de sa réaction ne la quittait pas. Au bout d'un certain temps, elle fut assez folle pour imaginer qu'elle n'aurait peut-être jamais besoin de rien lui révéler, rêver d'un monde où ce ne serait tout simplement pas un problème. Jusqu'à ce qu'un jour, dans plusieurs mois, ou plusieurs années – cela restait soigneusement très vague – dans un restaurant ou à une terrasse de café, il lui sourirait, boirait une gorgée de vin et dirait : « à propos, tu n'avais jamais mentionné que tu… ». Mais la nuit, seule dans son lit, elle savait que c'était déjà trop tard.

Quelqu'un sifflait depuis la plage, ce qui la fit sursauter. Au bout de quelques secondes, la longue silhouette de Kurt apparut, avançant prudemment sur les rochers. Il vint s'asseoir à côté d'elle, reprenant son souffle. Elle lui ouvrit les bras et il l'attira contre lui, l'étreignit, l'embrassa longuement, avec fougue, en lui murmurant qu'elle était belle et lui avait tellement manqué ces derniers jours. Ils s'installèrent plus confortablement entre les deux rochers, serrés l'un contre l'autre. Il ouvrit son sac et en sortit une demi-miche de pain, des petites pommes et quelques tomates. Elle se glissa sous son bras gauche et pendant quelques instants, ils mangèrent en silence.

Puis Kurt s'essuya la bouche du dos de la main :

« Tu as entendu ce qui s'est passé à Sidi Rezegh ? »

Hedy fit non de la tête.

« L'Afrika Korps a écrasé la 7e division blindée britannique. Si nous prenons Malte, tout pourrait être fini dans quelques mois. »

Elle se contenta de regarder fixement la moitié de tomate qu'elle n'avait pas encore terminée, le laissant interpréter son silence.

« Je suis désolé, Hedy. Mais c'est ce que nous voulons tous les deux, n'est-ce pas ? Que cette guerre prenne fin, non ?

— Et le front de l'Est ?

— Situation bloquée pour l'instant. Il a dû commencer à neiger. Dieu sait à quoi cela doit ressembler pour les malheureux coincés là-bas. J'espère seulement que Helmut n'est pas parmi eux. »

Il surprit son regard interrogateur :

« Mon meilleur copain depuis l'enfance, comme un frère. Il est dans les chars, en ce moment. »

Puis il la regarda et demanda :

« Mais Hedy, comment se fait-il que tu n'aies pas de radio chez toi ? Tous les habitants de Jersey en ont une. »

Elle se fourra le morceau de tomate dans la bouche et le mâcha plus longtemps que nécessaire, en essayant de trouver le mensonge qui conviendrait.

« Je te l'ai déjà dit, la mienne est cassée. Et on ne peut plus en acheter nulle part.

— Je pourrais peut-être t'en trouver une, en utilisant mes contacts. Et nous écouterions la BBC ensemble, leurs nouvelles sont plus fiables que les bêtises qu'on nous assène tous les jours. »

Elle posa la main sur son genou :

« Merci. Mais je ne veux pas que tu dépenses cet argent pour moi. Je peux toujours savoir ce qui se passe par toi. Ou par Anton.

— Ah, le fameux Anton ! Vas-tu jamais me permettre de le rencontrer ? »

Elle lui jeta le même regard en coin qui avait mis fin à des douzaines de conversations précédentes, mais cette fois, Kurt se contenta de hausser un peu les épaules :

« S'il est un si bon ami, il comprendra sûrement, non ? Et ne se trouve-t-il pas dans la même situation puisqu'il fréquente une fille d'ici ?

— Tu le verras un de ces jours. Tu as eu des nouvelles de Helmut récemment ? »

La tactique était trop évidente et elle savait qu'il l'avait repérée, mais il ne releva pas :

« Une seule lettre pendant l'été et largement censurée. Je ne sais même pas où il est. Je m'inquiète pour lui. »

Il jeta son dernier trognon de pommes entre les rochers, puis se tourna pour la regarder bien en face :

« Quand pourrais-je revenir chez toi ? Ici, c'est très joli, mais… Tu me manques. »

Il glissa une main sur ses seins et se mit à les caresser. Hedy frémit de désir. Mais elle entendit soudain des voix dans le chemin descendant à la plage et le repoussa :

« Toi aussi tu me manques. Mais ici, c'est trop risqué. »

Ce sourire encore… Elle sentait le goût de pomme de son haleine, l'odeur de la brillantine sur ses cheveux et elle réprima l'envie dévorante de remettre sa main là où elle avait été. Kurt se redressa, appuyé sur un coude :

« Je ne vois vraiment pas pourquoi nous devons être aussi prudents. Là où j'habite, au moins deux officiers sortent avec des filles de Jersey. Et ce n'est pas comme si tu en étais une.

— Ce n'est pas la question. Les gens d'ici me soupçonnent déjà, à cause de ma nationalité et de mon accent. On pourrait me traiter d'espionne, me jeter à la porte de mon appartement. Je suis obligée d'être deux fois plus prudente. »

Sentant à quel point il était déçu, elle s'empressa d'ajouter :

« Mrs Le Couteur tousse moins. Si elle va assez bien pour aller chez sa sœur vendredi, tu pourras venir. »

Il opina de la tête.

« Je m'assurerai que le copain que j'ai aux réserves me donne… », et à la joie de Hedy, il rougit un peu, « enfin, ce dont nous aurons besoin. Oh, j'allais oublier, j'ai un cadeau pour toi. »

Et il sortit d'une de ses poches une tablette de chocolat Stollwerck. Elle resta bouche ouverte devant l'emballage de papier bleu, avec le nom de la marque d'une écriture autrefois si familière.

« Comment as-tu deviné que c'était mon préféré ? Tu veux qu'on partage maintenant ?

— Non, c'est pour toi. J'en aurai d'autres la semaine prochaine. Garde-la pour un jour où tu en auras vraiment besoin. »

Il leva son visage vers le soleil.

« J'adore cet endroit. Dans combien de temps auront lieu les grandes marées ?

— À peu près dix jours.

— Et alors la plage sera complètement submergée ?

— L'eau montera jusqu'en haut du sentier, elle débordera peut-être sur la route, s'il y a une tempête avec beaucoup de vent en même temps. J'ai vu ça une fois, il y a deux ans. C'était effrayant. »

Il lui prit la main dans la sienne.

« Nous allons devoir trouver un autre endroit pour nous rencontrer. Ce serait trop bête de se faire piéger ici. »

Hedy se contenta d'acquiescer, puis elle posa la tête sur l'épaule de Kurt et laissa le soleil d'automne faire s'évaporer ses pensées.

*

Raves, raves, raves merveilleuses,
nous chantons pour vous merveilleuses raves,
si bonnes, si parfaites,
succulentes raves,
qui nous emplissent de bonheur,
le ventre et l'estomac
nous vous adorons, vous réclamons,
encore, encore de ces merveilleuses raves.

Les cinq chanteurs vêtus de costumes dépareillés, sans doute retrouvés dans les placards du Green Room Club d'avant-guerre, incitaient les spectateurs à les accompagner, ce qu'ils faisaient avec enthousiasme. Tout le monde battait des mains, le long de chaque rangée de sièges et on riait de la bêtise des paroles de la chanson.

Hedy, serrée entre Anton à sa droite et une vieille dame à cheveux blancs à sa gauche, chantait à pleine voix, elle aussi. Quelle bonne idée d'être venue ! La veille, elle avait hésité à accepter l'invitation d'Anton parce qu'elle espérait que Kurt pourrait se libérer dans l'après-midi. Mais après avoir trouvé un mot de lui dans la poche de son manteau disant qu'il serait pris par une réunion avec les autorités locales, elle s'était dit qu'aller au théâtre serait une excellente distraction. Elle se demandait maintenant pourquoi elle n'y était jamais venue auparavant. Ce charmant Opéra de l'époque victorienne, avec ses dorures et ses moulures lui rappelait le théâtre de Vienne où son père l'emmenait à des matinées enfantines. L'odeur du plancher ciré et celle des sièges recouverts de velours, cette atmosphère d'attente… Et quelle importance si elle reconnaissait un des marchands de poisson du marché dans le rôle principal et si la scène était éclairée par des phares de voiture installés dans la fosse d'orchestre et alimentés depuis les coulisses par une batterie également de voiture ? Et tant pis si le rideau se levait à quatre heures de façon que les gens venus de la campagne puissent être rentrés avant le couvre-feu ! Ici, au moins, il y avait des couleurs, des chansons, on échappait un moment à la peur omniprésente.

Elle se pencha pour crier à l'oreille d'Anton « c'est merveilleux ! ».

Il sourit, mais sans entrain. Il avait l'air absent, loin de tout. En y pensant, elle se dit qu'il lui avait déjà paru bizarre quand elle l'avait retrouvé, plus tôt dans l'après-midi. Du coup, elle chanta moins fort, tout en lui jetant des regards à la dérobée. Elle était à sa gauche et en se penchant un peu, elle voyait Dorothea à sa droite qui chantait à tue-tête et de toute évidence ne se rendait compte de rien.

L'épais rideau rouge se ferma pour annoncer l'entracte et dans un grand fracas de sièges relevés, les spectateurs allèrent faire la queue au bar ou aux toilettes.

« On va chercher quelque chose à boire ? » demanda Hedy à ses deux compagnons.

Anton fit la grimace :

« Il n'y aura ni vrai thé ni vrai café.

— Non, mais j'ai vu une pancarte où on annonce qu'on sert la meilleure infusion de navet de la ville. Allez, je vous invite ! »

Dorothea les regarda alternativement tous les deux et demanda d'une voix de petite fille : « Vous voulez dire, moi aussi ? »

Hedy se sentit un peu mal à l'aise. Cela faisait maintenant des semaines qu'elle essayait de se montrer plus amicale envers elle. L'histoire d'amour avec Anton semblait devoir durer et c'est pour lui qu'elle faisait des efforts, questionnant Dorothea sur sa santé, sa grand-mère et même son travail à la chaîne à l'usine Summerland. Mais la jeune femme ne s'intéressait qu'aux magazines de cinéma, aux vedettes, à leurs coiffures, vraiment de pauvres sujets de conversation, et ses gloussements de gamine à propos de choses sans importance énervaient beaucoup Hedy. Jusque-là elle croyait avoir réussi à ne pas montrer son agacement, mais elle comprit alors qu'il n'en était rien et voulut faire amende honorable :

« Mais bien sûr, tous les deux ! Dépêchons-nous, sinon nous n'aurons plus le temps d'être servis ! »

Ils sortirent de la salle et descendirent l'escalier jusqu'au petit bar où ils rejoignirent la longue file de spectateurs, tous plutôt mal vêtus, qui attendaient les maigres rafraîchissements proposés. Ils avaient désormais tellement l'habitude de faire la queue que personne ne protestait. Hedy ouvrit son sac pour prendre son porte-monnaie mais Anton l'en empêcha de la main : « Ne sois pas stupide, je ne veux pas que ce soit toi qui payes. »

Elle se hérissa immédiatement : « Et pourquoi pas ? Tu m'as invitée si souvent.

— Ça va. Range ton argent. »

Il y avait quelque chose de dur dans sa voix.

« Anton, qu'est-ce qu'il y a ? Tu es de mauvaise humeur depuis tout à l'heure. »

Elle regarda Dorothea, mais celle-ci l'ignora. Comme Anton, elle évitait toute forme de conflit, Hedy l'avait déjà remarqué.

« Ça va, je suis juste fatigué.

— Ah, pauvre vieil Anton ! »

Elle se pencha vers lui et se mit à lui chuchoter à l'oreille une vieille berceuse en allemand, « *Schlaf, Kindlein, schlaf ! Der vater hüt't die Schaaf, die Mutter schüttelt's Baümelein…* ».

Anton s'écarta brusquement, l'air si fâché qu'elle recula d'un pas.

« Hedy, pour l'amour du ciel, tu veux qu'on se fasse taper dessus ? Tu dis que j'ai l'air bizarre et toi alors ? Depuis quelque temps, tu te comportes comme si tu avais trop bu et cela fait des semaines que ça dure.

— Je te taquinais, c'est tout.

— Non, il y a autre chose. Qu'est-ce qui t'est arrivé ? »

Hedy sentit le sang lui monter aux joues. Elle espéra qu'il mettrait cela sur le compte de la chaleur qu'il faisait dans le bar.

« J'essayais juste de rester de bonne humeur.

Et tu pourrais en faire autant ! Tout le monde est fatigué, tout le monde a faim, mais à quoi cela sert de se plaindre ? Vous ne croyez pas, Dorothea ? »

Mais celle-ci la dévisageait comme si elle venait de trouver la clé d'une énigme et elle s'exclama :

« Je sais ce que c'est ! C'est ce lieutenant, n'est-ce pas ? Vous l'avez revu ? »

Hedy eut l'impression qu'il faisait de plus en plus chaud. Elle n'était plus sûre d'avoir encore une voix :

« Quoi ?

— C'est ça, n'est-ce pas ? Comment s'appelle-t-il déjà ? Kurt ? »

Devenue cramoisie, elle se dit que sa seule défense, c'était l'attaque :

« Pour l'amour du ciel, Dorothea, ne recommencez pas !

— J'ai raison, n'est-ce pas ? Vous l'avez revu. »

À cet instant, Hedy la détesta. Traiter son histoire comme celle d'une gamine ! Ne pas comprendre à quel point c'était sérieux ! Un couple âgé qui finissait de boire dans des tasses ébréchées les heurta tous les trois quand ils partirent reprendre leurs places. Le vieux monsieur s'excusa, mais elle ne l'écouta qu'à peine. Elle tenta de maîtriser sa respiration :

« Je vous l'ai déjà dit une fois, le jour où il est sorti de prison et que je suis allée le remercier. C'est tout.

— Et vraiment pas depuis ? demanda Anton.

— Pourquoi l'aurais-je revu ?

— Parce que vous l'aimez vraiment bien, comme lui vous aime bien ! »

Le visage de Dorothea était radieux, avec quand même une touche d'inquiétude, mais rien qui ressemblait à un jugement. Hedy envia presque sa naïveté.

« Je ne sais pas ce qui vous passe par la tête, Dorothea. En réalité, vous ne me connaissez pas du tout. Et s'il vous plaît, arrêtez de parler de ces choses-là dans un lieu public. Allez vous asseoir, Anton et vous. Je vais chercher les boissons. »

Anton protesta une nouvelle fois :

« Non, filez toutes les deux. J'y vais moi-même. Et je te le répète, Hedy, garde ton argent. »

Il repoussa son sac qui glissa, puis tomba et le contenu se répandit sur le tapis : un porte-monnaie en cuir, un cadeau des Mitchells avant la guerre, un mouchoir bordé de dentelles, acheté en un temps plus heureux, et la moitié d'une tablette de chocolat Stollwerck encore dans son emballage bleu.

Ils restèrent silencieux tous les trois un instant, les yeux braqués sur la tablette comme s'il s'agissait d'une grenade. La queue pour le bar avançait et, voyant qu'ils n'avaient pas l'intention de bouger tout de suite, les deux femmes qui se trouvaient derrière eux, en chapeaux de paille usés, se débrouillèrent pour passer devant.

Hedy leva les yeux vers Anton et vit qu'il était en colère. D'une voix cinglante il demanda :

« Et je suppose que tu as acheté ça au marché ? »

Hedy porta une main à son visage, laissant Dorothea tout ramasser et ranger dans le sac.

« C'est par une des secrétaires que je l'ai eue.

— Je ne te crois pas. Tu m'as toujours dit que tu ne parlais à personne, là-bas. Et tu es toute rouge. »

Jamais il n'avait employé ce ton-là. Hedy eut l'impression que les murs allaient s'écrouler. Elle n'avait pas la force de discuter, pas là-dessus, pas avec lui. Elle finit par chuchoter :

« Anton, je suis désolée. J'aurais dû te le dire, mais… »

Dorothea se rapprocha aussitôt, lui tendit son sac, posa une main sur son épaule et, de l'autre, lui caressa les cheveux : « Hedy, dit-elle, ne vous excusez pas. On ne choisit pas de qui on tombe amoureux. C'est tout à fait comme moi avec Anton. »

Hedy gardait les yeux fixés sur Anton dont le visage exprimait une véritable colère rentrée. Il rétorqua à voix basse :

« C'est totalement différent. Tu lui as dit ?

— Dit quoi ?

— Pas de ce petit jeu avec moi. Tu lui as dit ?

— Heu… non. »

Il secoua la tête. Au comptoir, les deux femmes aux chapeaux de paille discutaient avec la serveuse des meilleures recettes de confiture de carottes. Le bruit des cuillers dans les tasses était soudain assourdissant.

« Et tout ce que tu racontais avant… à quel point tu les détestais, à quel point tu avais peur !

J'ai fait tout ce que j'ai pu pour te protéger. Et maintenant ça... »

Hedy fixa la moquette en loques, presque réduite à un amas de fibres, usée par le piétinement de milliers de pieds au fil de dizaines d'années.

« Tu veux aller en prison, tu veux être déportée, c'est ça que tu veux ? »

La main de Dorothea lui caressait toujours la tête et elle eut envie de la rejeter mais n'osa pas un geste qui attirerait l'attention.

« Ne sois pas méchant avec elle, Anton. Ce n'est pas de sa faute.

— En fait, si. Tu viens avec moi ou tu restes avec elle ? »

Il reboutonna sa veste et renoua son écharpe. Dorothea jeta un regard éploré à Hedy, mais celle-ci lui faisant signe de partir, elle lui serra affectueusement le bras et suivit Anton qui quitta le bar. Hedy écouta leurs pas dans l'escalier, puis sortit du théâtre par une autre porte. Avec un peu de chance, elle réussirait à rentrer chez elle juste avant de se mettre à pleurer.

*

Par l'immense fenêtre en ogive de la salle du Conseil, les derniers rayons du soleil couchant faisaient luire la longue table bien cirée ainsi que les médailles épinglées sur la poitrine du docteur Wilhelm Casper, qui brillaient au point d'aveugler Kurt assis en face de lui. Il recula un peu sa chaise pour protéger ses yeux. Comment un simple fonctionnaire qui devait avoir passé toute la dernière guerre dans des bureaux et n'aurait sans doute pas su par quel bout on tient un fusil pouvait arborer autant de décorations ? Kurt essaya de l'imaginer. Il balaya du regard la vingtaine de visages allemands autour de lui pour voir s'ils partageaient son scepticisme. Mais ils affichaient tous le même petit sourire contraint. Quant aux insulaires, ils gardaient la tête baissée. Le seul autre participant qu'il connaissait un peu était un caporal au visage juvénile nommé Manfred, avec qui il venait d'effectuer, peu de temps avant, une inspection des bunkers construits sur la côte nord. Ils avaient sympathisé, en particulier en tant que supporters de l'équipe de foot de Dresde. Mais là, en si impressionnante compagnie, Manfred avait le nez dans ses dossiers et semblait pratiquement ignorer sa présence.

Kurt observa alors mélancoliquement les branches des bouleaux au-dehors qui se balançaient au vent du soir et réprima un soupir. Il ne savait même pas pourquoi il était convoqué à cette stupide réunion où l'on devait, en principe, discuter de l'aménagement de l'aéroport local pour que les avions de la Luftwaffe puissent y atterrir. Il allait bientôt être six heures et de toute évidence, il perdait son temps. Il aurait pu voir Hedy cet après-midi-là. Le samedi était le meilleur jour pour éviter ses voisins, partis pour la plupart rendre visite à leur famille ou faire la queue au marché. Ils seraient serrés l'un contre l'autre dans le petit lit. Un vif ressentiment s'empara de lui à la pensée qu'il respirerait alors l'odeur de ses cheveux, sentirait la douceur de ses mains dans les siennes et celle de son corps contre lui.

Mais c'était plus que cela. Bien sûr, il avait déjà eu des petites amies en Allemagne et beaucoup tenu à deux d'entre elles. Or ce qu'il éprouvait, ces dernières semaines, cette nouvelle et profonde émotion, ne ressemblait à rien d'autre. Il s'apercevait qu'il pensait à elle tout le temps, aurait voulu partager avec elle le moindre instant intéressant de sa journée et entendre sa voix. Cela affectait son attitude à l'égard de ses collègues. Dans la cuisine du logement qui lui avait été attribué, il entendait souvent les autres officiers rire en échangeant leurs histoires de filles avec qui ils flirtaient ou couchaient. Ils se tapaient sur les cuisses comme des gamins en se congratulant à propos d'une certaine brunette qui leur faisait des gâteries sur le siège arrière d'une voiture en échange d'un kilo de poissons. L'un d'eux se vantait d'avoir eu successivement une mère et sa fille contre deux cents cigarettes françaises. Kurt ne s'était jamais senti à l'aise avec ce genre de discussions, mais maintenant, il les trouvait positivement répugnantes. Plus encore, il se demandait quel sens cela avait. Quelle satisfaction cela apportait. Quel défi à relever. Quelle découverte à faire. Bien sûr qu'au début, c'était le désir qui l'attirait. Alors que maintenant…

Maintenant il y avait ce côté obscur, secret, qui le faisait revenir vers elle, encore et encore. Ce mélange de colère et de tristesse dans ses yeux masquant un mystère si complexe qu'il le redoutait. Comment une femme pouvait-elle s'abandonner autant et en même temps cacher tant de choses ? Il était comme un pêcheur qui à la fin de la journée n'a pris que des tout petits poissons mais sait que les gros sont là, juste sous la surface de l'eau. Il ne pouvait plus se passer d'elle.

« Il y aura aussi de nouvelles coupures de gaz », ronronnait la voix du docteur Casper, répercutée par son interprète, un maigre jeune homme à lunettes qui aurait pu être son fils : « À partir de la semaine prochaine, il y aura du gaz entre sept heures du matin et deux heures de l'après-midi, puis entre cinq heures trente et neuf heures. En outre, le commandant en chef souhaite que nous disposions des actuelles réserves de bois de l'île. Nous serons naturellement heureux de négocier un arrangement à l'amiable. »

Une voix s'éleva :

« La population locale a besoin de ce bois pour se chauffer et faire la cuisine. Que se passera-t-il si nous refusons de négocier ? »

L'attention de Kurt revint alors à ce qui se passait autour de la table et il chercha qui avait parlé. Un habitant de Jersey à cheveux gris, l'air las à lunettes cerclées de métal, foudroyait du regard Casper sans cacher son mépris. Kurt comprit qu'il s'agissait du conseiller municipal en charge des problèmes de l'emploi.

Casper se contenta de hausser les épaules :

« En ce cas, Mr Le Quesne, nous les prendrons, purement et simplement. Les autorités allemandes doivent faire passer les besoins des troupes d'occupation avant ceux des... *Einhesmische.* »

Et il essuya ses lèvres sèches d'un doigt, comme si le mot « locaux » avait un goût désagréable. Il ajouta :

« Et nous allons également exiger que le contenu de toutes vos serres soit mis à la disposition de nos militaires. »

Kurt baissa les yeux sur les papiers posés devant lui, en prenant soin de garder un visage neutre. Intérieurement, il se sentait mal. Depuis des mois maintenant, il devait écouter les récriminations de son collègue, Fischer, sur l'idiotie des membres du conseil municipal, ces abrutis de provinciaux qui refusaient obstinément d'obéir aux ordres pleins de bon sens de leurs maîtres, ces péquenots incapables de se tirer d'affaire par eux-mêmes. Même lui, Kurt, s'était parfois demandé, en voyant Hedy obligée de faire durer une semaine la maigre ration de légumes à laquelle elle avait droit, si cette pénurie n'était pas plutôt due à l'incompétence de la politique agricole locale qu'aux exigences des occupants allemands. Or il constatait maintenant que ceux-ci volaient la nourriture de la population sans même essayer de s'en cacher.

« Oh, je crois que nous comprenons parfaitement notre statut de “locaux”, docteur Casper, rétorqua Le Quesne, sans se laisser intimider. Le fait que vous ayez jeté en prison mon jeune coursier qui n’a pas pu s’excuser d’avoir légèrement heurté dans la rue un officier allemand parce qu’il boite a rendu la chose très claire. De même que vos dernières mesures concernant la mise sous séquestre des biens juifs. »

Kurt, qui s’attendait à une réponse brutale de Casper ou à pire encore, entendit alors une voix, avec l’accent de Jersey, s’élever tout au bout de la table. Elle émanait d’un homme à la peau flasque, doté d’une moustache et d’épais sourcils, qui parlait du nez :

« Je ne crois pas, Mr Le Quesne, qu’un antagonisme délibéré soit de quelque utilité ici. L’année dernière, vous étiez de ceux qui ont le plus plaidé pour que le conseil municipal conserve son autorité civile et serve de courroie de transmission, en quelque sorte, entre nos visiteurs allemands et la population des îles. À partir de quoi, répondre aux vœux du docteur Casper est à la fois notre devoir et une obligation. »

Kurt sentit son cœur se soulever en voyant le sourire mielleux que l’individu adressait à Casper, qui opina du chef :

« Je suis reconnaissant à Mr Clifford Orange de son pragmatisme et de sa réponse courtoise. Et comme il se fait tard, je pense que nous devrions maintenant conclure. »

Il referma son dossier et se leva, imité par tous

ses sbires en uniforme. Kurt, content d'en finir, mais toujours en colère intérieurement, suivit la file qui sortait de la salle et se dirigeait vers le grand escalier. En descendant les marches, il se retrouva à côté de Manfred. Il lui donna une tape sur l'épaule en lui disant – soigneusement sur un ton de conversation amicale :

« Alors, qu'est-ce que vous avez pensé de tout ça ? »

Apparemment surpris qu'un officier supérieur s'adresse à lui, Manfred bafouilla : « Mon lieutenant... Vous voulez parler de la réunion ?

— Vous saviez qu'on réquisitionnait la nourriture de la population pour nos troupes ? »

Manfred fit oui de la tête.

« Mais ça n'a rien de surprenant, mon lieutenant. Le fait que nous soyons ici a pratiquement doublé le nombre d'habitants. Et il n'arrive plus que très peu de choses de France.

— C'est plutôt contraire à la promesse que nous avions faite, non ? On devait garantir leurs libertés. »

Manfred ne répondit pas mais lui jeta un regard anxieux :

« Vous n'avez pas d'avis là-dessus, insista Kurt.

— Non, mon lieutenant.

— Je croyais que vous vouliez devenir Obergefreiter l'année prochaine. Si vous voulez gravir les échelons, il faut de temps en temps exprimer votre opinion.

— Oui, mon lieutenant, mais... »

Sentant son malaise, Kurt attendit que les

autres se soient éloignés pour l'attirer un peu à part, sous l'immense drapeau orné d'une swastika accroché dans le hall. Il prit dans une de ses poches une pincée de tabac et roula une petite cigarette que le jeune homme accepta avec plaisir. Quand il eut tiré sa première bouffée, Kurt insista :

« Mais quoi ? »

À son tour, Manfred baissa la voix :

« Mon lieutenant, vous êtes quelqu'un de bien. Je vous admire. Mais si on apprend que j'ai eu cette conversation avec vous...

— Avec moi ? C'est à cause de cette histoire de bons d'essence ?

— Le lieutenant Fischer dit que nous devons faire attention à qui nous parlons. Et ce type au chapeau tyrolien...

— Erich Wildgrube ?

— Oui, lui. Il vient fouiner dans toutes les baraques et n'arrête pas de parler des types dont on doit se méfier.

— Quand je pense que j'ai payé pour ma bêtise !

— Mon lieutenant, ma famille dépend de ce que je gagne. C'est important pour moi de devenir Obergefreiter. Je dois me comporter comme il faut. Si ça ne tenait qu'à moi...

— Ne vous excusez pas, Manfred. Allez, filez vite et ne vous inquiétez pas, nous n'avons jamais eu cette conversation. »

Kurt lui redonna une tape sur l'épaule et le laissa s'éloigner. Il s'en était douté, mais en avoir la confirmation le blessait. Foutu Fischer, foutu Wildgrube, foutues règles stupides, foutue loyauté. Il décida de rentrer à pied chez lui. Dans la fraîcheur du soir, cela lui ferait du bien. Mais il imaginait des soldats allemands en train de remplir des brouettes dans les serres des fermiers. Il revoyait le visage gras de Wildgrube et ses petits yeux inquisiteurs. Et puis il repensa au roi Canute assis, intrépide, sur son trône, essayant de reprendre son souffle entre les énormes vagues qui s'écrasaient autour de lui, tandis que la marée montait inexorablement.

*

Dans la boulangerie, la lumière bleuâtre des lampes à pétrole projetait des ombres étranges sur les murs carrelés. Depuis la rue plongée dans l'obscurité, on voyait ce qui se passait à l'intérieur comme sur un écran de cinéma à travers la vitrine vide. Dans le fond, Anton, en tablier et bonnet blancs, s'activait, il balayait le sol et essuyait les rayonnages avec de larges mouvements en arc de cercle. À la caisse, Mr Reis – visiblement amaigri – expliquait patiemment à la dernière cliente de la journée qu'il n'avait plus rien à vendre. Depuis le banc où elle était assise, sur le trottoir d'en face, Hedy voyait qu'elle était désespérée, brandissant une paire de souliers d'enfant pour l'échanger contre des restes de pains un peu brûlés qu'elle croyait cachés sous le comptoir. Le vieux boulanger essayait de la calmer, s'excusait et lui tapotait la main, jusqu'à ce qu'elle finisse par ressortir et s'éloigne dans la rue, son sac vide au bras.

Le froid du banc traversait son manteau tellement usé et Hedy essaya de trouver une meilleure position. Elle regarda Mr Reis qui fermait la porte, avec trois gros verrous – maintenant il y en avait trois, à cause des récents cambriolages la nuit dans les boutiques d'alimentation – et accrochait la pancarte « fermé ». Dans dix minutes, Anton aurait regagné son appartement. Elle décida de lui en accorder quinze, avant de monter, le temps qu'il secoue la farine sur ses vêtements et soit d'humeur à faire la conversation. À supposer, bien sûr, qu'il la laisse entrer.

Elle commença à avoir le souffle court en montant l'escalier. La porte était restée ouverte et elle l'entendit aller et venir, se demandant sans doute quelle sorte de dîner il pouvait bien se préparer. Il la prit par surprise :

« Entre, Hedy, je sais que c'est toi », appela-t-il.

Elle avança avec précaution :

« Comment le savais-tu ?

— Tu es restée sur ce banc au moins une demi-heure. Je ne suis pas aveugle.

— On peut parler ?

— Oui, mais Dory sera là dans dix minutes. »

Hedy traversa la pièce sur la pointe des pieds et alla s'asseoir à son ancienne place près de la fenêtre, une jambe repliée sous elle. Cela faisait des mois qu'elle n'était pas revenue, la dernière fois étant le soir où elle avait reçu Kurt à dîner.

« Tu dois être gelée. J'ai bien peur de ne pas avoir grand-chose à t'offrir, poursuivit Anton, mais je peux chauffer de l'eau avec une cuillerée de sirop de betterave, si tu veux. »

Elle acquiesça avec gratitude tandis qu'il allait s'affairer devant le réchaud.

« Comment fais-tu le sirop ?

— J'épluche une betterave et je la fais bouillir des heures. Mais tu n'es pas venue ici pour discuter de ça, n'est-ce pas ? »

Hedy serra les poings et les contempla tout en parlant :

« Je veux m'excuser. Je comprends pourquoi tu es fâché. Je le suis contre moi-même. Moi et Kurt... C'est la dernière chose que je voulais qu'il m'arrive... Mais... »

Anton s'activait toujours devant le réchaud :

« C'est sérieux ?

— On ne s'est encore rien dit... Mais... Je tiens vraiment à lui. Et je crois qu'il tient à moi.

— Bon, c'est déjà quelque chose, j'imagine. »

Il se retourna pour la regarder enfin bien en face :

« Je regrette de m'être énervé. Mais tu es comme une sœur pour moi. Et le fait que tu aies menti si longtemps...

— J'avais honte. Mais c'est aussi parce que je voulais te protéger. Moins on en sait, moins on risque d'avoir des ennuis. Parfois, il vaut mieux mentir. Et on dirait que je sais plutôt bien le faire.

— Qu'est-ce que tu veux dire ? Il y a autre chose que je devrais savoir ? »

Un bref silence suivit. Hedy se frotta le front, puis se dit : au diable ces précautions, avant de déclarer :

« Je continue à voler des bons d'essence pour le docteur Maine.

— QUOI ?

— En réalité, je n'ai jamais cessé. J'ai rendez-vous avec lui toutes les semaines pour les lui remettre. Kurt ne le sait pas. Personne ne le sait. »

Un nouveau silence s'installa, plus long que le précédent. Le visage d'Anton était à peindre. Puis au grand soulagement de Hedy, il eut un large sourire et demanda :

« Pour l'amour du ciel, tu veux te faire tuer ?

— On dirait ! Papa prétendait que je compliquais toujours tout. Mais je crois que même lui n'aurait pas imaginé une histoire pareille. Voler mon ennemi le jour et coucher avec lui la nuit… Je dois être folle… »

Un petit rire nerveux lui échappa, qu'elle tenta en vain de réprimer tout de suite. Anton posa les allumettes :

« Tu dois le dire à Kurt. Je veux dire que tu as été classée comme juive. Il va finir par le découvrir.

— Je le vois demain. Je le lui dirai.

— Et tu es prête à ce qu'il mette fin à votre histoire ? Parce qu'il va falloir qu'il le fasse, pour se protéger.

— Je sais. Merci. Je suis tellement désolée, Anton. Parfois, je ne sais pas ce que je ferais sans toi. »

Elle se leva et alla le serrer dans ses bras. Mais elle sentit qu'il se raidissait.

« Qu'y a-t-il ?

— Moi non plus je n'ai pas été honnête avec toi. »

Sur le réchaud, l'eau se mettait à bouillir mais ils n'y prêtèrent pas attention. La première pensée de Hedy fut : il va m'apprendre que Dorothea est enceinte.

« Dis-moi.

— Je dois rejoindre l'armée. »

Elle crut sentir son estomac se décrocher :

« Ça signifie…

— J'ai reçu la lettre le jour où nous sommes allés à l'Opéra. Je ne l'ai pas encore dit à Dory. Je serai enrôlé dans quelques semaines, d'abord affecté à des tâches locales. Après, qui sait ? À la façon dont vont les choses, ça peut être le front de l'Est. »

Hedy avait la tête qui tournait. Elle posa instinctivement une main sur la table pour rester en équilibre. Sa gorge se serrait. Elle sentait les larmes venir.

« Mais tu travailles dans une boutique d'alimentation. Tu es classé comme élément indispensable.

— De toute évidence, ils ont décidé qu'ils avaient besoin de davantage de soldats.

— Ce n'est pas juste ! Tu n'es pas allemand !

— Techniquement, toi et moi sommes maintenant allemands.

— Mais tu pourrais… Tu pourrais…

— Ne pas revenir ? Bien sûr. Mais si je refuse, ils me fusilleront, alors…

— Qui voudrait te fusiller ? Qu'est-ce qui se passe ? »

Ils se retournèrent brusquement pour voir Dorothea dans l'embrasure de la porte, les yeux écarquillés de peur. Dans le manteau de sa grand-mère trop grand pour elle, elle paraissait particulièrement vulnérable. Anton se hâta d'aller la prendre dans ses bras.

« J'ai reçu l'ordre de rejoindre la Wehrmacht. Je suis désolé, Dory. »

Elle poussa un long cri de désespoir et enfouit son visage contre sa veste.

« Non, non ! J'ai besoin de toi ! Et si tu es blessé, ou tué ! Je ne pourrai pas le supporter ! »

Hedy, embarrassée d'être témoin d'une scène aussi intime, s'écarta un peu, sentant en même temps qu'elle ne devait pas partir. Elle entendait que Dorothea avait de plus en plus le souffle court et essaya de se souvenir des recommandations du docteur Maine en cas d'une nouvelle crise d'asthme. Elle jeta un coup d'œil au placard d'Anton pour voir s'il y avait de la moutarde. Mais ce qui se passa alors lui ôta toute autre idée de la tête. Anton était en train de dire : « Je sais et je veux que tu sois protégée, quoi que nous réserve l'avenir. C'est la raison pour laquelle je suis allé chercher ça aujourd'hui. »

Il sortit d'une poche de son pantalon une petite boîte. Quand il l'ouvrit, Hedy aperçut quelque chose qui brillait à l'intérieur.

« Bien sûr, elle n'est pas neuve. Elle appartenait à la tante de Mr Reis. Mais comme elle est petite, j'ai pensé qu'elle serait à la taille de ton doigt. Je crois que c'est une opale. »

Il lui prit la main et regardant bien en face son visage ruisselant de larmes déclara : « Dorothea, veux-tu m'épouser ? »

Elle étouffa un cri de joie : « Oh, Anton ! Bien sûr que je veux ! » et le serra dans ses bras de toutes ses forces. Puis tous deux se tournèrent vers Hedy : « Tu as entendu ? Elle a dit oui ! Nous allons nous marier ! »

Hedy les dévisagea l'un et l'autre, en train de s'étreindre, de s'embrasser et de s'étreindre encore. En voyant le visage rayonnant encore humide de Dorothea, elle se sentait à la fois pleine de pitié et de tristesse, sans savoir pour qui. Elle finit par se reprendre suffisamment pour articuler les félicitations d'usage : « Tous mes vœux. Je suis si heureuse pour vous. Tout ira bien, j'en suis sûre. »

Elle mit son manteau, prit son sac, et leur souhaita encore bonne chance. En descendant l'étroit escalier qui menait à la rue, elle se dit qu'elle ne mentait absolument pas de mieux en mieux.

*

Serrant plus étroitement son écharpe autour de son cou, Hedy alla se percher sur une des bornes de granite du quai. Elle cogna ses pieds l'un contre l'autre pour faire circuler le sang. Le vent glacé venu de l'océan faisait onduler l'eau noire autour des bateaux de pêche.

Les habitants de Jersey appelaient cette petite marina coincée à l'arrière du port principal le port français. C'était son idée à elle de s'y retrouver ce soir-là, un endroit tranquille, mais pas trop isolé, suffisamment discret pour la conversation qu'elle avait prévu d'avoir, mais passant quand même, au cas où les choses tourneraient vraiment mal. La route qui y menait depuis la ville était bordée de hangars aux énormes portes métalliques qui grondaient comme des moteurs en s'ouvrant et en se fermant. Derrière s'élevaient les fortifications de Fort Regent, construites plus d'un siècle auparavant par les ingénieurs royaux. C'était un lieu dépourvu de charme, où personne ne s'attardait. On y venait pour une raison précise et on en repartait. Ce qui convenait à ce qu'elle avait l'intention de faire ce soir : dire ce qu'elle avait à dire et ensuite disparaître dans la nuit.

Toute la journée, en tapant des rapports dans cette baraque anonyme, elle avait répété mentalement ce moment et senti l'appréhension grandir en elle. Pourtant, de quoi devait-elle avoir peur ? Peut-être exploserait-il de rage mais toutes ces dernières semaines, rien n'avait permis de le prévoir. En théorie, Kurt pouvait la dénoncer aux autorités. L'avoir fréquentée, elle, constituait un délit et qui sait ce qu'il serait capable de faire pour se défendre. Mais ce qui la rongeait sans répit, c'était la perspective de mois à venir, d'années peut-être, où, prisonnière de cette île, elle n'aurait plus Kurt pour la réconforter. Leurs rendez-vous secrets, la douceur de sa main à lui sur la sienne à elle, son intérêt pour ce qu'elle avait fait dans la journée – tout ce qui rendait sa vie supportable. Mais elle devait tenir la promesse faite à Anton, et laisser cette situation s'éterniser serait suicidaire. Il fallait que ce soit ce soir.

Soudain, elle entendit un bruit étrange venant d'assez loin – comme un groupe qui collectivement avançait en traînant les pieds, le souffle court. Ou alors, des animaux ? Cela se rapprochait. Inquiète, elle se mit debout et alla scruter en contrebas la route menant à Weighbridge et au port. Dans la pénombre environnante, elle distingua une colonne qui s'approchait. Ce n'étaient pas des soldats allemands dont le bruit des bottes résonnait à des kilomètres. En avant marchaient des gardes en uniforme de l'organisation Todt. Puis elle vit ce qui suivait : des hommes squelettiques, le crâne rasé, brisés, certains très âgés, d'autres à peine adolescents, qui se traînaient, l'air terrorisé, les yeux baissés pour ne pas croiser le regard de leurs gardiens qui ricanaient en brandissant des matraques en caoutchouc. En dépit du froid, les prisonniers étaient en haillons, les pieds entortillés dans des chiffons. Certains étaient blessés, d'autres couverts de vomis et d'excréments. La brise fit monter la puanteur jusqu'au nez de Hedy, lui donnant la nausée. Elle aurait voulu tourner la tête, par horreur ou par respect, mais en fut incapable.

Les gardes forçaient les malheureux à marcher plus vite. Quand ils passèrent devant elle, aucun ne la regarda, chacun gardant ce qui lui restait d'énergie pour avancer. Sous le choc elle se rendit à peine compte que Kurt arrivait, venant de la direction opposée.

« Tu as vu ça ? »

Il fit oui de la tête.

« Des travailleurs forcés, pour construire les fortifications de défense. Il en est arrivé trois bateaux pleins cette semaine. C'est épouvantable.

— Mais tu les as *vus* ? Ils sont déjà à moitié morts. Comment peut-on traiter des êtres humains ainsi ? »

Dans la semi-obscurité elle chercha les yeux de Kurt mais réalisa qu'il n'était pas vraiment là. La colère l'envahit :

« C'est ça que les tiens font au nom de leur race supérieure ! Tu peux encore me dire que tu ne te sens pas responsable ! Tu crois encore que tu n'as rien à voir avec des choses pareilles !

— Ça nous concerne tous ! »

Il avait la voix brisée, une intonation qu'elle ne lui connaissait pas : « Tu t'imagines que cette foutue saleté de guerre ne touche pas tout le monde ? Nos vies vont toutes être détruites, toutes ! »

Hedy, stupéfaite, le dévisageait, refoulant dans

sa tête une douzaine de questions. Elle posa une main sur son bras. Et là, Kurt s'effondra sur une des bornes et se mit à pleurer. Elle resta silencieuse un instant, puis le serra contre elle, la tête sur sa poitrine. Il avait le corps secoué de sanglots, tout en essayant de se contrôler. Quand enfin il réussit à parler, ce fut de façon hachée : « Ai reçu une lettre de la mère de Helmut... Son unité... attaquée par des avions russes... Certains s'en sont tirés mais...

— Mais ?

— Son tank a été touché de plein fouet. »

Elle l'étreignit davantage :

« Oh non, Kurt, non ! On en est certain ?

— Oui. Ils l'ont identifié grâce à son insigne... La dernière fois que je l'ai vu... Il m'a dit de faire attention à moi... C'est ce qu'il m'a dit ! »

Il se remit à sangloter. Hedy ne dit rien, caressant ses cheveux blond foncé. Elle pensa à ses parents à elle, peut-être encore assis près du poêle de leur cuisine, mais plus probablement jetés dans un camion et emmenés Dieu sait où. Elle sentit le chagrin de Kurt se mêler au sien et son cœur se serra davantage.

« Ça va aller, ça va aller, je suis là, je suis là. »

Ils restèrent sur ce quai glacial ce qui sembla être des heures. Puis Kurt s'écarta, se mit debout et essuya ses dernières larmes.

« Je suis désolé. Je me sens un peu mieux maintenant. »

Hedy acquiesça :

« On a tous quelquefois besoin de pleurer.

— Et qu'est-ce que tu voulais me dire ?

— Moi ?

— Tu m'as laissé un mot précisant que tu voulais me faire part de quelque chose d'important. Cela semblait sérieux. »

Elle fixa les eaux noires et les silhouettes maintenant incertaines des bateaux. Comme elle aurait voulu monter à bord de l'un d'entre eux et partir, disparaître dans la nuit. Elle murmura :

« Oui…

— Bon, eh bien laisse-moi parler le premier. C'est quelque chose que je voulais que tu saches depuis longtemps, mais je n'étais pas sûr que toi… »

Hedy retint son souffle, anticipant la question. Savait-il déjà ? Peut-être que quelqu'un, au Lager, lui avait dit quelque chose. Il tendit la main vers elle :

« Écoute, ce soir, je veux te le dire, Hedy, je t'aime. Je t'aime depuis le premier jour. Je ne suis toujours pas sûr que tu éprouves la même chose, mais moi, je sais ce que je ressens. Je voudrais que nous soyons toujours ensemble. Maintenant, c'est toi qui décides. »

Elle se serra étroitement contre lui, sentant son corps se fondre dans le sien. À travers son manteau élimé, les boutons de son uniforme s'imprimaient sur sa peau. Son cœur battait à grands coups.

« C'est ton tour. Qu'est-ce que tu voulais me dire ? »

Elle ferma les yeux. Elle regrettait de ne pas

avoir la foi, comme sa mère, à qui cela servait de guide. Mais elle savait déjà ce qu'elle devait faire. Même maintenant, ce n'était pas trop tard. Il suffisait de réprimer son émotion, de faire appel au bon sens. Trouver la force dont les rabbins parlaient toujours, comme Roda, chaque fois qu'il le fallait. Elle s'écarta pour mieux le voir et posa une main glacée sur sa joue : « Je voulais te dire que moi aussi, je t'aime. »

Il sourit et se mit à l'embrasser avec un mélange de tendresse et de passion. Plus tard, quand elle essaierait de se souvenir de ce qu'elle avait éprouvé alors – de la honte, du soulagement, de la colère ? – il ne resterait que le plaisir de ce baiser.

5

Dans la rue, l'atmosphère était presque tangible, se disait Kurt en remontant St Saviours Road dans les dernières lueurs roses du crépuscule. On était à deux semaines de Noël. Un Noël cette année sans dinde, sans sapin, et sans cadeaux pour la plupart des enfants. Ce serait peut-être un peu mieux en Allemagne, il en doutait et cela ne le réconfortait guère. Les « fantômes » – c'est-à-dire les habitants de Jersey, surnommés ainsi par les officiers allemands parce qu'ils faisaient comme s'ils ne voyaient jamais un Allemand quand ils en croisaient un dans la rue – les « fantômes », donc, regardaient maintenant Kurt bien en face avec haine et jubilation mal déguisée. « Ce n'est plus qu'une question de temps », disaient-ils suffisamment fort quand ils passaient près d'un groupe de militaires pour que ceux-ci entendent. La donne avait changé, les Yankees étaient entrés en guerre.

Pauvres sots, pensait Kurt. Oui, Pearl Harbor avait redistribué les cartes. Mais les Américains se concentraient sur les opérations dans le Pacifique et cela ne pouvait guère avoir d'influence sur la guerre en Europe pendant au moins un an, peut-être plus. Cela signifiait qu'elle durerait plus longtemps, serait plus destructrice, sans garantie de victoire d'un côté comme de l'autre. Et tout ça pour quoi ? Les questions qu'il se posait tout bas depuis des mois, il les entendait à tue-tête, désormais. Au point que cela le réveillait la nuit et qu'il passait des heures à contempler le plafond pendant que Fischer ronflait paisiblement dans le lit à côté du sien. Que diable faisaient-ils tous ici ? À parader dans les îles avec leurs uniformes ridicules, à torturer les prisonniers slaves, à affamer et priver de chauffage les insulaires ? Encore la veille, un cadre de l'OT avait discouru devant le personnel sur l'importance d'être fier de sa grande tâche nationaliste. Il était vital de respecter les délais pour garantir la sécurité et le succès de la mère Patrie. Le même jour il recevait la dernière lettre de Helmut datée de deux semaines avant sa mort. Il se sentit en proie à un dégoût profond, qui le glaçait intérieurement. Il pensa à Hedy, la seule lumière dans sa vie, et fut content d'avoir respecté la promesse qu'il lui avait faite de garder leur liaison secrète. Au début, cette obsession de tout cacher l'agaçait parfois, ainsi que d'avoir à inventer des histoires pour répondre aux questions de ses collègues. Mais maintenant que l'attitude des habitants de Jersey changeait, il comprenait que cela avait du sens.

Un immense et bruyant vol d'étourneaux emplit le clair ciel d'hiver et il sourit en pensant à la soirée qui l'attendait. La désagréable voisine du rez-de-chaussée de Hedy était partie chez sa sœur et lui avait congé jusqu'au lendemain matin. En passant à côté d'un petit groupe d'écoliers qui chantaient *Un enfant dans une crèche*, il sentit un peu de la joie de Noël l'envahir et il mit deux pièces dans la casquette que l'un d'eux lui tendait. Il s'engagea dans New Street et hâta le pas en approchant de chez Hedy. Il l'imaginait devant le petit réchaud, en train de tourner quelque chose dans une casserole.

Il était tellement perdu dans ses pensées que quand il entendit une voix, il ne réalisa pas qu'on s'adressait à lui. C'est seulement quand quelqu'un répéta « *Leutnant ! Leutnant !* », puis « *Leutnant Neumann !* » qu'il se retourna et vit sur le trottoir d'en face Wildgrube qui soulevait son chapeau tyrolien pour le saluer, puis se hâtait de traverser. Il essaya de lui présenter son plus beau sourire mais se douta que le résultat n'était pas convaincant.

« Bonsoir, mon lieutenant. Et où allez-vous comme ça, si je peux vous le demander ? »

La voix était encore plus haut perchée et plus geignarde que d'habitude. Kurt le dévisagea, essayant de ne rien exprimer de particulier. S'agissait-il d'une coïncidence, ou ce type avait-il décidé de le suivre ? En ce cas, depuis combien de temps ? Son souci immédiat étant qu'il se trouvait à quelques mètres de la maison de Hedy.

« Eh bien, je faisais simplement un tour. »

Cela sonnait faux et il le savait. Le sourire de Wildgrube s'élargissait encore mais son regard était froid :

« Vraiment ? Par ici ? Ce n'est pas le coin le plus pittoresque. »

Et il balaya la rue des yeux affectant la surprise.

« Je pensais aller jusqu'à Vallée des Vaux. C'est à quinze minutes à peu près et ça reste très vert encore à cette saison. Vous y avez déjà été ? »

Le policier remit son chapeau.

« J'avoue que non. Je ne savais pas que vous étiez si bon marcheur. »

Kurt voulait garder l'air amical, en se livrant intérieurement à toutes sortes de calculs. Si Wildgrube l'avait suivi depuis son cantonnement, c'est qu'il était informé de ses déplacements. Quelqu'un les lui signalait. Mais qui ? Vraisemblablement Fischer, qui ne lui avait plus guère parlé depuis des semaines, après sa sortie de prison. Or Wildgrube et lui étaient très copains. Mais Kurt avait toujours été prudent vis-à-vis de Fischer et il doutait que celui-ci ait quelque chose de précis à dénoncer à son propos. Plus probablement, Wildgrube l'espionnait un peu par hasard, au cas où…

Mais s'il voulait s'en débarrasser, il allait devoir lui fournir une information intéressante. Pour avoir l'air de se donner une contenance, il dit d'un ton, l'air embarrassé : « Bon d'accord, Erich. Vous m'avez eu. Je ne vais pas du tout à Vallée des Vaux. J'ai entendu parler d'un, disons, club des officiers à Rouge Bouillon. Un des types qui loge avec moi y est allé la semaine dernière et est revenu avec de sacrées histoires à raconter ! Je me suis dit que j'y ferais bien un tour. »

Là, Wildgrube sourit vraiment, l'air intéressé. L'effet produit était glaçant.

« Ah, vous êtes peut-être à la recherche d'un peu de compagnie féminine ? D'un genre qui ne tire pas à conséquence ?

— Exactement. Comme je l'ai dit, vous m'avez eu. »

Et Kurt se força à rire. Wildgrube se joignit à lui :

« Il ne faut pas être gêné d'éprouver ce genre de besoin naturel, mon lieutenant. Voyons... Ça ne me déplairait pas de faire un tour là-bas moi-même. Et si je me joignais à vous ? »

Kurt éprouva un tel sentiment de frustration qu'il eut l'impression d'étouffer. Le piège se refermait. N'importe quel mensonge serait trop flagrant et Wildgrube continuerait sûrement à le suivre. Il allait maintenant avoir ce serpent sur le dos le restant de la soirée. Et Hedy attendrait toute seule dans sa petite chambre, inquiète et déçue. Il mourait d'envie de lever les yeux vers sa fenêtre et lui expliquer d'un geste ce qui se passait. Mais il se contenta de continuer à regarder Wildgrube en face et d'accepter ce mauvais coup du sort.

« Bien sûr ! Si vous voulez.

— Formidable. Et quand on aura fait chacun sa petite affaire, je vous paierai un bon whisky. Qu'est-ce que vous en dites ? Ça nous permettra d'apprendre à mieux nous connaître. »

Le cerveau de Kurt continuait à tourner à plein régime tandis qu'ils se remettaient en marche. Peut-être qu'il y aurait un aspect positif à ce cauchemar. Si Wildgrube l'avait déjà catalogué comme fauteur de trouble en puissance, il tenait sa chance d'apaiser ses soupçons, et qui sait, l'amadouer pour lui soutirer des informations à l'avenir. Il avait connu suffisamment de sorties nocturnes de ce genre en Allemagne pour imaginer comment celle-ci se passerait. D'abord Wildgrube s'enverrait au moins deux whiskys secs, puis il ferait tout un cirque avant de choisir la « meilleure » fille de l'endroit. Lui, Kurt, couvrirait ses traces avec la plus jeune, la plus vulnérable possible, la paierait pour une demi-heure de conversation sur sa famille et lui laisserait un pourboire suffisant pour qu'elle accepte de mentir ensuite, si nécessaire. Il passerait le reste de la nuit à boire avec son « compagnon », et lâcherait, pour faire bonne mesure, une ou deux remarques sur la « bêtise de sa conduite » avec les bons d'essence. Ainsi la soirée serait au moins un investissement. Mais c'est le fait de ne pas pouvoir prévenir Hedy qui lui faisait le plus de mal.

Quand ils furent à une vingtaine de mètres de chez elle, il trouva l'excuse de rattacher une de ses bottes pour se baisser et jeter un très bref coup d'œil à sa fenêtre, à peine une seconde en se redressant. Il aurait juré l'apercevoir derrière la vitre, tout en haut, scrutant la rue. Il n'osa pas faire même le plus petit geste, respira un bon coup et rattrapa Wildgrube, pour se diriger avec lui vers ce club où les attendaient de misérables jeunes prostituées.

*

« Peut-être un peu plus serré à la taille ? Je suis si maigre, maintenant… Enfin, qui ne l'est pas aujourd'hui ? Mais je ne voudrais pas que ça ait l'air de pendre sur moi, comme si j'étais vêtue d'un vieux sac ! »

Dorothea se mit à rire et indiqua où il fallait rétrécir encore sa robe. Hedy, très concentrée, changea les épingles de place.

« Comme ça ? »

Dorothea descendit de la chaise sur laquelle elle s'était mise debout, recula un peu et se tordit le cou pour essayer de se voir sous différents angles. Hedy brandissait une toute petite glace pour l'aider, en maudissant sa propriétaire de n'avoir pas installé un vrai miroir dans l'appartement.

« C'est beaucoup mieux. J'adore la texture de ce tissu, pas vous ? Évidemment, cela aurait été merveilleux d'avoir une robe neuve, mais… »

Hedy fit glisser un bout du vêtement entre ses doigts.

« Oui, bien sûr, mais personne ne peut espérer

ça en ce moment, même pour un mariage. Anton emprunte un costume au fils de Mr Reis, n'est-ce pas ?

— Oui, soupira Dorothea. C'est juste que… Vous rêvez depuis longtemps à votre mariage, à ce que vous porterez ce jour-là, depuis que vous êtes petite, non ? »

Hedy fit signe que oui, bien que cela ne l'eût jamais préoccupée.

« J'entortillais un vieux rideau sur la tête de ma poupée et je la promenais à travers ma chambre en chantant *Vive la mariée !* Mais enfin, c'est une jolie robe. Et je pense qu'avec ce petit chapeau blanc… Je n'arrive pas à croire à la chance que j'ai eue de le trouver dans la rubrique "À échanger". Il valait bien le morceau de savon et le vieux drap contre quoi je l'ai eu ! Maintenant, tout ce dont j'aurais encore besoin, c'est une paire de gants, mais je ne veux pas être trop optimiste.

— Vous serez ravissante, dit simplement Hedy, et Anton sera fier de vous. Mais vous devriez ôter votre robe, pour ne pas risquer de la salir, et vite vous rhabiller. Il fait glacial chez moi. »

Et elle jeta un bref coup d'œil au pauvre corps osseux de Dorothea, en se demandant si Anton l'avait déjà vu et ce qu'il en penserait. Et comment Kurt la voyait-il, elle ? Peut-être valait-il mieux finalement ne pas avoir un grand miroir…

« Vous savez, Hedy, je voudrais vous remercier encore de faire ça pour moi. Avant, j'adorais coudre des choses, mais nous avons dû nous séparer de notre machine Singer et je ne suis pas très douée pour ce qui est fait à la main. Ma grand mère m'aurait aidée bien sûr, mais elle voit de plus en plus mal. Puis j'ai pensé à vous et quand Anton m'a dit que vous étiez d'accord, j'étais si… eh bien, cela signifie beaucoup pour moi. »

Évitant son regard, Hedy s'agenouilla pour ramasser une à une les épingles tombées par terre et les ranger dans une vieille boîte à tabac. Elle savait que sa mère l'aurait traitée de *Forshtinkiner*, de véritable punaise. Trois jours plus tôt, elle était allée rendre visite à Anton à la boulangerie, le prétexte étant de lui rendre un livre. Mais en vérité, elle voulait lui parler de ce mariage, et peut-être même l'en dissuader. Elle réussit à l'entraîner dans la cour intérieure, loin des oreilles indiscrètes pour essayer de lui démontrer qu'il l'épousait uniquement parce qu'il se sentait coupable à l'idée qu'elle n'aurait pas droit à une pension de veuve s'il était tué au front. Sûrement il comprenait que cela ne constituait pas une raison suffisante pour se marier.

Bien évidemment, la conversation n'était même pas allée jusque-là. À peine la porte de la boulangerie refermée, Anton avait questionné Hedy : que s'était-il passé ? Lui avait-elle dit la vérité ? Comment avait-il réagi ? Étaient-ils toujours ensemble ? Pour se défendre, Hedy avait passionnément expliqué dans quel état était Kurt ce soir-là – brisé, au point qu'il aurait été inhumain d'ajouter cela à son chagrin. Et elle avait vraiment l'intention de lui dire la vérité à leur prochaine rencontre, elle le jurait, ou le jour d'après. Et tandis qu'elle débitait ces pitoyables excuses, elle voyait Anton hocher la tête, les sourcils et les cheveux couverts de fine farine grise, l'air si las, trop angoissé par son imminent enrôlement dans l'armée, pour discuter davantage. Elle savait qu'il lisait en elle. Dépassée par sa propre hypocrisie et son manque de courage, elle était repartie, sans finalement aborder du tout la question du mariage et après avoir promis de les aider autant qu'elle le pourrait. Elle était rentrée à pas lents chez elle, comparant la fille si droite, si franche qu'elle avait été avec l'égoïste calculatrice dont elle voyait le reflet dans les vitrines. Cet abcès rempli de mensonges qui grossissait tous les jours empoisonnait la vie de deux personnes censées s'aimer et pourrissait jusqu'à son âme à elle. Que soit maudite cette stupide, horrible guerre !

Elle leva les yeux vers Dorothea et se força à sourire :

« Je vous en prie. J'espère seulement que je vais faire du bon travail.

— J'en suis sûre. Et il faudra que vous veniez dîner chez nous. Je vous ai parlé de la maison qu'Anton a trouvée pour nous, dans West Park Avenue ?

— Mais oui.

— Le loyer est un peu cher, mais il y a la plus

jolie cheminée possible dans le salon et une adorable petite cour derrière. »

Dorothea remit ses chaussures et sa vieille robe en laine.

« Je suis tellement impatiente de devenir Mrs Anton Weber. Et tenez, voici votre invitation. »

Elle sortit de son sac une carte découpée dans un vieil emballage et décorée à la main. Hedy lut le texte écrit à la plume :

Dorothea Le Brocq et Anton Weber ont le plaisir d'inviter Hedy et Kurt au bureau de l'état civil de Jersey et à la réception qui suivra au 7 West Park Avenue.

« Je sais que vous voulez garder secrète votre relation, mais ce serait merveilleux si vous acceptiez qu'il vous accompagne. »

Hedy secoua la tête.

« Je suis désolée, mais ce ne sera pas possible. On ne doit pas nous voir en public, Kurt et moi.

— Mais cela fait maintenant des mois que vous vous fréquentez et nous ne l'avons toujours pas rencontré ! Et s'il venait seulement à la réception chez nous ? Là, il n'y aura personne pour vous juger. »

Dorothea lui tendit la main. Ses doigts étaient glacés.

« Nous devions d'abord nous réunir au Pierson pub, mais comme nous ne serons que cinq ou six, cela aurait été une perte d'argent.

— Cinq ou six ? Mais votre famille… Vos amis…

— Eh bien, Nana viendra à la cérémonie. Mais elle ne va pas assez bien pour assister à la réception. Mr Reis est obligé de rester à la boulangerie. Donc il n'y aura que vous et Kurt, le docteur Maine, s'il est libre et, je l'espère, mon amie Sandy, si son père lui donne la permission.

— Mais vos parents ? »

Hedy se sentit envahie de pitié. Il y avait comme une fêlure dans la voix joyeuse de Dorothea qui répondit :

« Honnêtement, nous préférons être peu nombreux. Cela nous évitera d'avoir à chercher partout de quoi nourrir trop de gens. »

Elle plia sa robe de mariée avec un soin religieux, caressant le tissu comme le pelage d'un chat, et en fit un petit paquet qu'elle posa sur la table de Hedy. Celle-ci la regardait faire, en se demandant à quoi elle pensait réellement, elle semblait si légère, éthérée, comme venue d'un autre monde. Mais sa voix restait assurée : « Nous ne voulons que nos meilleurs amis ce jour-là. Donc vous voyez, il n'y a aucune raison pour que Kurt ne vienne pas. »

Et elle réussit à arborer un large sourire, en tapotant sa robe comme si c'était un objet magique, doté d'un pouvoir inconnu mais auquel elle croyait totalement.

Hedy décida que le plus sûr était de changer de sujet : « Merci. Je vais y réfléchir. »

Dorothea mit son manteau, son chapeau et se dirigea vers la porte.

« Merci encore. Si je peux à mon tour faire quelque chose pour vous… »

Hedy hésita. En fait, elle ruminait cette idée depuis des semaines mais n'était pas sûre de vouloir demander un aussi grand service à une écervelée pareille. Ce n'était sûrement pas le moment et elle s'apprêtait à dire, « non, rien, merci », quand Dorothea, qui eut brusquement l'air de se douter de quelque chose, s'immobilisa, la main sur la poignée de la porte, les yeux braqués sur elle :

« Qu'est-ce que c'est ? Dites-moi.

— Pas grand-chose. Ça peut attendre, on verra après le mariage.

— Hedy, s'il vous plaît, c'est quoi ?

— Eh bien, c'est juste que je n'ai pas de nouvelles de mes parents, ni eux de moi, depuis vingt mois. Ils n'ont même pas le droit de recevoir du courrier parce qu'ils sont juifs.

— C'est tellement injuste !

— Mais j'ai une vieille amie de classe, Elke, et je crois qu'elle habite toujours là-bas. Si j'utilise un faux nom et que je fais très attention à ce que j'écris, je pourrai faire partir une lettre de mon bureau. Mais il me faut une adresse sûre pour la réponse.

— Et comment puis-je vous aider ? »

Hedy étouffa un soupir :

« Eh bien, je me demandais si je pouvais écrire en indiquant comme provenance votre nouvelle maison à Anton et vous.

— Oh, mais bien sûr ! Absolument ! Faites ça ! »

Dorothea rayonnait. Hedy hocha la tête : « Merci... C'est ce qu'on appelle un coup d'épée dans l'eau. Je ne vois pas d'autre solution. Bon, il faut que je me mette au travail sur votre robe. »

Après avoir envoyé un baiser du bout des doigts, comme un enfant à sa mère, Dorothea partit, en chantonnant la marche nuptiale de sa petite voix haut perchée pendant qu'elle descendait l'escalier.

*

La journée était froide, mais le vent était tombé et les nuages couleur ardoise étaient gorgés de pluie. Hedy traversait le Royal Square à pas précautionneux pour ne pas risquer de décoller la semelle de ses chaussures. Elle appréciait le confort de porter des bas pour la première fois depuis des mois. Elle les avait gardés en réserve pour une occasion spéciale : Kurt devait les avoir achetés au marché noir pour un prix absurdement élevé et elle se sentait coupable, mais ravie quand même. Elle avait mis la robe de crêpe et le cardigan réservés aux jours où elle ne travaillait pas.

Elle ne savait pas trop où se trouvait le bureau de l'état civil, mais la foule rassemblée sur les marches, juste au coin de la rue menant à l'église, lui servit d'indicateur. Toute une famille était réunie autour d'une mariée sans doute âgée d'à peine dix-sept ans et dont la robe, à la taille empire, dissimulait mal une grossesse d'au moins quatre ou cinq mois. Lui tenait la main, en costume qu'il devait avoir eu quand il était encore au lycée, un garçon boutonneux à l'expression désespérée. Ils étaient encadrés par un gros homme, le visage dur, sans doute le père de la mariée, et son épouse en robe fleurie, les lèvres pincées. Un mariage en catastrophe, sans aucun doute, mais tout le monde, les frères et sœurs, les tantes, les cousins, embrassaient la mariée et jacassaient entre eux, heureux de l'excuse d'échapper à la morne routine quotidienne grâce à cette fête de famille.

Hedy se faufila à l'intérieur du bâtiment et suivit les flèches jusqu'à la salle d'attente, un espace froid et sans aucun charme, en dépit de son parquet bien ciré, tout proche du bureau des Étrangers où elle avait été reçue, un an plus tôt, par Clifford Orange. Cela sentait toujours le bois et les papiers poussiéreux. On imaginait les files d'attente devant les guichets et les secrétaires à l'air blasé en train d'agrafer des dossiers. Deux bancs étaient occupés par des invités à deux mariages, qui riaient, tous très excités. Sur le troisième étaient assis Anton et le docteur Maine, silencieux.

Elle s'immobilisa un instant dans l'embrasure de la porte et les observa. Le docteur Maine portait son costume du dimanche, mais on voyait dépasser du bas du pantalon de flanelle des souliers très usés. Il avait l'air épuisé, à bout de force, le teint blême. Elle ignorait son âge, mais sûrement plus jeune que ne le suggérait son visage tiré. Mais dès le début, ils s'étaient mis d'accord pour ne presque jamais se parler, et en tout cas, de choses personnelles. Ce serait risqué qu'on les repère trop régulièrement ensemble et mieux valait en connaître le moins possible l'un sur l'autre s'ils se faisaient prendre. Elle savait seulement que sa femme était invalide et qu'il n'avait pratiquement que son travail dans la vie. Parfois, quand Kurt lui apportait par exemple du tabac ou des morceaux de lapin, soustraits aux réserves allemandes, elle passait ce qu'elle pouvait au docteur, sachant qu'il n'avait pas accès à de tels produits de luxe. Il ne posait aucune question, se contentait de sourire et les faisait glisser dans sa serviette de cuir, avant de repartir en boitillant un peu. Il ne se plaignait jamais de rien. Abandonnant pour une fois tout principe de précaution Hedy vint se pencher pour l'embrasser sur la joue :

« Comment allez-vous, docteur ?

— Bien, ma chère. Et appelez-moi Oliver. »

Elle s'assit entre eux deux, en tirant son manteau sur ses genoux pour cacher les deux trous de mite de sa robe, et se tourna vers Anton. Il portait un costume gris foncé trop grand pour lui, mais de très bonne coupe, avec une petite touffe de cyclamens sauvages à la boutonnière... Ses cheveux, d'habitude toujours en bataille, avaient été soigneusement aplatis sous les restes de brillantine de Mr Reis et il était vraiment très beau. Elle lui fit son plus beau sourire :

« Tu es très élégant.

— Merci. Tu sais si Dory est arrivée ?

— Ne t'inquiète pas, elle est en route. Souviens-toi qu'elle vient avec sa grand-mère qui, j'imagine, ne peut pas marcher très vite. »

Il fallait s'en tenir à des sujets de conversation sans risque.

« Et l'amie de Dory, Sandy, n'est-ce pas, elle vient ?

— Il semble que non. Et Kurt, il se joindra à nous plus tard ?

— Je crains qu'il n'ait pas pu se libérer aujourd'hui. »

Mieux valait faire simple. Anton haussa un peu les épaules.

« Ça permettra à chacun de boire un peu plus de sherry. »

Après quoi, ils attendirent en silence. Comme il faisait chaud, dans la pièce, Hedy sentit ses paupières s'alourdir et son esprit s'égara dans le souvenir du dernier mariage auquel elle avait assisté, presque cinq ans auparavant : sa cousine en robe de satin blanc ornée de dentelles, virevoltant dans la salle louée pour la circonstance, les mélodies jouées par l'orchestre *klesmer*, le bruit assourdissant des dizaines de pieds sur la piste de danse. Otto avait raconté sa blague favorite sur le tailleur et sa femme essayait de l'en empêcher. Ses parents avaient dansé ensemble comme de jeunes amoureux…

Elle ouvrit les yeux et se retrouva assise sur le banc, à contempler par la fenêtre les branches dénudées des arbres du cimetière et elle réprima un soupir.

Quelques minutes plus tard, Dorothea arriva, resplendissante, avec sa robe bien ajustée et son chapeau. Elle était accompagnée par sa grand-mère, qui ressemblait à un vieil oiseau et dont les mains étaient déformées par l'arthrite. Elle affichait cet air déterminé que Hedy connaissait bien. Les yeux de Dorothea brillaient d'excitation sous la petite voilette qu'elle avait eu du mal à faire tenir. Elle étreignit son futur mari, puis serra fort les deux mains de Hedy : « Ça signifie beaucoup pour moi que vous soyez là », chuchota-t-elle.

Un homme de petite taille, un dossier à la main, s'approcha : « C'est bien le mariage Le Brocq-Weber ? » Sa voix claire portait loin et on l'entendit parfaitement dans toute la pièce, surtout quand il prononça « Weber » avec le plus fort accent possible. Hedy regarda autour d'elle et vit toutes les paires d'yeux qui se tournaient vers leur petit groupe. Des adultes attirèrent leurs enfants contre eux, des gens âgés firent claquer leur langue de façon déplaisante, des têtes se baissèrent et des commentaires à voix basse suivirent. Hedy se doutait bien de ce qu'ils signifiaient, agrémentés de l'expression « fille à Boches ». Elle espérait que Dorothea n'avait rien remarqué, mais la future mariée était trop occupée à boutonner ses gants et à sourire à tout le monde.

« Si vous voulez bien entrer… »

Ils pénétrèrent tous les cinq dans un petit bureau, meublé en tout et pour tout d'un gros bureau, de quelques chaises et d'un tapis bleu uni. En temps normal, il y aurait sans doute eu quelques beaux bouquets de fleurs et peut-être, dans un coin, un musicien jouant de la harpe ou de la guitare. La grand-mère de Dorothea et le docteur Maine se hâtèrent de s'installer au premier rang, comme pour créer l'illusion d'une foule enthousiaste. Avant même que chacun ait pris place, l'officier d'état civil commença à lire son texte. Anton et Dorothea prononcèrent à mi-voix les phrases qu'il leur indiquait. Anton glissa au doigt de Dorothea un mince anneau d'or – qui lui avait coûté son dernier pull-over chaud – « dans quelques semaines, je serai en uniforme, tu sais », avait-il dit à Hedy. Lui et Dorothea s'embrassèrent et la grand-mère applaudit, mais on n'entendit presque rien parce qu'elle portait des gants en coton. Ils ressortirent de la pièce à la queue leu leu et la vieille femme, une fois dans la rue, leur jeta des confettis découpés dans un des magazines de cinéma de Dorothea et ils se mirent tous à rire.

« Bien, finit par déclarer Anton, je suppose que ça y est. On y va ? »

*

Les pieds de Kurt avaient gonflé dans ses bottes et il les traînait comme deux poids douloureux en remontant la rue jusqu'à son logement. Il sentait chacun de ses orteils lui faire mal, sans doute puants, dans ses épaisses chaussettes de laine, qui n'avaient pas été lavées depuis au moins quatre jours. À cet instant, ce qu'il désirait le plus au monde, c'était une chaise et une bassine d'eau chaude. Il ne se souciait même pas d'aller déjeuner, ni de chercher du tabac à la réserve des officiers. Plus rien ne comptait que mettre ses pieds à l'air, puis les laisser tremper.

Cela faisait trois jours qu'il travaillait dix-sept heures de suite, arrivant au Lager à l'aube et ne retournant chez lui que bien après l'heure du dîner. Et de nouvelles directives continuaient à remplir son casier. Depuis plusieurs semaines, le flot de travailleurs étrangers ne cessait d'augmenter, les constructions le long des côtes se multipliaient et la demande de camions supplémentaires devenait exponentielle – pour transporter du matériel, déplacer les hommes d'un site à un autre, livrer des outils et des vivres, destinés, se doutait Kurt, aux membres de l'OT, bien plus qu'aux pauvres diables se tuant à la tâche sous leurs ordres. On leur avait promis au Lager que des renforts seraient bientôt là, mais il n'en était rien et, à bout de fatigue, Kurt annonça qu'il prendrait son samedi après-midi ainsi que la soirée, et que si le commandant en chef trouvait à y redire, il pourrait le lui faire savoir le lundi matin. Il avait encore un souhait : qu'il n'y ait personne, soit à la cuisine, soit dans la chambre partagée avec Fischer, pour qu'il puisse reposer son dos en sentant de l'eau glisser sur ses pieds, et en lisant un quelconque roman de gare.

En poussant la porte de la petite maison, il comprit immédiatement que ce ne serait pas le cas. De la cuisine s'échappaient des voix bruyantes et l'odeur de cigarettes françaises. Trois officiers jouaient aux cartes. En montant l'escalier, il hocha la tête, se demandant comment des jeunes militaires pouvaient gaspiller leur temps libre ainsi. Mais, bien sûr, il ne se préparait pas lui-même à utiliser le sien de façon, disons, plus productive. Se souvenant de là où il aurait dû être, il éprouva en même temps une pointe d'agacement. Il adorait Hedy, ce n'était pas la question. Mais, mon Dieu, quel irritant petit tyran pouvait-elle être parfois.

La semaine précédente, ils avaient eu une soirée, disons, houleuse, chez elle, à vrai dire proche d'une vraie dispute, ce qui ne leur était encore jamais arrivé. Kurt avait repéré sur la table le faire-part du mariage bricolé par Dorothea et il demanda pourquoi elle évitait délibérément d'en parler. Sûrement c'était l'occasion idéale pour qu'il rencontre ses amis. Ne serait-ce pas mal élevé de refuser de venir à leur mariage ? Hedy occupée à faire cuire sur son petit réchaud électrique des foies de poulet qu'il lui avait apportés, et jusque-là d'excellente humeur, fut aussitôt sur la défensive. Mais ils avaient déjà eu cette discussion une centaine de fois ! Kurt le savait, garder le secret était essentiel, alors pourquoi remettre ça sur le tapis ? Devant la violence de sa réaction, il sentit l'irritation le gagner et s'accrocher à ses arguments, comme un chien qui ne veut pas lâcher son os. Il protesta, en jetant brusquement les couverts sur la table : « Je comprendrais que tu ne veuilles pas que j'assiste à la cérémonie, mais si à la réception il n'y a que l'heureux couple, toi et ton ami le docteur, et dans une demeure privée en plus, je ne vois pas où est le problème.

— On pourrait te voir entrer chez eux.

— On pourrait aussi me voir entrer chez toi. Tu sais que je fais toujours très attention. Et Anton sera lui-même soldat de la Wehrmacht dans quelques semaines.

— Justement. Ils ont déjà assez de problèmes avec la famille de Dorothea, qui boycotte toute cette journée, sans qu'on en ajoute d'autres.

— Mais ça leur ferait d'autant plus de plaisir de voir un visage ami ! Tu as honte de moi ?

— Bien sûr que non. »

Elle avait l'air sincère, mais il remarqua qu'elle restait concentrée sur les foies de poulet.

« Alors c'est quoi ? »

Mais il n'obtint pas de réponse satisfaisante et plus tard, il trouva le faire-part déchiré dans la corbeille. Pendant la nuit, écoutant le souffle léger de Hedy, endormie à côté de lui, il se dit qu'elle s'était créé comme un obstacle psychologique. Qu'elle faisait une montagne de cette rencontre avec ses amis, jusqu'à la rendre impossible. Tout de suite après le mariage, il décida qu'il prendrait les choses en main. Après tout, dans un avenir pas tellement éloigné, un jour viendrait où ils porteraient un toast à leur vie future. Ils n'en avaient encore jamais vraiment parlé, mais étant donné leurs sentiments réciproques, cela semblait inévitable. Quelle sorte de mariage serait le leur si elle n'acceptait toujours pas qu'il ait été enrôlé de force dans cette fichue armée ?

La lumière pâlissante de l'après-midi éclairait à peine le palier et l'escalier qu'il montait lourdement en direction de sa chambre. Ses pieds pesaient maintenant autant que des sacs de charbon. Mentalement il passait un marché avec un dieu imaginaire, lui promettant de se comporter de la plus parfaite manière possible pendant la semaine à venir, en échange de quelques heures pour lui tout seul. Mais en ouvrant la porte de sa chambre, la première chose qu'il vit était Fischer, assis au petit bureau, une pile de dossiers devant lui. Kurt ne fit guère d'effort pour cacher sa frustration et il lui suffit d'un coup d'œil pour constater qu'elle était mutuelle. Il ôta ses bottes avec un soupir de soulagement, puis se jeta sur son lit et resta sans parler quelques minutes, se demandant s'il aurait la force d'aller remplir la cuvette d'eau. Il fit un effort pour être poli :

« On vous demande maintenant d'emporter du travail le soir ?

— Il y a des idiots chez nous qui sont incapables de calculer des pourcentages », répondit sèchement Fischer. Kurt réprima un sourire narquois. Son collègue venait d'être transféré du bureau de l'Agriculture au département de la Sécurité intérieure, quinze jours plus tôt, changement qui aurait dû lui convenir parfaitement, or depuis il affichait une mauvaise humeur perpétuelle.

« Quels pourcentages ?

— Des pourcentages sur les biens juifs, comme ça a été décrété à l'article 5. Quatre-vingt-dix pour cent vont au département des Finances et de l'Économie et dix pour cent au commissaire à la Question juive. Ce n'est quand même pas si difficile ! »

Kurt se remit difficilement debout et se traîna jusqu'à la cuvette. Il y avait de l'eau dans la cruche, mais elle était froide et l'idée de descendre en chauffer à la cuisine était accablante. Il en versa dans la cuvette et revint à son lit.

« Il ne doit pas y avoir tant de biens à vérifier, franchement. Je veux dire qu'il n'y a sûrement qu'une poignée de Juifs à Jersey.

— Il y en a toujours trop ! éructa Fischer, à causer des problèmes. On doit tous les identifier, qu'ils aient une entreprise à eux ou pas. Ces sales rats se faufilent partout. Vous savez qu'il y a même une Juive qui travaille pour nous ? »

Kurt ôta ses chaussettes, remarquant avec satisfaction que le visage de Fischer se contractait quand il sentit la forte odeur de ses pieds qu'il trempa dans la cuvette. Il regretta aussitôt de n'être pas descendu chercher de l'eau chaude.

« Ah oui, vraiment ? »

Il n'écoutait qu'à moitié. Depuis sa conversation avec Manfred, quelques semaines plus tôt, il avait décidé de laisser les récriminations de Fischer lui entrer par une oreille et sortir par l'autre.

« Oui, une petite peste juive, qui travaille dans votre département comme traductrice. Bercu ? »

Il feuilleta une liasse de papiers.

« Oui, c'est ça, Hedwig Bercu. Heureusement que les autres employés ne savent pas ce qu'elle est, sinon, ça déclencherait une émeute. Quand même, ça veut dire quoi de donner à une de ceux-là une fiche de paye ? »

Kurt resta immobile. Le froid glacé sur ses pieds remontait maintenant le long de ses jambes et jusque dans sa poitrine.

« Vous avez dit Hedwig Bercu ? »

Fischer fit oui de la tête.

« Pourquoi ? Vous la connaissez ?

— Non… J'ai peut-être entendu son nom… Et vous êtes sûr qu'elle est juive ? »

Kurt sentait sa tête trembler un peu. Il voyait les yeux de Fischer braqués sur lui, curieux, fouineurs.

« C'est indiqué sur sa carte d'identité, signée au bureau des Étrangers de Jersey. Ils sont bien trop indulgents dans cette administration. Moi, j'aurais flanqué tout ce monde-là sur un bateau dès la première semaine… »

Après avoir reniflé d'un air excédé, Fischer se replongea dans ses papiers, mais Kurt sentait qu'il le surveillait encore du coin de l'œil, tandis que sa façon de maugréer devenait une sorte de bruit de fond.

Très lentement, il sortit un pied de la cuvette, puis l'autre. Ils ne lui faisaient plus mal. Deux empreintes humides apparurent sur la descente de lit. Il sentait son cœur battre à grands coups et avait un peu la nausée. Après ce qu'il considéra comme une pause acceptable, il se mit debout : « Je vais vous laisser tranquille. J'ai un truc à faire. »

*

« Quelle charmante petite maison », dit Hedy quand ils arrivèrent tous les quatre au bout de West Park Avenue, un peu gênés de porter leurs plus beaux vêtements, ce qu'ils tentaient de dissimuler en bavardant gaiement. Cela n'avait rien de luxueux, mais c'était un bon quartier et au loin, on apercevait la mer dans la baie de St Aubin. De belles villas victoriennes s'alignaient dans cette partie ouest de St Hélier, toutes avec de larges baies vitrées au rez-de-chaussée, de jolies fenêtres en ogive aux étages et des pierres de couleurs contrastées décorant les façades. Anton s'était bien débrouillé pour dénicher un logement pareil avec son seul salaire et on comprenait l'excitation de Dorothea.

Il ouvrit largement la porte et d'un geste théâtral souleva sa jeune femme dans ses bras pour lui faire franchir le seuil. Gloussant de rire comme une enfant, elle agita la main vers Hedy et le docteur Maine en leur disant : « Entrez, entrez ! Ma grand-mère m'a donné une bouteille de sherry encore aux trois quarts pleine et on va pouvoir boire dans ces jolis verres que Hedy nous a offerts ! »

Hedy tiqua un peu, en pensant aux deux verres sans intérêt qu'elle avait trouvés dans la rubrique « À échanger » du journal local et qui n'étaient sûrement pas destinés à boire du sherry. Mais elle et le docteur entrèrent dans le petit salon et poussèrent les exclamations d'admiration d'usage. Elle se dit d'abord que la pièce était bien rangée, pour réaliser très vite qu'elle était surtout très vide. Il n'y avait rien aux murs qu'un papier peint datant du siècle précédent et comme meubles, deux chaises et une table de bridge pliante recouverte de feutre vert. Le docteur Maine invita Dorothea à s'asseoir et Hedy insista pour qu'il prenne l'autre chaise, elle-même s'installant par terre aussi confortablement que possible, en priant intérieurement pour que des échardes ne viennent pas déchirer ses précieux bas.

Anton alla chercher la bouteille de sherry, les deux verres et deux tasses ébréchées apportées de son ancien appartement, puis il versa à boire à chacun. Dorothea s'excusa pour le froid qui régnait dans la maison mais promit que cela irait mieux quand on pourrait allumer un feu.

« À l'heureux couple ! » déclara le docteur Maine, et tous choquèrent les verres et les tasses. « Que votre vie ensemble soit longue et joyeuse ! »

Hedy but une gorgée et jeta un coup d'œil inquiet à Dorothea, craignant que l'ironie de ce toast ne la réduise en larmes. Mais la jeune mariée souriait d'une oreille à l'autre, la tête contre la poitrine d'Anton et les mains constamment en train de le toucher. De toute évidence, elle jouissait de chaque instant de cette journée.

« J'aurais juste aimé qu'on puisse faire quelques photos, dit-elle soudain, mais nous avons l'intention d'aller chez Scott's, le photographe, très bientôt. On doit avoir un souvenir du plus beau jour de sa vie, n'est-ce pas ?

— Et devinez quoi, ajouta Anton, la famille de Mr Reis nous a offert une partie de leurs rations, un délicieux pont-l'évêque, avec assez de pain pour faire des toasts. Et la grand-mère de Hedy nous a confectionné un merveilleux gâteau au cumin, donc nous pouvons vraiment faire la fête.

— Je vais aller chercher des assiettes à la cuisine, dit Dorothea après avoir vidé son verre.

— Non, laissez-moi le faire, protesta Hedy, qui avait trop froid par terre et de plus en plus envie de manger. Une mariée, le jour de son mariage, devrait simplement rester assise et être belle. Je suis sûre que je vais trouver où sont les assiettes. »

Et elle se mit debout.

C'est alors que cela se produisit. Une succession de coups violents contre la porte. Pas celui, amical, d'un voisin curieux, mais ceux, déterminés, de quelqu'un qui veut absolument entrer. Une seconde, ils s'immobilisèrent tous les quatre. Le sourire de Dorothea s'évanouit, remplacé par une expression de stupeur. Hedy regarda anxieusement Anton, se demandant, sans doute de même que lui, si ce n'était pas un membre de la famille de Dorothea qui venait faire du scandale. Il se leva, tendit sa tasse de sherry à sa femme et se dirigea d'un pas décidé vers l'entrée, comme prêt à devoir se battre. Les trois autres restèrent immobiles, tendant l'oreille. Le visiteur parla le premier et en l'entendant, Hedy sentit son estomac se contracter violemment :

« Je suis désolé d'interrompre votre réception, mais je dois tout de suite parler à Hedy. Je suis Kurt Neumann. Pouvez-vous aller la chercher ? »

Voyant que Hedy devenait livide, le docteur Maine et Dorothea eurent l'air stupéfait. Anton dit : « Entrez, je vous prie. » Hedy s'avança en trébuchant un peu. Sur le seuil de la porte, Kurt, en uniforme, semblait plus grand encore que d'habitude. Elle réussit à peine à articuler : « Je croyais que tu avais du travail aujourd'hui ?

— Pouvons-nous parler seul à seule ? »

Son ton formel la terrifia. Mais au plus profond d'elle-même, elle savait pourquoi il était là et à son expression, Anton le savait aussi. Elle alla vers la cuisine, qu'elle ne connaissait pas encore, sentant Kurt avancer juste derrière elle mais n'osant pas se retourner pour le regarder en face. Ils se retrouvèrent dans une petite pièce glaciale, sinistre, au linoléum à carreaux noirs et verts, équipée au-dessus de l'évier d'un chauffe-eau à gaz à la petite flamme crachotante. C'est étrange, se dit-elle, que les endroits où votre vie va changer pour toujours ne soient jamais ceux que vous avez imaginés. Elle s'appuya contre une petite table recouverte d'une toile cirée et se força à lever les yeux, mais seulement jusqu'à la hauteur de ses genoux à lui.

« Qu'y a-t-il ? »

La question était insultante et elle le savait.

« Fischer m'a dit que sur ta carte d'identité tu es enregistrée comme juive. C'est vrai ? Tu l'es ? »

Même à ce moment-là – et elle s'étonnait de sa bêtise – elle se préparait encore à lui débiter son mensonge, l'histoire racontée au bureau des Étrangers, comme quoi elle portait le nom de son beau-père et n'avait pas de sang juif. Mais quand elle ouvrit la bouche, aucun mot n'en sortit. À cet instant précis, elle réalisa qu'elle n'en pouvait plus de mentir, de s'accrocher à cet improbable scénario. Quoi qu'il doive arriver, il valait mieux que ce soit tout de suite.

« Oui. »

Elle se mit à trembler de tout son corps. Pour essayer de se calmer, elle prit entre ses doigts les franges du dessus de table et les tortilla ensemble. Elle ne parvenait toujours pas à croiser son regard, mais la stupéfaction qu'elle entendait dans sa voix lui disait tout.

« Hedy, dès le premier soir, je t'ai expliqué que je ne croyais pas à ces bêtises de race supérieure. Depuis que je suis à Jersey et que je vois ce qui se passe, mon sentiment n'a pas changé, au contraire. Et ça, tu le sais. Et après tout ce que nous avons vécu ensemble ces derniers mois, tout ce que nous nous sommes dit… »

Il hésitait entre chaque phrase, cherchait ses mots, les choisissait avec précaution.

« Pourquoi ne me l'as-tu pas dit ? »

Hedy avait noué trois franges entre elles. Cela lui rappelait comment elle tressait les cheveux de Roda, sa sœur, dans leur chambre.

« Je voulais le faire. Mais j'ai attendu trop longtemps. Je ne savais pas comment tu réagirais.

— Pour l'amour du ciel, Hedy ! J'ai passé deux semaines dans cette prison puante pour toi ! Mais apparemment ça n'a aucune importance ! »

Sa voix était maintenant exaspérée, puis elle redevint plate, neutre.

« Si, si, bien sûr… C'était extrêmement important. Sans toi, on m'aurait arrêtée. »

Elle dénoua les franges, puis les renoua une nouvelle fois.

« Kurt, je sais que c'est difficile à comprendre. Mais tu ne sais pas ce que veut dire être repérée, détestée par tout le monde.

— Essaye de descendre King Street en uniforme de la Wehrmacht.

— Ce n'est pas pareil ! Après l'Anschluss, j'ai vu les gens nous tourner le dos. Des amis de longue date, en qui nous pensions avoir confiance. Se cacher est devenu instinctif. J'ai détesté te mentir, mais… »

Avec un suprême effort, elle leva les yeux.

« Je suis désolée. C'est juste que… Que j'avais peur.

— Mais il n'y a pas que toi. Tu m'as mis en danger moi aussi. Sans me le dire. Sans mon consentement.

— Je sais. »

Il resta silencieux un long moment. Puis ses traits s'adoucirent et il fit un pas vers elle, lui tendit la main pour toucher le bout de ses doigts. Elle lâcha les franges.

« Hedy, je ne pourrais jamais te faire du mal. »

Elle se mordit les lèvres, comme une petite fille qu'on envoie au coin. Sa logique de ces derniers mois s'évanouissait, lui paraissait maintenant ridicule. C'était cette guerre qui avait tué en elle tout sentiment de confiance.

« Tu le penses vraiment ?

— Je te le jure. »

Le nœud d'anxiété à l'estomac commença à se dénouer et elle éprouva un sursaut d'optimisme.

« Je le sais maintenant. »

Elle lui tendit l'autre main, mais aussitôt il lâcha ses doigts et recula. La pièce semblait encore plus froide.

« Oui, je crois que tu le sais, mais c'est trop tard. »

Il y avait comme des glaçons qui se formaient sur ses os. Elle n'arrivait plus à respirer.

« Pourquoi ?

— Si tu peux cacher quelque chose de si

important pendant si longtemps, me traiter en ennemi, compromettre ma sécurité… S'il n'y a pas de confiance, cela ne sert à rien de continuer. »

Hedy sentit sa mâchoire se durcir, crut entendre ses dents grincer.

« J'ai dit que j'étais désolée. Je le pense vraiment. »

Kurt secoua la tête.

« Je sais et je te crois. Mais cela ne fait pas de différence. »

C'en était trop. Elle avait les nerfs à vif. On aurait dit qu'un mur se dressait devant elle : « Ce n'est pas une excuse. Tu ne veux pas risquer d'être vu avec moi maintenant que tu sais la vérité. Tu as peur qu'on t'accuse de *Rassenschande*[1], peur de perdre ton petit travail tranquille et qu'on t'expédie sur le front de l'Est. »

À cet instant le visage de Kurt changea, elle le vit devenir furieux :

« Bon sang, tu sais que ce n'est pas vrai ! J'aurais accepté de courir le risque. Tu te souviens, le premier soir, quand tu étais en colère contre moi, quand tu m'as dit que j'étais lâche parce que je m'étais laissé entraîner par la

1. *Rassen*, la race, *Schande*, la honte. Littéralement « honte raciale » ou « honte du sang ». Terme utilisé par les nazis dans les lois antisémites de Nuremberg, en 1935, interdisant toute union et tout contact sexuel – sous peine de prison – entre personnes juives et non juives, considérés comme « actes de traîtrise envers la race » (*N. d. T*).

machine nazie ? J'ai beaucoup repensé à ça. Et j'avais alors décidé que tu avais raison. Mais maintenant… Maintenant, je crois que c'est toi qui es lâche. Au revoir, Hedy. »

Il lui tourna le dos et sortit de la cuisine. Elle entendit ses pas dans l'entrée, les quelques mots qu'il dit à Anton et Dorothea pour s'excuser d'avoir gâché leur fête. Puis la porte claqua. Au même instant, la petite flamme du chauffe-eau s'éteignit.

Les dernières choses dont elle se souvint furent la voix anxieuse d'Anton, lui demandant si ça allait, puis la sensation de son corps qui s'affaissait sur lui-même, sa difficulté à trouver son souffle et enfin sa tête sur ses bras quand elle se mit à sangloter.

6

1942

Il y avait du givre dans l'air. Des flocons blancs, légers comme des plumes, tourbillonnaient avant de devenir des taches noires sur les trottoirs. Chacun, chacune avançait à pas maladroits, courbé contre le vent en vieux manteau usé jusqu'à la corde, retrouvé dans un grenier plein de toiles d'araignées, les bras serrés contre le corps. Comme c'était triste, se disait Hedy, que quelque chose d'aussi beau et d'aussi fragile que la neige puisse causer pareille douleur : ses doigts crispés sur la poignée de son sac étaient rouge vif et la brûlaient comme si on en avait arraché la peau.

Elle hésita au carrefour à faire un détour jusque chez Rimington's, le marchand de fruits au bout de King Street. Le bruit avait couru la veille au soir près de chez elle qu'il aurait peut-être de la rhubarbe. Mais passer par là signifiait se rapprocher du bureau des Étrangers où elle était allée le mois précédent, et elle décida d'y renoncer plutôt que revoir cet endroit détesté.

Elle poursuivit donc son chemin, en essayant d'effacer de sa mémoire ce moment maudit, mais la colère faisait tout remonter : l'air empressé du fonctionnaire, couplé à son attitude hostile à son évidente détresse à elle tandis qu'elle lui tendait la brève note officielle remise la veille par le Feldwebel Schulz : « Vous êtes informée que toute personne enregistrée comme juive est priée de se présenter au haut commandement allemand dès que possible à l'adresse ci-dessous (College House). »

Pas de motif. Pas d'explication. Hedy s'était rendue en hâte à ce bureau avec le faible espoir d'obtenir un minimum d'information. Mais l'employé en se grattant la tête, après avoir haussé les épaules, lui avait dit que si les Allemands voulaient la voir, elle ferait mieux d'obtempérer. Après un merci nuancé de sarcasme, elle était repartie, déjà résolue à n'en rien faire. Elle tenta de se rassurer en se disant qu'il n'y avait qu'une poignée de Juifs à Jersey et donc que cette convocation pouvait être repoussée ou oubliée. Mais elle savait que l'espoir et l'optimisme n'avaient actuellement guère cours. Depuis le mariage d'Anton, chaque journée était devenue un tunnel boueux qu'il fallait péniblement franchir, chaque réveil à l'aube une plongée dans une sorte de néant. Certains matins, s'extraire de son lit lui semblait insurmontable.

Presque trois mois, treize longues semaines, s'étaient écoulés depuis sa dernière rencontre avec Kurt. Elle avait aperçu, une ou deux fois, sa haute silhouette au Lager. Il parlait à des mécaniciens ou transportait des boîtes de pièces détachées d'un atelier à un autre mais elle était trop loin pour voir son visage ou entendre sa voix. Il se tenait probablement à l'écart exprès, sans s'éloigner de son lieu spécifique de travail et il prenait ses repas uniquement au mess des officiers. Elle se disait que cela valait mieux, que c'était la meilleure chose pour eux deux, mais la nuit, son corps lui criait violemment le contraire et elle s'éveillait de ses rêves en serrant contre elle un oreiller humide. La première année de l'Occupation, elle avait été seule, désespérément seule, mais ceci… Ceci était un nouvel abîme de chagrin. Maintenant elle comprenait ce que veut dire avoir le cœur brisé.

Les premiers jours, elle avait essayé de reporter le blâme sur Kurt, sur Clifford Orange, sur Hitler – n'importe qui sauf elle. Mais roulée en boule par terre dans sa chambre, en train de sangloter, elle sentait une autre vérité émerger des pauvres arguments qu'elle essayait de mettre en avant et les détruire les uns après les autres. C'est Kurt qui avait raison. Quand il avait fallu prendre cette décision difficile, elle avait été lâche.

Au cours de leurs premiers jours ensemble, mille occasions s'étaient présentées, alors qu'elle en choisissait mille et une pour se taire. Aujourd'hui, elle en payait le prix. Elle passait ses journées penchée sur sa machine à écrire, à taper des rapports dépourvus de sens, évitant de regarder qui que ce soit autour d'elle. Le soir, toute seule, elle essayait de lire un livre quelconque trouvé sur les rayonnages maintenant presque vides de la bibliothèque et contempler les fenêtres des maisons voisines qui s'éteignaient les unes après les autres jusqu'à ce que la ville entière soit plongée dans l'obscurité. Une ou deux fois, elle s'était demandé si ce qui pouvait lui arriver avait encore de l'importance. Après tout s'Ils voulaient l'emprisonner, la fusiller, eh bien qu'Ils le fassent. Mais à la pensée de sa famille désormais éparpillée, elle se disait qu'il fallait encore tenir. Et ce jour-là, au moins, elle savait très bien ce qu'elle devait faire. Elle serra un peu plus son fichu sur sa tête et se dirigea vers le port, où une foule se rassemblait peu à peu.

Le bateau était bondé. Sur le pont, chaque mètre carré était occupé par quatre ou cinq soldats écrasés les uns contre les autres, qui faisaient des signes à ceux encore à terre. Le long de la passerelle, une queue interminable avançait, visiblement à contrecœur. Le quai grouillait d'officiers de la Wehrmacht, de membres de la police locale, et de la police secrète. Les visages qu'on apercevait en surplomb étaient blêmes, au milieu des uniformes vert-de-gris, le regard perdu. Beaucoup de ces malheureux n'avaient aucun doute sur leur destination. Malgré les efforts de la propagande nazie, des nouvelles filtraient dans toutes les couches de la population, à travers des lettres codées, des bribes glanées à la BBC ou des confidences chuchotées par du personnel militaire venu de France. On avait entendu parler du désastre de la bataille de Moscou, des divisions entières anéanties par l'Armée rouge et des tempêtes de neige. Maintenant, ces jeunes hommes savaient que si on les arrachait à l'affectation la plus confortable de toute l'Europe occidentale, c'était pour les expédier dans un enfer glacé. On racontait que quelques jeunes recrues avaient préféré se suicider en recevant ces ordres.

Hedy repéra d'abord Dorothea pas très loin de la passerelle et se fraya un chemin jusqu'à elle, en élégant manteau noir assez usé ayant appartenu à sa grand-mère, et dont la couleur était de circonstance. L'écharpe bleu marine nouée sur ses cheveux coupés court la faisait paraître encore plus pâle que d'habitude. Debout face à Anton, elle le dévorait de ses yeux rougis et pleins de larmes, comme si elle voulait imprimer son image, jusqu'au plus petit détail, dans sa mémoire. Anton, un air de défi sur le visage, était en uniforme de la Wehrmacht, et Hedy, qui le voyait ainsi pour la première fois, en eut des frissons.

Quand il l'aperçut, il tenta d'étirer ses lèvres pour une espèce de sourire et dit :

« Tu as réussi à venir, je suis content.

— Bien sûr que je suis venue. Bon… donc… »

Elle hésita, pour ne pas énoncer trop de banalités :

« Et tu sais combien de temps durera la traversée ?

— Pas la moindre idée. »

Dorothea se mit à trembler. Elle respirait mal et Hedy se demanda ce qu'on pourrait faire si elle avait une crise d'asthme là, au beau milieu du quai. Anton la serra contre lui et l'embrassa sur la joue.

« Chérie, peux-tu me laisser quelques minutes ? Je ne serai pas long. »

Dorothea fit oui de la tête et s'écarta de deux pas, tout en se tapotant les paupières avec un petit mouchoir de dentelle.

Hedy, immobile, attendit. Elle savait déjà ce qu'Anton allait lui dire.

« Écoute, j'ai besoin que tu me promettes de veiller sur elle. Sa grand-mère est si fragile, elle n'a peut-être même plus un an à vivre et il n'y a aucune indication que ses parents finiront par accepter notre mariage. Elle est plus forte qu'elle n'en a l'air, mais il y a des limites à ce qu'elle peut supporter. »

Et il lui prit la main pour la serrer fort entre les siennes. Hedy ouvrit la bouche, puis la referma, cherchant les mots qui conviendraient :

« J'essaierai, Anton, vraiment. Mais je ne suis pas sûre que…

— Je ne te demande pas de l'aimer comme moi je l'aime. Juste de venir voir comment elle va. Tu n'habites pas loin, tu pourrais passer en rentrant de ton travail, jeter un coup d'œil. »

Il lui serra la main si fort qu'elle crut sentir un os craquer. Il se mordit les lèvres.

« Et tu sais, elle aussi veillera sur toi. Vous ne

serez que toutes les deux, maintenant. Si seulement je pouvais changer tout ça… »

Hedy ferma les yeux. Pourquoi tant de tristesse ? C'en était trop. Cette avalanche de malheurs qui se succédaient… Comment pouvait-on porter un poids pareil ? Elle sut alors ce qu'elle devait dire, en réponse au désespoir d'Anton :

« Bien sûr que je prendrai soin d'elle. Je te le promets. »

Cela eut l'air de l'apaiser un peu. Puis il demanda :

« Pas de nouvelles de Kurt ?

— Non. Et il n'y en aura pas. C'est fini. »

Prononcer ces mots-là à voix haute était dangereux. Cela pourrait ouvrir des digues impossibles à refermer. Elle avala un bon coup. Ce n'était pas le moment de s'effondrer, elle n'offrirait pas ce plaisir aux Allemands. Elle releva le menton.

« Ne t'inquiète pas. Ça ira pour nous. Toi, prends soin de toi. »

Il lui lâcha la main et fit signe à Dorothea qui vint se jeter à son cou en enfouissant sa tête contre son épaule. À cet instant une voix rauque se mit à hurler : « *Letzter Aufruf ! Alle an Bord ! Schnell !* » Il y eut une forte poussée en direction de la passerelle qui les entraîna un instant tous les trois. Hedy serra le bras d'Anton et l'embrassa sur la joue, Dorothea sur les lèvres. Puis il disparut dans la cohorte vert-de-gris, ce flot désespéré montant à bord du bateau. Elles restèrent sur le quai, à faire des signes de la main et des simulacres de sourires à une tache blafarde qui était le visage d'Anton. Elles tremblaient de froid tandis qu'on larguait les amarres et que le bateau se dirigeait vers la sortie du port et le grand large. Pour une fois, Dorothea restait silencieuse.

Quand il n'y eut plus rien à voir, elles se tournèrent l'une vers l'autre. Hedy, sachant qu'elle devait tout de suite commencer à tenir sa promesse, posa la main sur le bras de Dorothea qui s'épongeait les yeux avec son mouchoir trempé et dit :

« Tu aimerais qu'on aille boire quelque chose pour se réchauffer ?

— Merci, Hedy, c'est gentil, mais non, j'ai juste envie de rentrer chez moi. Oh, j'allais oublier, pardon, c'est arrivé hier. »

Elle tendit une enveloppe extraite d'une de ses poches et s'en fut à pas lents, le long du quai, son manteau noir soulevé par le vent, tout à fait semblable à une de ces héroïnes tragiques dans la scène de fin d'un film romantique.

*

En dissimulant soigneusement la petite lettre au milieu de son bureau, Hedy la relisait. C'était une feuille couleur crème, froissée à force d'avoir été dépliée et repliée. Elle portait dans un coin un tampon rond où on pouvait lire « Le comité international de la Croix-Rouge, Genève ». En dessous, il y avait les vingt-cinq mots autorisés qui s'étaient imprimés à jamais dans son cerveau :

Espère tout va bien. Père et mère partis vacances janvier. Date retour incertaine. Envoient affection. Aucune nouvelle Roda et autres. Doit déménager. Plus de lettres.

Elke.

Hedy se redressa sur sa chaise er jeta un coup d'œil autour d'elle. Ce matin, la chance était de son côté. Fräulein Vogt semblait entièrement mobilisée par une catastrophe administrative, réelle ou pas. Quant à l'exaspérant cliquetis des machines à écrire, souvent cause de terribles maux de tête, il devenait une sorte de bruit de fond qui permettait de s'isoler du reste du monde. Lentement, prudemment, elle replia la lettre, la glissa dans son sac accroché au dossier de son siège et prit une liste de matériels à traduire, qu'elle regarda en fronçant les sourcils, comme s'il s'agissait de quelque chose de compliqué et d'important.

Elle avait tenté sa chance en écrivant à Elke. Cela faisait des années qu'elle ne l'avait pas vue, et n 'était pas sûre que sa famille vivait à la même adresse. Et il existait un risque important que son ancienne copine d'école les trahisse, elle et ses parents. Autrefois, elles étaient proches, mais qui savait comment les gens pouvaient avoir changé depuis le début de cette folie ? Elke appartenait peut-être aujourd'hui aux Jeunesses hitlériennes.

Et pourtant la lettre lui était parvenue et elle avait eu le courage d'y répondre et trouvé les moyens pour qu'elle parvienne à Hedy.

Vacances… Sa mère, à un moment ou à un autre, avait dû décider avec Elke d'employer ce mot-là pour signifier « déportation », sachant que sa fille comprendrait. Mais désormais, chaque fois que Hedy fermait les yeux, elle voyait un camion dans lequel on obligeait des Juifs à s'entasser, à coups de crosse dans le dos. Elle imaginait ses parents épuisés, terrifiés, serrant contre eux le peu qu'ils avaient pu emporter. Venait ensuite le long, abominable voyage jusqu'au… Là, elle se bloquait, arrivée à la limite qu'on pouvait supporter en matière d'horreur.

La pendule indiquait qu'il était presque l'heure du déjeuner. Elle n'avait rien pris le matin, dans son état elle aurait été incapable de penser à de la nourriture. Dès son réveil, sachant ce qu'elle devait faire, les remontées acides dans son estomac se succédaient, suivies de nausées. Depuis que Dorothea lui avait tendu la lettre sur le quai, il s'était écoulé des semaines et au cours d'interminables nuits sans sommeil, elle avait épuisé les autres options. Voyant Fräulein Vogt toujours penchée sur ses dossiers, elle prit son sac et se glissa silencieusement hors de la baraque, comme si elle voulait aller tôt à la cantine, sans tenir compte des regards irrités des Bavaroises toujours en train de marteler leurs machines à écrire.

Une fois dehors, sous le frais soleil printanier,

elle se hâta le long du sentier inégal vers le mess des officiers. Une cinquantaine de mètres avant l'entrée, il y avait un petit carré de gazon d'où on voyait les ateliers de réparation. En faisant comme si elle rattachait un de ses lacets, elle attendit là quelques instants, en priant intérieurement pour ne pas l'avoir manqué – espérant en même temps qu'il ne viendrait pas. Puis elle le vit – cette silhouette, cette démarche, qu'elle connaissait si bien – et soudain ce rire, un peu forcé, en réponse à une blague d'un de ses collègues… Au même instant, il l'aperçut et tout son corps réagit en reculant un peu, comme un cheval avec un mauvais cavalier. Elle attendit, le regardant bien en face, pour qu'il comprenne. Et quelques secondes plus tard, il se dirigeait vers elle, après s'être excusé auprès de son compagnon.

D'abord, sa proximité faillit lui faire oublier pourquoi elle était là. Il paraissait plus grand, plus beau, un peu amaigri. Et puis il y avait cette légère odeur de sueur et d'huile de moteur comme avant, et ces yeux braqués sur elle… Il ne dit rien, attendant qu'elle parle la première. Impossible de savoir ce qu'il pensait.

« J'ai une faveur à vous demander. » Elle réussit finalement à articuler ces quelques mots, sans cesser de le dévisager, anticipant un refus. Mais il hocha la tête, un geste l'encourageant à poursuivre, comme s'il comprenait à quel point ce devait être important pour elle d'avoir osé l'aborder ainsi. « J'ai reçu ceci. » Elle sortit la lettre de la Croix-Rouge de son sac et la lui tendit, en prenant soin que leurs mains ne se touchent pas. Autour d'eux passaient maintenant les employés allant déjeuner et elle se demanda avec inquiétude si elle n'aurait pas dû choisir un endroit plus discret. Mais tout le monde semblait surtout préoccupé par la perspective du seul repas convenable de la journée et personne ne faisait attention à eux.

Kurt lui rendit la lettre.

« Vous pensez qu'on les a conduits dans un ghetto quelque part ou en prison ?

— Je crois qu'il n'y a pas le moindre doute. Ils ont peut-être déjà été tués.

— Je suis désolé, Hedy, vraiment désolé. »

Il y avait comme de la bonté dans sa voix et elle enfonça ses ongles dans ses paumes pour rester concentrée.

« Mais que voulez-vous que je fasse ?

— Je veux juste savoir... »

Elle sentit qu'elle n'allait plus pouvoir parler, s'arrêta, puis reprit :

« Je veux juste savoir où on les a emmenés et ce qui leur est arrivé.

— Mais comment puis-je vous aider ?

— J'ai pensé que peut-être vous auriez des contacts, quelqu'un à Berlin qui pourrait vérifier des listes... »

Et elle sentit que ses paroles étaient ridicules. Il était évident que Kurt n'en saurait pas plus qu'elle. Elle eut peur qu'il pense que tout cela était une excuse pour reparler avec lui. Ou plus.

Aussi elle ajouta vite : « Je sais que c'est peu probable que vous puissiez… Mais je suis désespérée et je n'ai personne d'autre. »

Elle le revit alors, ce regard plein d'affection, ce regard qui calmait ses peurs et rendait le monde supportable. À sa grande honte elle sentit une larme rouler jusqu'à sa bouche. Il tendit alors la main et de l'index l'essuya doucement, ce qui ajouta à son angoisse.

« Je ne peux rien garantir et cela peut prendre du temps, mais je ferai de mon mieux, je vous le promets. »

Le regard affectueux avait disparu, remplacé par un mélange de tristesse et de déception. Elle arrêta une autre larme et essaya de se tenir bien droite : « Merci. Je suis toujours à la Baraque 7. Vous m'y trouverez tous les jours. »

Elle repartit vite, incapable d'aller s'asseoir à la cantine. Elle préférait travailler pendant son heure de déjeuner et taper des rapports jusqu'à six heures, la tête remplie de listes de sacs de ciment à livrer à telle adresse. Elle éviterait de croiser le regard de Fräulein Vogt ou de son voisin de table, Derek. Après quoi, elle se dépêcherait de rentrer chez elle, avalerait vite son maigre dîner et se mettrait au lit. Elle enfouirait alors sa tête dans son oreiller pour que les voisins ne l'entendent pas pleurer et gémir comme un animal blessé jusqu'au petit matin.

*

« Mais pourquoi ? Pourquoi nous obligez-vous à faire ça ? »

La voix de Dorothea dominait le bruit assourdissant. Elle avait les yeux écarquillés d'incompréhension. Hedy regarda nerveusement le soldat allemand, debout derrière le comptoir improvisé, qui s'emparait du poste de radio Bush de Dorothea et le faisait glisser vers la pile qui ne cessait de grossir. Un instant, elle eut peur qu'il réplique mais comprit vite, à son expression, qu'il ne savait simplement pas l'anglais.

« Dorothea, allons-nous-en », chuchota-t-elle, tout en comptant combien il y avait de militaires armés dans la pièce et de sorties. « Il ne te comprend pas et je veux partir d'ici. »

En réalité, elle n'avait pas du tout eu envie de se rendre à la salle paroissiale ce jour-là. C'était un nid d'Allemands, décoré de bannières à swastika qui lui donnaient la chair de poule. Mais quand le journal du soir avait publié la semaine précédente l'annonce de la confiscation de tous les postes de radio, Dorothea s'était précipitée chez elle pour la supplier de l'aider à transporter le gros appareil dans son emboîtage de bois. Et se souvenant de la promesse faite à Anton, Hedy n'avait pas eu d'autre choix qu'accepter.

Elle regarda autour d'elle. La salle était remplie d'habitants de Jersey furieux, qui jetaient leur poste sur le comptoir et arrachaient ensuite avec colère le reçu tendu par les mains allemandes. La promesse qu'on leur rende leur bien à la fin de la guerre faisait figure de si lamentable mensonge que cela en devenait drôle.

On savait bien que ces postes hautement convoités seraient chargés le jour même sur un bateau qui rallierait le continent dans la soirée et qu'ils orneraient les salons d'officiers du parti nazi la semaine suivante. Désormais, les habitants de Jersey seraient complètement tenus à l'écart des nouvelles de la guerre, dépendant uniquement de la risible désinformation d'une presse sous contrôle allemand. Hedy, déjà privée de radio depuis plus d'un an, avait fini par s'habituer au silence oppressant des longues soirées sans musique et sans le son d'aucune voix. Heureusement, ses visites régulières à Dorothea pour écouter les nouvelles à la BBC lui apportaient un lien vital avec l'extérieur – même si elle devait passer beaucoup de temps à indiquer dans un vieil atlas où se trouvaient tel ou tel lieu de combat. Maintenant, l'isolement allait devenir total et cela faisait peur à tout le monde.

Désireuse de retrouver l'anonymat de la rue, elle tira Dorothea par le bras. Mais celle-ci, toujours campée devant le soldat allemand, continuait à protester. « Je crois que vous comprenez très bien, disait-elle, et je voudrais savoir à quoi vous croyez que cela va servir. »

Stupéfaite, Hedy la regardait, cette frêle jeune femme qui n'avait jamais osé contredire Anton en public – ni, sans doute, en privé – et qui là, sans manifester la moindre peur, affrontait un soldat ennemi. Elle jeta un coup d'œil circulaire et en vit un autre, lourdement armé, un costaud aux larges épaules, qui surveillait cet échange depuis le fond de la salle. Un geste du premier suffirait à les faire arrêter toutes les deux. En arrivant, le matin, elles avaient déjà vu un homme se faire arracher à la queue qui serpentait jusqu'au-dehors, suite à un échange assez vif, et être emmené de force. Là, Hedy lui empoigna le bras : « Allons, on doit partir. »

Son cœur bondit quand elle sentit une main dans son dos qui la poussait très vivement vers la sortie. Elle vit qu'il en allait de même pour Dorothea. C'est seulement une fois au milieu de la salle qu'elle réussit à se retourner pour voir qui les bousculait ainsi. À son grand soulagement, c'était un homme à cheveux gris, lunettes à monture métallique, l'air las, qui arborait un beau sourire assez convenu.

« Mesdames, je peux répondre à vos questions mais je suggère d'aller poursuivre la conversation plus loin. » Il avait la voix aussi fatiguée que son allure générale et Hedy y reconnut l'accent typique de Jersey, le même que celui du docteur Maine. Il continua à les diriger toutes les deux vers une porte et quand ils furent dehors, clignant les yeux dans le soleil qui éblouissait après la pénombre de la salle paroissiale, il leur tendit la main :

« Je suis le député Le Quesne, très heureux de faire votre connaissance. »

Ce nom ne disait rien à Hedy mais Dorothea le dévisagea avec curiosité.

« Le député Le Quesne, du bureau du Travail ? » demanda-t-elle.

Il sourit.

« Oui, pour mes péchés ! Pardon si je ne me suis pas conduit très courtoisement tout à l'heure. Mais je ne voulais pas que vous risquiez d'avoir des ennuis. J'ai bien peur que les Boches prennent très au sérieux cette dernière idiotie de leur part. Ils ont déjà arrêté pas mal de gens.

— Je veux savoir pourquoi. Pourquoi ils nous prennent nos postes de radio », insista Dorothea.

Le Quesne jeta un coup d'œil derrière lui et les fit avancer un peu dans la rue. « Simple vengeance de leur part, j'imagine. Le cours de la guerre a changé ces dernières semaines. Alors ils veulent nous punir et en même temps, nous cacher la vérité pour nous saper le moral. Mais nous ne les laisserons pas faire, n'est-ce pas ?

— Bien sûr que non ! s'exclama Dorothea en serrant la main du vieil homme. Et je prie tous les soirs pour nos soldats. »

Hedy retint son souffle en entendant ces mots d'une ironie désarmante. Le député leur dit au revoir et repartit vers la grande salle. À une des portes, deux jeunes protestaient devant un soldat allemand, attirant l'attention de trois autres. Une femme dans la soixantaine sortait en pleurant contre l'épaule de son mari.

Dorothea se tourna vers Hedy :

« Merci, merci pour votre aide. Je n'aurais pas pu apporter ce gros poste ici toute seule. Vous voulez venir dîner ce soir ? J'ai assez de pommes de terre pour faire des rissoles. Et si vous aviez deux carottes qu'on partagerait ? »

Hedy hésita. Écouter la BBC et discuter des nouvelles ensuite était ce qui avait rendu ses dernières visites à West Park Avenue supportables. Au moins, cela empêchait Dorothea de bavarder sur ses actrices de cinéma préférées ou, pire encore, de répéter à quel point Anton lui manquait. La perspective de n'avoir rien d'autre désormais à se dire était assez peu engageante. Mais la promesse faite à son vieil ami se rappela à son bon souvenir.

« Merci, oui, peut-être. Juste pour une heure. Je sais à quel point c'est dur, le premier soir sans radio.

— Oh, mais nous pourrons encore écouter les nouvelles ! »

La voix de Dorothea était très gaie.

« Je ne comprends pas.

— Je leur ai apporté mon gros poste, comme ils l'ont demandé. Mais pas celui qui est dans le grenier. »

Elle sourit et repartit d'un pas léger en direction du parc. Hedy, stupéfaite, la regarda s'éloigner.

*

« La même chose ! »

Avec un large sourire, Kurt leva deux doigts en direction de la serveuse, une maigrichonne à l'air las. « Ce cognac est excellent. Je vais peut-être voir si je peux m'en procurer une bouteille dans nos réserves. »

Wildgrube vida son verre jusqu'à la dernière goutte – son quatrième bien servi de la soirée, si Kurt avait correctement compté – et se pourlécha pour signifier qu'il était d'accord. Même à la lumière tamisée du club, on voyait son visage s'empourprer, entre les épaisses traces de rouge à lèvres laissées par les filles. Il commençait à faire des grands gestes, tandis que ses yeux larmoyants examinaient la dernière « livraison » de prostituées venues de Normandie. Il avait vraiment l'air de se sentir tout à fait bien et Kurt soupçonna qu'il ne devait pas avoir beaucoup de vie sociale.

« Vous savez, mon père – et Wildgrube aspira une longue bouffée de sa cigarette – travaillait en usine. Ne s'intéressait pas à ce qu'il portait. Me tirait les oreilles quand je dépensais mon argent pour acheter de belles chemises et de beaux souliers, me traitait de petit pédé. » Il éclata d'un rire tonitruant en rejetant la tête en arrière. Kurt profita de cet instant pour vider presque tout son verre dans le pot d'aspidistra posé derrière lui.

« Mais regardez-moi maintenant ! »

Il tira sur les poignets impeccables de sa chemise pour bien les montrer : « Je vais vous dire, la femme chargée de notre cantonnement, elle est affreuse, mais bon Dieu, elle sait repasser ! Et ses ragoûts sont de première ! » Il se tapota le ventre et rit encore.

Kurt fit semblant de boire dans son verre presque vide, en se disant que la femme en question ne devait pas se gêner pour pisser dans les plats qu'elle leur servait. Il regarda la pendule – sept heures et demie. C'était la quatrième fois qu'il invitait Wildgrube au club en trois semaines et d'expérience, il savait maintenant qu'à partir de huit heures, il pouvait l'entraîner vers le genre de discussion qu'il voulait. L'astuce, c'était de le coincer entre l'instant où il oubliait la discrétion professionnelle et celui où il tombait dans les pommes.

La première fois qu'il l'avait invité à « une virée entre hommes » – termes soigneusement choisis pour titiller l'ego de l'espion – il s'était heurté à un certain scepticisme. Wildgrube possédait l'instinct de l'enfant maltraité pour deviner si quelqu'un le regardait de haut et Kurt avait dû se donner du mal pour le convaincre qu'il ne s'agissait pas d'une mauvaise plaisanterie. Mais il savait que, malgré les réserves que Wildgrube pouvait avoir à son égard, celles-ci finiraient par disparaître du fait d'abord de sa curiosité, et puis de son désir de reconnaissance. La première fois, il n'avait pas pris de risque, se contentant de parler d'architecture allemande, par exemple, ou de la forme des seins d'une femme pour qu'elle ait une silhouette parfaite. Il lâchait quelques très petits détails sur lui ou ses collègues. Il commençait à se rendre compte que Wildgrube n'avait aucune compétence en quoi que ce soit et par contre un sacré problème avec l'alcool. Comment un type pareil avait-il pu gravir les échelons de cette façon ? C'était confondant. En même temps, comment expliquer Goering ? En tout cas, Kurt sentait que ce soir, s'il manœuvrait correctement, ce serait le moment de pousser ses pions. Et Wildgrube semblait être enchanté de sa soirée.

« C'est merveilleux ! J'adore cet endroit ! » s'exclama-t-il.

Kurt opina de la tête :

« Ça fait du bien d'échapper au train-train habituel, de se retrouver entre vrais bons copains. Pas que je sois à votre niveau, Erich, vous qui avez accès aux hautes sphères, êtes à tu et à toi avec les grands chefs, je ne me trompe pas, hein ? »

Wildgrube haussa un peu les épaules, enchanté du compliment.

« Ouais… Je connais pas mal de gens. Et pas seulement ici. »

Kurt faisait tournoyer son verre entre ses doigts.

« Vous voulez dire, à Berlin aussi ?

— Ouais, j'ai des amis là-bas, qui ont bien réussi, dans la haute, si vous voyez ce que je veux dire. »

Puis de sa main soigneusement manucurée, il fit le geste d'écarter une mouche imaginaire.

« Dites-moi, ajouta-t-il, combien de fois par semaine venez-vous ici ? »

Kurt réfléchit très vite, sachant que ce qu'il répondrait pourrait être vérifié.

« Pas trop souvent. J'essaye quand même de bien me conduire ! »

Wildgrube éclata de rire et se tapa sur les cuisses. « Vous voyez celle-là ? » Du doigt il désignait une petite blonde d'environ dix-sept ans, vêtue d'une robe légère très serrée, qui jouait avec ses cheveux de façon provocante. Kurt se demanda si sa mère savait où était sa fille et ce qu'elle faisait.

« C'est elle que je vais me taper un peu plus tard. Fantastique petit cul, vous ne trouvez pas ? » Puis se penchant vers Kurt et sur un ton de conspirateur : « Quoique… J'ai entendu dire que certaines de ces nouvelles filles ne sont pas très nettes. Je vais peut-être me contenter de lui tripoter les seins, pour ne pas prendre de risque. Pas envie d'attraper un sale truc. »

La serveuse déposa devant eux deux nouveaux cognacs, en souriant longuement de façon tout à fait artificielle. Kurt leva son verre pour porter un toast et crut que Wildgrube allait le fracasser quand il le heurta violemment avec le sien.

Il décida qu'il était temps de changer de tactique : « Et donc, Erich, dites-moi un peu, comment ça va dans votre travail ? »

Il employait exprès un terme aussi vague pour qu'il ait l'air de refléter son ignorance.

« Qu'est-ce qui vous pose des problèmes en ce moment ?

— Ah, vous savez bien, toujours les mêmes. Ceux qui font du marché noir. Ces crétins d'habitants d'ici qui se prennent pour Rosa

Luxemburg. Certains des travailleurs forcés que nous avons fait venir se sont évadés. Semble que des locaux les cachent chez eux ! Bien fait pour eux s'ils se font violer et piller, ces crétins !

— Et chez nous, que se passe-t-il ? C'est vrai que le Führer prépare une nouvelle offensive contre les Soviets ? »

Wildgrube vida la moitié de son verre d'un coup, puis se tapota le nez pour signifier que Kurt était allé trop loin. Celui-ci, réalisant son erreur, leva une main, paume ouverte, et tourna la tête pour indiquer qu'il s'en remettait à une puissance supérieure. Mais un instant plus tard, Wildgrube revenait en terrain interdit, toute prudence noyée dans le fond de son verre : « Notre grand homme fait du bon boulot. Évidemment, c'est motus et bouche cousue.

— Je bois à ça ! »

Kurt leva son verre une nouvelle fois, tandis que, comme précédemment, son interlocuteur vidait le sien.

« Allons, insista-t-il, dites-m'en un peu plus ! Quelque chose à voir avec les Juifs ? »

Et il se pencha en avant, tout en regardant d'un air méfiant autour de lui, pour dramatiser son attitude.

Wildgrube agita un doigt, comme un père prêt à pardonner à un enfant qui a fait une bêtise.

« Ah, vous êtes un petit malin, Neumann ! Bien sûr qu'il s'agit de ces fichus Juifs ! On a finalement trouvé la solution. Un sacré truc. Mais impossible d'en dire plus… Bon, approchez un peu : laquelle de ces petites putes est pour vous ? »

Kurt sourit, faisant semblant de trouver ce jeu très amusant, et jeta un regard autour de la pièce au décor tape-à-l'œil, tout en dorures et velours rouge. Un peu partout, des officiers ivres étreignaient des filles maigres au visage fermé. Fischer jouait aux cartes avec un de ses copains aussi saoul que lui. Mon Dieu, se demanda-t-il, qu'est-ce qu'il était venu faire ici, pour une femme qu'il s'était juré ne jamais revoir ? Des images de Hedy lui revinrent, ce tendre sourire, ces yeux vert d'eau, cette expression quand il arrivait chez elle. Ces derniers mois sans la voir avaient été les plus durs de sa vie… Une douzaine de fois il était venu de son cantonnement jusqu'à New Street et avait attendu devant chez elle, espérant apercevoir derrière la fenêtre son visage pâle et ses cheveux dorés. Chaque fois, quelque chose l'avait retenu, peut-être le sentiment d'avoir été trahi. Mais l'idée de se retrouver avec une autre femme était simplement impossible.

Wildgrube attendait sa réponse. Au hasard, Kurt désigna une longue brunette assise au bar : « Celle-là.

— Ah, vous aimez les brunes ! Pour moi, il faut que ce soit une blonde, une gentille petite Aryenne. »

Il éclata de rire – n'importe quoi l'aurait fait rire, maintenant, et il vida le verre de Kurt le prenant pour le sien : « Bientôt il n'en restera plus un seul, vous verrez. On sera débarrassé de cette vermine, toute cette vermine. »

Kurt sentit qu'une porte s'ouvrait et il comprit qu'il ne fallait pas trop insister, de peur qu'elle ne se referme. Mais il savait aussi qu'il n'avait pas beaucoup de temps – Wildgrube était maintenant tellement saoul qu'il prononçait des phrases sans suite. Aussi il opina : « Espérons-le, hein ? Parce que ce ne sera pas facile.

— Mais ils ne comprendront rien ! N'auront pas idée de là où on les emmène... Dans quoi ils se jettent... Un copain SS m'a montré des photos la dernière fois que je suis retourné chez nous... Génial, c'était... La façon dont on les entasse là-dedans... Sympa, facile... »

Il riait, riait, et sa parole devenait de plus en plus pâteuse. Kurt resta parfaitement immobile.

« On les entasse dans quoi ? »

Le sourire de Wildgrube, il s'en souviendrait encore des années plus tard.

« C'est la beauté de la chose. Gardez ça pour vous, hein, c'est juste entre nous, compris ? Approchez un peu... »

*

Hedy dormait profondément quand on commença à frapper à la porte – ce qui, d'abord, l'exaspéra. Cela faisait tant de nuits qu'elle restait éveillée jusqu'aux premières lueurs de l'aube, si bien qu'elle se traînait à son travail complètement épuisée. Cette fois, enfin, elle avait réussi à s'endormir à une heure raisonnable et voilà qu'un idiot… Pendant quelques secondes, elle crut que cela venait d'un autre appartement. Puis elle réalisa que c'était dans la porte d'entrée, en bas, qu'on cognait. Quelqu'un exigeait qu'on lui ouvre, et sans doute Mrs Le Couteur obtempérait. Hedy regarda vite son réveil : presque trois heures. Elle se dressa dans son lit, aux aguets, comme un animal sauvage, et eut une vision de soldats allemands procédant à des arrestations. Elle saisit un cardigan de laine sur une chaise, se leva et courut coller une oreille contre sa porte. C'est alors qu'elle entendit des pas dans l'escalier et une voix familière, « Hedy, Hedy, je t'en prie, je sais que tu es là. »

Elle crut que son cœur allait jaillir de sa poitrine quand elle tourna le verrou et ouvrit en grand. Sur le palier plongé dans l'obscurité, en plein courant d'air, se tenait Kurt, échevelé, titubant légèrement, l'air hagard. Dès qu'il la vit, il se jeta dans ses bras, la faisant reculer de quelques pas. Prudemment elle l'aida à entrer dans la pièce.

« Kurt, qu'est-ce qui se passe ? Qu'est-ce que tu fais ici ? »

Il avait enfoui son visage dans son cou et elle sentit qu'il pleurait. Elle finit par se dégager, le prit fermement par le bras et l'emmena s'asseoir sur une chaise près de la table. Il s'y effondra et elle sentit son haleine très alcoolisée. Elle alla relever légèrement le store, pour donner un tout petit peu de lumière, puis prit place à côté de lui.

« Dis-moi ce qui se passe. »

Il leva la tête vers elle, la moitié de son visage éclairée par le rayon de lune, en proie à la plus violente émotion, en plus d'avoir bu, mais tandis qu'il la regardait, il sembla se calmer. D'une main, il écarta doucement ses cheveux, comme il le faisait quand ils étaient amants.

« Hedy, je suis tellement désolé.

— Désolé pour quoi ?

— Je ne te croyais pas. Je ne croyais rien de ce que tu me disais. Je pensais que c'étaient des histoires, rien d'autre. Je ne savais pas que des hommes pouvaient réellement se comporter ainsi.

— Ainsi ? Mais de quoi parles-tu ?

— Je le croyais vraiment… Ils parlaient de fermes. Simplement qu'on les regroupait dans des fermes. Je ne savais pas. Je te jure que je ne savais pas. »

Et puis il débita d'un coup ce que Wildgrube lui avait confié et comment lui, Kurt, avait tout peu à peu mis en ordre dans sa tête et compris : les plans secrets, la liquidation des ghettos, les Juifs enfermés dans des synagogues auxquelles on mettait le feu, les arrestations massives, les fourgons à bestiaux « spéciaux », les camps d'extermination, où on séparait à l'arrivée les hommes et les femmes, où on « enregistrait » les prisonniers, on leur prenait leurs affaires, les vêtements rayés, le travail forcé, les soi-disant salles de douche remplies de cadavres.

Hedy, silencieuse, resta près de lui tandis qu'il

parlait, par phrases entrecoupées, comme si les mots l'étouffaient. Les mots qui, elle, la brûlaient au vif, laissant des cloques sur sa peau. Crématoire… Cheminées… Gaz… Puis ils devinrent des images, ensuite une réalité, et elle s'écarta. Elle avait envie de le frapper sur la bouche pour qu'il se taise, pour que son cerveau à elle n'enregistre pas tout cela, pour le punir d'être l'un d'entre eux. En même temps, elle avait envie de le serrer contre elle et de lui dire que non, il ne pouvait pas savoir – qui aurait pu imaginer quelque chose de si inhumain, de si incompréhensible ? Au fur et à mesure qu'il parlait, elle se sentait rapetisser, comme Alice au pays des merveilles, et quand il en arriva à ses parents, avouant que si on les avait « emmenés », ils étaient maintenant probablement morts, elle n'était plus qu'un point minuscule et sans importance sur la terre.

Lentement, par bribes, il arriva au bout de son récit et s'abîma dans un profond et lourd silence. Elle se leva et trébucha jusqu'à l'évier où elle vomit pendant plusieurs minutes, puis resta incapable de bouger. Finalement elle se redressa, se rinça la bouche et réussit à aller s'asseoir sur son lit. Kurt, lentement, vint la rejoindre et ils restèrent là, sans parler, le regard vague, dans le rayon de lune qui éclairait l'oreiller. Après, elle dut s'endormir un moment car la lumière avait changé quand elle ouvrit les yeux, on voyait désormais bien la forme des meubles et on devinait leurs couleurs. Dehors, les premiers oiseaux commençaient à s'appeler.

Kurt posa la main sur les genoux de Hedy.

« Demain, je prends mon P38 et je vais aller tuer le commandant en chef.

— Ne sois pas stupide.

— Mais je suis sérieux. Il faut que je fasse quelque chose. Tu avais raison. Je suis une partie de tout cela, je suis responsable. Il faut que je trouve un moyen pour expier ce que nous avons fait.

— Tu serais mort avant qu'il touche le sol.

— Peu importe ce qui m'arrivera.

— Cela ne servirait à rien. Berlin enverrait simplement quelqu'un pour te remplacer.

— Alors j'irai à Berlin pour en tuer le plus possible. Je dois faire quelque chose. Hedy, il le faut. Et je dois obtenir ton pardon. »

Elle ressentit une bouffée de tendresse et prit son visage entre ses mains.

« Kurt, écoute. Ce que je t'ai dit, il y a quelques mois, c'était parce que j'étais en colère. Tu n'es pas responsable de ce qu'ils font. Tu l'as dit toi-même, tu n'avais pas le choix, pas plus qu'Anton. Et tu dois arrêter de dire ce genre de choses. Aucune petite révolte suicidaire sur cette petite île ne sauvera un seul Juif.

— Mais je dois faire quelque chose… »

Sa voix faiblissait, comme celle d'un enfant.

« Mais tu l'as déjà fait ! Tu m'as sauvé la vie ! Sans toi, j'aurais été envoyée dans un de ces camps ! »

Il plaça ses deux mains sur les épaules de Hedy et un grand calme sembla s'emparer de lui.

« Alors combattons-les ensemble, tous les deux. Je ne sais pas encore comment, mais nous pouvons essayer, n'est-ce pas ? Si nous restons ensemble, nous avons une chance d'y arriver. Peut-être en sortirons-nous vivants, tous les deux. S'il te plaît, Hedy. »

Elle le dévisagea. Elle savait qu'il pensait ce qu'il disait et au plus profond d'elle-même, elle ressentit comme de l'espoir. Elle respira profondément, puis chuchota : « Je n'ai jamais cessé de voler des bons d'essence. »

Il la regarda, comme si elle venait de s'exprimer dans une autre langue, qu'il ne comprenait pas. Puis il se mit à rire : « Tu n'as jamais cessé d'en voler ? Jamais ? »

Il continua à rire sans pouvoir s'arrêter et tomba à la renverse sur le lit, puis l'attira contre lui : « Oh, Hedy, je suis si fier de toi ! Je t'aime tellement ! »

Il se mit à l'embrasser avec une ferveur qui fit naître en elle un désir de vie au milieu de ce désastre. Et bientôt leurs deux corps s'unirent tandis que l'aube pointait par la petite fenêtre.

7

C'était une grande marée de printemps. À Belcroute Bay, la mer s'était retirée si loin qu'au-delà de la plage de galets, on voyait, ce qui était rare, une vaste étendue de sable jusqu'au bord de l'eau turquoise, sous laquelle on devinait des rochers aux formes imprécises. Comme des requins aux aguets, se dit Hedy, qui frissonnait, malgré une matinée claire et chaude. Kurt, comme s'il lisait dans ses pensées, la serra plus fort contre lui. Avec un soupir, elle posa la tête sur son épaule.

Une journée comme celle-là, les touristes en auraient bien profité quelques années auparavant. Des femmes en costume de bain se seraient étendues sur le sable couleur magnolia au bout de St Brelade Bay pendant que des enfants jouaient à s'éclabousser dans les mares. On aurait pu s'offrir une glace à la vanille, dans un joyeux brouhaha de voix. Dorénavant, il ne restait guère de bande côtière sans mines et sans barbelés. Et Hedy avait du mal à regarder les nouvelles fortifications.

Depuis la nuit des révélations de Kurt, elle souffrait de voir de hautes murailles de pierre, des fenêtres à barreaux, et même le petit train qui longeait St Aubin's Bay en transportant du matériel de construction. Entendre des enfants pleurer, des gens tousser lui faisait mal, de même que le sifflement du gaz de son réchaud. Elle se sentait projetée dans cet univers d'horreur, les wagons à bestiaux pour les « transports », avec leur minuscule ouverture d'où on voyait le ciel, les portes qui s'ouvraient et les cadavres qui tombaient, l'odeur de merde, le bruit des fours qu'on ferme. Et elle pensait à son papa, à sa maman, qui l'avaient cajolée en lui chantant des chansons, lui lavaient les mains au robinet de la cuisine quand elle grimpait sur un tabouret... Comment des choses pareilles pouvaient leur arriver ? À eux et à quiconque ?

Sachant qu'elle ne serait pas maîtresse d'elle-même en se retrouvant entourée d'Allemands, elle avait feint d'être souffrante pour rester chez elle une semaine. Kurt avait attendu le docteur Maine devant l'hôpital pour avoir un arrêt maladie à remettre au Lager et une ordonnance pour une petite bouteille de cognac. Pendant six jours elle était restée au lit, à regarder le soleil se lever et se coucher par sa petite fenêtre et à se demander si elle aussi allait mourir – et peu importait la façon dont cela arriverait. Mais le sixième, elle avait eu faim et mangé une petite soupe de légumes avant de remplir la cuvette pour se laver entièrement, appréciant le contact de l'éponge avec sa peau. Si elle était la seule survivante de sa famille, alors elle considérait avoir une responsabilité à assumer. Elle devait se tenir droite, faire un effort sur elle-même. Elle se força à aller acheter les rations auxquelles elle avait droit, mangea encore un peu et décida de retourner travailler. Et au fur et à mesure que les jours s'allongeaient et qu'il faisait plus chaud, elle commença à penser un peu à l'avenir. Parce que maintenant, elle savait ne plus être seule. Elle et Kurt se retrouvaient ensemble, vraiment ensemble.

Un soir, sur cette même plage, serrés l'un contre l'autre, à l'abri du vent entre les rochers, ils avaient mis au point les bases de leur nouvelle relation, soit trois promesses solennelles : numéro un, qu'ils continueraient à vivre comme si de rien n'était, alors qu'en réalité, ils profiteraient de la moindre occasion pour enrayer le système, en attendant la délivrance. Numéro deux, qu'ils ne répéteraient à personne ce qu'ils savaient, une fuite de ces informations si sensibles pourrait facilement permettre de remonter à la conversation de Kurt avec Wildgrube et les conséquences feraient boule de neige. En outre, comme les lettres d'Anton se faisaient de plus en plus rares, inutile de bouleverser Dorothea davantage.

Le troisième point risquait de se révéler plus problématique. Kurt insistait pour que Hedy déménage. Trop de voisins dans New Street étaient susceptibles de remarquer ses visites nocturnes, ce qui rendrait leurs rendez-vous dangereux. En outre, Hedy en avait assez de monter l'escalier, assez aussi de Mrs Le Couteur qui ne se cachait même plus de la surveiller, et donc elle accepta l'idée. Mais en scrutant la rubrique « À louer » du journal elle ne trouva rien d'abordable et à distance à pied de son travail. En ville, les maisons et les appartements étaient soit réquisitionnés par les Allemands, soit occupés par des agriculteurs chassés de leurs fermes dès le début de l'Occupation.

Une fois de plus, c'est le docteur Maine qui vint à son secours. Sans même demander pourquoi Hedy voulait changer de domicile, il glissa un mot dans sa boîte aux lettres, l'informant qu'une de ses patientes habitant Pierson Road venait de mourir et que son fils rendait l'appartement dans la semaine. Une heure après, Hedy s'y présentait. Il s'agissait d'un entresol petit, humide, qui sentait le moisi, mais près de chez Dorothea. Par l'étroite fenêtre, on voyait uniquement les pieds des passants sur le trottoir et comme les animaux étaient interdits, cela signifierait laisser Hemingway. Mais c'était abordable, meublé d'un grand lit, et le propriétaire au regard torve eut l'air très content de prendre les deux semaines de loyer que Hedy lui fourra dans la main et ne demanda pas de références. Le lendemain, elle servit à Hemingway son dernier repas, embrassa sa petite tête grise et glissa une note dans son collier, à l'attention de la nouvelle locataire, une habitante de l'immeuble qui le caressait souvent dans l'escalier. Puis elle prit son vieux panier d'osier, y entassa quelques vêtements, une brosse à dents, les lettres tant chéries de ses parents et s'en alla vers sa nouvelle vie.

Désormais, Kurt et elle se voyaient aussi souvent que leurs emplois du temps et la prudence le permettaient. Ils sélectionnaient des lieux isolés, comme Belcroute, et à l'occasion le nouvel appartement de Hedy. Kurt, qui avait la clé, arrivait à la nuit tombée et repartait en douce, avant qu'on ait pu remarquer son absence à son adresse à lui. Ni l'un ni l'autre ne plaisantait sur l'aspect excitant de ces subterfuges. Ils savaient la situation bien trop sérieuse pour cela.

Hedy se rapprocha un peu de lui alors qu'ils avançaient prudemment sur les galets et lui prit la main : « Tu t'es renseigné sur la façon de te procurer un poste à galène ?

— Oui. Tu vois cette boutique qui vend des radios et des gramophones, près de chez Anton et Dorothea ? Apparemment, le patron en bricole dans l'arrière-boutique. Mais il y a une liste d'attente et j'imagine qu'il ne le fait que pour des gens qu'il connaît.

— Alors je devrai continuer à dépendre de Dorothea.

— Je suis si las des bêtises qu'on nous inflige sur la radio allemande. On continue à nous dire que la bataille de Midway n'a pas eu lieu, dans le Pacifique. Quant à ce qui se passe sur le front de l'Est… »

Il ramassa un caillou et le jeta au loin. Hedy

fit bouger ses orteils sur les pierres tièdes. Une image d'Anton lui vint brusquement à l'esprit, accroupi quelque part dans une tranchée. Elle se hâta de la repousser. Kurt reprit, avant de lancer un autre caillou :

« C'est devenu de la folie. Tout le monde sait que ce sont des mensonges. Même le colonel Knackfuss a une radio dans son bureau pour écouter la BBC. Les Yankees pilonnent nos villes. Si cela continue, à la fin, il ne restera plus rien. Tu sais, je commence à me demander si Sydney ne serait pas l'endroit idéal pour nous après la guerre. Difficile d'aller plus loin ! »

Et il eut un sourire ironique. Hedy essaya de lui répondre, mais même si c'était merveilleux d'être de nouveau ensemble, quand il parlait de leur avenir, elle avait peur. Il évoquait toutes sortes de choses, le genre de maison où il se verrait vivre, un prénom qu'il aimait particulièrement pour un petit garçon. C'étaient des preuves de sa confiance dans le fait qu'après la guerre, les mariages mixtes seraient autorisés légalement, peut-être même encouragés. Hedy gardait ses pensées pour elle. Les lois ne changent rien à l'opinion des gens, la haine des Allemands à l'égard des Juifs durerait probablement bien au-delà de leur génération. Elle ne dit pas non plus que ce nouveau monde la terrorisait, qu'elle redoutait de revoir une Autriche d'où sa famille avait disparu et où les quartiers de son enfance auraient été rasés. Pour elle, les années à venir allaient être si pleines de dangers qu'elle refusait d'y penser. Survivre un jour de plus, une semaine de plus, c'était le maximum qu'elle pouvait faire maintenant.

Elle frissonna de nouveau et changea de sujet : « Tu te souviens du pêcheur à la jambe de bois dont m'avait parlé le docteur Maine ?

— Celui qui vend du poisson au marché noir ?

— L'autre jour, j'ai trouvé où il amarre son bateau, près d'un escalier dans le port anglais. Je lui ai acheté un maquereau avant que les inspecteurs n'arrivent pour lui confisquer ses prises.

— Un maquereau entier ? Tu as de la chance !

— Le docteur Maine dit que ce type construit en secret un bateau, quelque part du côté de Fauvic. Quand ce sera le bon moment, il a l'intention de s'enfuir avec. »

Kurt fronça les sourcils.

« Il faut que ce soit un sacré bateau s'il veut arriver jusqu'en Angleterre. Et s'il veut aller en France, il se fera tirer dessus avant même de toucher la côte.

— En tout cas, ça prouve que les gens résistent. Et le maquereau était délicieux. Je retournerai le voir la semaine prochaine. »

Il écarta les mèches de son visage.

« Fais attention. Avec ce nouveau couvre-feu pour les Juifs… »

Hedy repoussa la remarque d'un revers de la main, même si cette inquiétude-là l'empêchait de dormir durant bien des nuits.

« Je regarde tout le temps l'heure. Et puis, je suis une rebelle, non ? »

Kurt se mit à rire :

« J'avais failli oublier. »

Il fouilla dans une de ses poches et en sortit une liasse de billets de Reichmarks qu'il lui mit dans la main.

« Tiens, c'est pour toi. Les gages de la résistance. »

Hedy fit la grimace :

« Je n'aime pas que tu me donnes de l'argent.

— Je te l'ai déjà dit, c'est pour nous deux, en cas d'urgence. Tu as un endroit sûr pour le cacher ?

— Dans la plinthe un peu décollée le long du lit.

— Première règle pour un révolutionnaire : toujours garder à proximité une réserve d'argent. »

Il sourit encore. Peut-être avait-il raison, se dit Hedy, peut-être que s'illusionner un peu n'était pas mauvais pour le moral. Elle mit l'argent dans son sac et quand elle leva les yeux, elle vit qu'il la contemplait : « Regarde-toi ! Tu es si belle ! Je peux venir ce soir ?

— Si la voie est libre. Fais le grand détour par-derrière, à travers le parc. Assure-toi de ne pas être suivi. »

Il fit oui de la tête et la prit dans ses bras : « Je suis toujours prudent. Maintenant, embrasse-moi. »

Elle ne se le fit pas répéter deux fois.

*

Le café était minuscule, très sombre, la peinture aux murs défraîchie et les rideaux sales. Cela sentait les légumes bouillis, la seule nourriture préparée ici depuis des mois, et les nappes avaient disparu depuis longtemps puisqu'il n'y avait plus aucun produit pour les laver. Des mauvais tableaux représentant des scènes des temps heureux – œuvres sans doute du propriétaire, se dit Hedy –, étaient couverts de poussière. Comme d'habitude, il n'y avait personne, les patrons restant ouverts uniquement pour avoir une raison de se lever le matin. Mais c'était un endroit discret et très commode, loin des yeux trop curieux. Hedy s'assit dans un coin et commanda une boisson chaude, n'importe laquelle puisqu'elles avaient toutes le même goût et attendit l'arrivée du docteur Maine.

Un quart d'heure plus tard, la porte s'ouvrit et il entra, soulevant sa lourde serviette pour avancer entre les tables. Il regarda autour de lui pour choisir le siège qui convenait mais Hedy lui fit signe de s'installer près d'elle, car la vieille femme au comptoir – probablement la mère du patron – avait de si mauvais yeux qu'elle voyait à peine qui elle servait. Il se laissa tomber sur la chaise en face d'elle, posa sa serviette par terre et sourit.

« Bonjour, ma chère. Comment allez-vous ?

— Pas de quoi se plaindre. »

Elle avait entendu récemment cette expression qu'employaient souvent les femmes au marché couvert et aimait bien l'utiliser dans la conversation quand l'occasion s'en présentait. Après avoir vérifié que l'attention de la vieille dame se portait ailleurs, elle fit glisser sur la table l'enveloppe contenant les bons d'essence.

« Et vous ?

— Un peu fatigué, mais ne le sommes-nous pas tous ? Et votre amie ? »

Ils avaient mis au point un code, au fil des mois : votre amie, c'était Dorothea, votre autre ami, Anton, et votre ami supplémentaire, Kurt. Et dans les rares occasions où ils devaient en parler, les bons d'essence devenaient les cartes postales.

Hedy fit une grimace, pour signifier qu'elle ne disait pas tout :

« Je l'ai vue hier. Je crois qu'elle est très stressée et cela joue sur sa santé. »

Elle se tapota la poitrine pour bien se faire comprendre et le docteur hocha la tête. En fait, la veille, elle était restée chez Dorothea plus d'une heure après la fin des nouvelles à la radio, inquiète de l'entendre tousser sans arrêt et de voir ses lèvres bleuir. Depuis plusieurs semaines, elle allait de moins en moins bien, parce qu'elle ne mangeait pas assez et s'inquiétait tellement pour Anton. Elle disait souvent redouter un autre hiver sous occupation allemande. Et elle se concentrait de plus en plus sur les cahiers où elle collait des photos d'actrices de cinéma, bien davantage que sur les informations du soir, que Hedy devait lui expliquer ensuite, trouvant son rôle de plus en plus difficile à tenir. Il s'agissait de bien davantage que passer de temps en temps pour s'assurer que Dorothea avait assez de nourriture dans son placard.

Le docteur fouilla dans son sac et en sortit un petit flacon.

« Du gingembre râpé, murmura-t-il, en le tendant à Hedy. Une de mes patientes me l'a donné. C'est loin d'être du frais, mais votre amie peut en saupoudrer un peu sur son dîner ou alors, si elle trouve de l'huile, se frotter la poitrine avec. »

Esquissant un pauvre sourire il ajouta :

« Six ans d'études pour devenir médecin et j'en suis réduit à conseiller des remèdes de bonne femme. »

Hedy prit le flacon, posant au passage sa main sur celle du docteur. Elle se souvenait que la première fois qu'elle l'avait vu, il lui avait fait penser à son oncle Otto – probablement mort maintenant, pris dans la même tourmente que ses parents. Et cet homme était probablement le dernier de sa génération en qui elle avait confiance. Elle eut envie de grimper sur ses genoux et qu'il lui chante une berceuse.

« Merci. Je ne sais pas ce que nous ferions sans vous. »

Il sourit, avec la gratitude de quelqu'un à qui on fait rarement des compliments. Il allait répondre quand la porte du café s'ouvrit d'un coup et qu'un grand bruit envahit la pièce. Leurs mains se séparèrent aussitôt et ils reculèrent chacun sur son siège, les yeux braqués sur cet intrus, aussi inattendu qu'inquiétant.

« Y a de l'eau ici ? Donnez-m'en un verre ! J'ai terriblement soif ! »

C'était un homme de haute stature, le visage aux traits épais, l'air renfrogné, les cheveux roux en désordre. Il s'exprimait d'une voix forte, avec un accent que Hedy ne reconnut pas tout de suite comme étant irlandais. Il alla à grands pas jusqu'au comptoir, où la vieille dame lui servit silencieusement un verre d'eau qu'il avala d'un coup.

Hedy se rendit compte que l'enveloppe avec les bons d'essence était toujours sur la table. Elle jeta un coup d'œil au docteur pour lui indiquer qu'il devait la faire disparaître, mais s'aperçut qu'il tournait le tête comme pour ne pas être dans le champ de vision de cet individu. Un sentiment de panique l'envahit. Il était en train de se passer quelque chose d'effrayant, mais elle ignorait quoi. L'homme braqua son regard sur leur table : « Vous êtes le docteur, c'est ça ? Je suis Fintan Quinn. Vous avez rafistolé mon copain à l'hôpital il y a deux semaines, le type qui était tombé, vous vous souvenez ?

— Oui, bien sûr. Et il s'est remis ?

— Ah, sûr. Il a repris le boulot, en état neuf. »

Le docteur Maine souriait, d'un air forcé, et elle se demanda si ce type s'en rendait compte comme elle. Elle tira l'enveloppe vers elle et la fit glisser sur ses genoux.

Des pensées se bousculaient dans sa tête tandis que Quinn se servait un deuxième verre d'eau. Si était en cause le simple fait de les avoir vus ensemble il n'y avait aucune raison de paniquer. Il s'agissait simplement d'un docteur qu'il connaissait à peine, assis dans un café avec une jeune femme. Elle respira un bon coup, il fallait arrêter de s'affoler tout le temps. Mais ce qu'il dit ensuite fit que son cœur s'arrêta pratiquement de battre :

« Et vous, vous travaillez au Lager Hünhlein, n'est-ce pas ? »

Elle fit signe que oui, calculant qu'un mensonge risquait de se retourner contre elle. Maintenant elle le voyait bien en face et il lui semblait vaguement familier. Oui, c'était ça, elle l'avait vu conduire des camions remplis de sacs de ciment et de poutres d'acier et sortir du Lager au volant, le bras négligemment posé sur la vitre baissée. Elle connaissait ce visage rougeaud, ces yeux inquisiteurs. Il était différent des autres chauffeurs, avec cette voix tonitruante et cette tignasse rousse. Elle lui adressa un bref sourire, juste courtois, ni encourageant ni hostile :

« C'est exact.

— Me semblait bien vous reconnaître. J'oublie jamais un visage. »

Il avala son deuxième verre d'eau, puis tourna les talons et fonça vers la porte, leur adressant au passage un petit salut « à l'américaine », avec deux doigts. Puis il sortit du café aussi vite qu'il y était entré.

Hedy et le docteur échangèrent en silence des regards anxieux. Dès que la vieille femme fut repartie dans l'arrière-salle, elle glissa l'enveloppe dans la main de Maine, puis se pencha à travers la table pour lui chuchoter : « Croyez-vous qu'il a vu quelque chose ?

— Que pouvait-il voir ? C'est juste une enveloppe, rien d'autre. »

Elle recula sur son siège et mit plusieurs minutes à retrouver une respiration normale.

« Mais c'est juste que nous avons été vus ensemble par quelqu'un capable de nous identifier...

— Ma chère Hedy, d'après ce que j'ai appris sur ce genre de personnage à l'hôpital, je ne crois pas que nous puissions l'intéresser beaucoup. Tout ce qu'il voulait, c'était que son collègue retourne travailler le plus vite possible pour ne pas manquer un jour de salaire.

— Mais s'il découvrait que moi... »

Elle prenait soin d'observer la règle tacite entre eux, ne jamais prononcer le mot « juive ».

« Vous savez qu'on a déporté ces femmes de Guernesey il y a quelques semaines ? »

Elle se mordit la lèvre, regrettant de ne pas pouvoir lui dire ce qu'elle savait du destin qui les attendait sans doute.

À son tour, il posa sa main sur la sienne : « Vous avez raison d'être prudente et je sais que vous l'êtes tout le temps. Mais vous avez assez de soucis comme ça sans en ajouter d'autres. »

Elle acquiesça, en se forçant à sourire, tout en se promettant que quand elle reverrait le pêcheur à la jambe de bois, elle lui achèterait un maquereau de plus pour le docteur et sa femme.

« Vous avez raison. Cette fichue guerre nous rend tous nerveux. Mais peut-être devrions-nous nous voir ailleurs la semaine prochaine ?

— Ce serait raisonnable, je pense. Vous voulez partir la première ? Je ne reprends mon service qu'à quatre heures. »

Hedy paya sa boisson et ressortit dans la rue pavée, essayant de chasser cette angoisse qui lui nouait l'estomac. C'était un bel après-midi ensoleillé et quand elle arriva au parc, elle dénoua ses cheveux et s'ordonna de se calmer un peu. Après tout, elle faisait du bon travail. Les bons d'essence permettaient au docteur Maine d'aller soigner des douzaines de malades dans des villages éloignés. Elle avait élargi ses contacts pour trouver un peu plus de nourriture et le lendemain soir, elle verrait Kurt. Il existait encore pas mal de raisons d'être reconnaissante, se dit-elle, en avançant dans les petites rues de St Hélier, sans un regard pour les bannières à swastika et les soldats.

*

Kurt essayait de s'asseoir plus confortablement sur le banc de bois, tout en jetant un regard aux autres officiers autour de lui, qui fumaient ou bavardaient entre eux. C'était une réunion de haut niveau, sans doute, car il n'y avait personne en dessous du grade de lieutenant et une bonne dose de capitaines. Il paraissait clair que personne ne connaissait le motif de la convocation d'aujourd'hui, clair aussi que ce devait être important. Le soleil, chaud pour un mois de septembre, entrait à flots par les fenêtres à meneaux de College House, transformant le lieu en véritable fournaise. Le visage de certains officiers plus âgés prenait une teinte cramoisie de mauvais augure. S'ils restaient là beaucoup plus longtemps, se dit Kurt, Berlin devrait probablement remplacer pas mal du haut commandement.

Il observa plus attentivement ce vaste couloir aux murs de pierre, avec des encadrements en bois, typiques des écoles de l'époque victorienne comme celle-ci et essaya d'imaginer les gamins boutonneux qui s'y pressaient avant la guerre. Où étaient-ils maintenant ? Sans doute entassés dans une baraque en préfabriqué, un livre de grammaire allemande, devenue matière obligatoire, sur les genoux. Cela avait sûrement été un cadre impressionnant pour des jeunes. Mais aujourd'hui, habité par les scribouillards en uniforme du haut commandement, cela évoquait pour Kurt plutôt une ruche, et l'atmosphère claustrophobe où les ouvrières travaillaient pour la reine.

Assez loin de lui, il repéra Fischer, en grande

conversation, sans doute privée, avec un fonctionnaire. Il avait essayé récemment de jouer au bon copain, tout en s'excusant du désordre qu'il faisait dans leur chambre et lui offrant une partie des cigarettes que son frère lui envoyait de Berlin. Mais sous cette camaraderie apparente, on sentait de la froideur et quand, à leur cantonnement, Kurt entrait dans une pièce les conversations s'arrêtaient aussitôt. Il connaissait le petit jeu de Fischer, mais persistait à ne pas en tenir compte. Si Wildgrube et ses gorilles décidaient de l'espionner de temps à autre, il faudrait simplement qu'il ne leur laisse rien à voir. Il faisait très attention de vérifier si on le suivait. Et au train où allaient les choses sur le continent, ils seraient tous partis dans les six mois.

Un appariteur en uniforme ouvrit une double porte en bois et leur fit signe d'avancer. Kurt suivit le mouvement jusque dans une vaste salle de réunion et trouva un endroit pour rester debout, d'où il pouvait voir les officiers supérieurs assis autour d'une table. Dans cette pièce, les fenêtres étaient encore plus grandes et l'atmosphère allait vite devenir étouffante. Quelles que soient les nouvelles qu'on se préparait à leur annoncer, pourvu que ça aille vite, se dit-il.

Il vit que le colonel Knackfuss en personne présidait au centre et observa son haut col raide dans lequel disparaissait son maigre cou et les petites cicatrices sur ses tempes, là où le coiffeur l'avait rasé trop vite. Ses yeux, profondément enfoncés dans leur orbite, fixaient les dossiers étalés devant lui et il semblait apprécier d'avoir encore quelques minutes pour préparer son intervention. Les officiers se répartirent tout autour de la pièce, puis le silence se fit et sa voix éraillée s'éleva :

« Je vous ai convoqués aujourd'hui parce que le gouvernement de la Suisse a récemment demandé au haut commandement allemand d'examiner la possibilité d'un échange de prisonniers. Comme vous le savez peut-être, plusieurs milliers de citoyens allemands sont actuellement internés en Perse sur ordre des Britanniques. »

Des regards perplexes se croisèrent tout autour de la pièce. Qu'est-ce que cela avait à voir avec l'administration des îles Anglo-Normandes ?

« Il y a un an, poursuivit Knackfuss, quand ces internements ont été découverts, un ordre a été promulgué comme quoi, en guise de représailles, la Feldkommandantur S15 déporterait immédiatement tous les résidents britanniques qui ne sont pas nés dans les îles Anglo-Normandes, dans la proportion de dix pour un prisonnier en Perse. »

Le silence se fit, tandis que chacun essayait de comprendre ce que cela allait signifier. On aurait dit que certains avaient cessé de respirer.

« Cet ordre n'a jamais été exécuté. En janvier de cette année, j'avais fait part de mes objections au 319e régiment d'infanterie. À mon point de vue, les habitants de ces îles, nés citoyens britanniques, nous servent de boucliers en cas d'attaques des forces alliées et ces déportations créeraient des problèmes supplémentaires en ce qui concerne nos moyens de défense, une éventuelle résistance incluse. Néanmoins… »

Knackfuss déplaça les dossiers étalés devant lui, comme si cela pouvait modifier leur contenu.

« Néanmoins, ces nouvelles demandes des Suisses ont attiré l'attention du Führer qui est mécontent que ses directives aient été ignorées jusqu'ici. Berlin insiste maintenant pour que les déportations aient lieu, comme préconisé précédemment, c'est-à-dire que tous les sujets britanniques qui ne sont pas résidents permanents et tous les hommes britanniques de seize à soixante ans nés sur le territoire britannique, ainsi que les membres de leur famille, soient envoyés immédiatement dans des camps d'internement en Allemagne. »

Knackfuss parcourut la salle du regard, laissant à ses officiers la possibilité de réagir. Un long murmure se fit entendre. Plusieurs têtes s'étaient baissées, à la perspective de ce qu'allaient être les semaines à venir, des visages s'efforçaient d'afficher une prudente neutralité. Kurt remarqua que Fischer était un de ceux qui jetaient des regards furieux sur Knackfuss, clairement exaspéré qu'un officier d'un rang si élevé ait pu mettre en doute un ordre du Führer. La chaleur était telle qu'il en avait la nausée et il essaya de penser à des torrents de montagne et à des cubes de glace dans un verre.

Knackfuss poursuivit :

« Nous avons calculé que le nombre de personnes concernées s'élève à peu près à deux mille, environ un vingtième de la population. L'annonce sera faite dans l'*Evening Post* du 15 de ce mois, c'est-à-dire dans cinq jours, et les premières déportations auront lieu le lendemain. »

Le murmure général s'amplifia et Kurt entendit des bribes de phrase, comme « vingt-quatre heures ? », « ce doit être une blague », se répéter autour de lui. Knackfuss, conscient de ces réactions, haussa la voix.

« Cela va représenter de sérieux défis mais nous donnera l'avantage de la surprise. Moins ils auront le temps de s'organiser matériellement, moins les gens pourront nous résister. »

Il scruta de nouveau l'ensemble de la salle, notant mentalement, soupçonna Kurt, les visages les plus réticents et à qui ils appartenaient. Fischer affichait pour sa part une totale impartialité.

« Il peut très bien y avoir quand même de la résistance, ajouta Knackfuss, mais cet ordre émane du Führer lui-même et est hautement prioritaire. Aucune exception ne sera acceptée. Je n'ai pas besoin de vous préciser que tout ceci reste classé absolument secret jusqu'à l'annonce officielle et aucune mention n'en sera faite à l'extérieur de cette salle, sauf avec ceux chargés de la mise en œuvre pratique. C'est tout. *Heil Hitler.* »

Une forêt de mains se leva pour le salut hitlérien et Knackfuss disparut en direction d'un bureau à l'intérieur du bâtiment. Les discussions explosèrent alors comme autant de décharges de bazooka. Kurt marmonna quelque chose à son plus proche voisin, comme quoi il voulait aller téléphoner et se glissa silencieusement hors de la pièce. En descendant en hâte Mont Millais, il avait toujours la nausée. Il regardait chacun des habitants qu'il croisait, des hommes et des femmes qui vivaient leur quotidien habituel, rentraient chez eux pour déjeuner, allaient faire des courses, poussaient un landau avec un bébé. Combien verraient leur vie bouleversée dans quelques jours ? Combien d'enfants et de personnes âgées ne survivraient pas au voyage ? Combien périraient dans les camps ? Mais il savait qu'il y avait aussi d'autres raisons pour qu'il se sente si mal. Cet ordre-là signifiait que son administration ne pourrait plus prétendre se comporter de façon raisonnable. Si Berlin était prêt à traiter avec un tel degré de mépris des citoyens britanniques, une nouvelle vague concernant les résidents étrangers et les Juifs suivrait. Il fallait qu'il prévienne Hedy le soir même. Ils devraient cacher encore plus d'argent dans la plinthe, le long du lit, et il lui conseillerait d'avoir un sac de voyage prêt en permanence.

Le soleil lui brûlait le visage et il étouffait dans son épaisse veste d'uniforme. Il faisait beaucoup trop chaud pour un mois de septembre. Mais les nuages d'altitude ne bougeaient pas et on pouvait s'attendre à une nuit plus dure encore.

*

C'était un bruit comme Hedy n'en avait jamais entendu dans ces rues. Une cacophonie de chants, de gémissements, de cris de défi, où des voix individuelles se détachaient soudain du tumulte général. Quelque part, vers la droite, un chœur entonnait une chanson qu'elle avait entendue dans les pubs, avant l'Occupation, *There will always be an England.* Vers la gauche s'élevaient les plaintes angoissées d'une femme et de ses enfants. Dans Commercial Street, s'était rassemblé un groupe inquiétant – et illégal – de dix ou douze hommes qui gesticulaient de façon menaçante. Se frayant un chemin dans la cohue qui envahissait le quartier, Hedy saisit Dorothea par la main pour ne pas risquer de la perdre, et elles se hâtèrent en direction du port.

Quand elles atteignirent Weighbridge Place, le spectacle qu'elles découvrirent sur ce vaste espace les fit s'arrêter net. Il y avait là des centaines de gens, debout ou accroupis, tous vêtus de plusieurs couches de vêtements beaucoup trop chauds pour la saison. Chacun tenait bien serré une vieille valise ou des couvertures roulées attachées avec de la ficelle. Des hommes, le regard sombre, faisaient avancer leur famille, les femmes le visage rouge, ravagé, distribuaient des morceaux de pain desséché à leurs enfants affamés, les plus grands poussant les plus petits qui hurlaient. De tous les côtés, Hedy voyait qu'on s'embrassait, qu'on s'étreignait. Beaucoup pleuraient. Des familles entières, des voisins, des collègues de travail, qui s'étaient toujours considérés comme des insulaires à part entière, avaient appris la veille au soir qu'ils ne l'étaient pas – un coup frappé à leur porte et une liasse de papiers brutalement jetée dans leurs mains avaient suffi. Des femmes que ces ordres ne concernaient pas s'étaient précipitées chez des amies ou des parentes pour leur donner ce qu'elles avaient pu trouver dans leurs maigres réserves, une boîte de thon, deux pommes rabougries. Les hommes avaient conclu de brefs accords avec des proches en ce qui concernait leur entreprise, leur maison, leurs biens et même leurs animaux domestiques – le tout dans une atmosphère de désespoir.

Hedy se tourna et vit que Dorothea avait une main plaquée sur la bouche : « Je n'y croyais pas jusqu'à maintenant. Comment peuvent-ils faire une chose pareille ? dit-elle. Il faut que je la trouve. »

Elle scrutait cet océan de têtes, de visages. Hedy objecta : « Je ne suis pas sûre que tu puisses repérer quelqu'un dans cette foule.

— Il faut que j'essaye. »

Elles avancèrent avec précaution, enjambant des valises, des paquets, des enfants, examinant chaque famille. Le soleil était haut dans le ciel et il faisait de plus en plus chaud. Soudain Dorothea s'exclama : « Elle est là ! Là-bas ! », et elle pointa du doigt un petit groupe assis par terre en demi-cercle à l'extrémité des Commercial Buildings.

« Sandy ! Sandy ! C'est moi ! » Et elle entraîna Hedy d'une main ferme à travers la cohue jusqu'à une petite femme de son âge, aux cheveux noirs et aux yeux en amande, assise sur son manteau plié en quatre. À côté d'elle, un homme au teint rougeaud et à la voix tonitruante discutait de façon véhémente avec quelqu'un que Hedy reconnut tout de suite : c'était Le Quesne, le député rencontré le jour où il fallait remettre sa radio aux Allemands.

« Mais pourquoi les Autorités de Jersey permettent-elles que des choses pareilles arrivent ? criait celui qui devait être le père de Sandy. Cela fait trente ans que nous vivons à Jersey et nous n'avons aucun droit ? »

Le député, les yeux et le corps lourds de fatigue, répondit : « Nous avons fait tout ce qui était en notre pouvoir. Nous avons refusé de distribuer leur convocation mais les Allemands sont venus chercher de force nos employés jusque chez eux, en leur ordonnant d'obéir sous peine de prison.

— Vous êtes censé nous protéger ! C'est une foutue honte ! »

Le Quesne s'éloigna, pour être aussitôt pris à partie par un autre homme. Dorothea se jeta dans les bras de son amie :

« Sandy, il fallait absolument que je vienne te dire au revoir ! Tu as une idée de l'endroit où ils vous envoient ?

— Tout ce que nous savons, c'est que ce doit être un camp, quelque part en Allemagne. Ils nous l'ont dit seulement hier soir. »

En entendant cela, Hedy sentit son estomac se contracter. Sandy semblait très calme, mais on voyait bien qu'elle se rongeait intérieurement. Dorothea sortit de son sac un petit paquet de sucre en poudre et le glissa dans la main de son amie.

« Je gardais ça pour une occasion importante. Je veux que ce soit toi qui le prennes. »

Sandy eut un sourire plein de gratitude mais immédiatement, son père s'interposa :

« Nous ne voulons rien recevoir de gens comme vous, merci.

— Papa, je t'en prie », protesta Sandy, mais il l'écarta de Dorothea, à qui il déclara : « Vous avez épousé l'un d'entre eux, vous êtes de leur côté, éloignez-vous de ma fille. Allez ! Fichez le camp ! »

Voyant sur son visage à quel point cela la blessait, Hedy prit Dorothea par le coude pour l'entraîner avec elle, mais à sa grande surprise, elle la sentit se raidir : « Je peux aimer quelqu'un qui est dans l'armée allemande, mais je sais de quel côté je suis, merci ! »

Elle s'empara de la main de son amie et la serra : « Prends soin de toi, ma chérie. »

Puis elle tourna les talons et s'éloigna. Hedy se précipita à sa suite, de peur de la perdre dans la foule. « Tu as été courageuse, lui dit-elle.

— Ce n'est pas la première fois que j'entends cela et ce ne sera pas la dernière. Ça m'est égal. »

Elle haussa les épaules, puis s'immobilisa, et tendit l'oreille : « Écoute, il y a des gens là-bas qui chantent l'hymne national. »

C'était vrai. On entendait le *God Save the King* entonné par un groupe important sur le quai. « Allons-y et chantons avec eux.

— Je ne crois pas que ce soit une bonne idée, les Boches sont nerveux, aujourd'hui, ils pourraient se mettre à tirer. »

Dorothea secoua la tête.

« Qu'ils le fassent. C'est mon peuple, celui dont je fais partie. Je ne laisserai pas tous ces gens se retrouver embarqués Dieu sait où sans qu'ils sachent ce que j'éprouve. »

Et elle partit rejoindre les chanteurs. Hedy hésitait : elle avait envie de rentrer chez elle, mais se disait qu'elle devait soutenir Dorothea. Le sens du devoir l'emporta et en la suivant, elle éprouva une certaine admiration pour celle que la communauté insulaire avait rejetée comme traîtresse mais qui, là, n'hésitait pas à la défendre. Anton avait eu raison, elle avait très bon cœur.

Elles continuèrent à se frayer un chemin à travers la foule et rejoignirent au port le chœur improvisé, auquel Dorothea se joignit, d'abord timidement, puis à pleine voix. Elle chantait *Keep the Home Fires Burning* comme si c'était la dernière fois de sa vie, ses problèmes respiratoires soudain disparus. Hedy regarda prudemment autour d'elle pour voir s'il n'y avait pas de soldats ou d'espions à proximité, puis, timidement, l'imita. C'était maintenant *We'll Meet Again*, suivi de *God Save the King* de nouveau, puis d'une version assez chaotique de *Run, Rabbit, Run.* Les minutes devenaient des heures, les Allemands continuaient à fixer le vide au-dessus des têtes des rebelles et Hedy finit par se familiariser avec les paroles et la musique au point que bientôt, elle sentit sa voix résonner comme elle ne l'aurait plus cru possible. De temps à autre, au milieu d'un refrain, Dorothea et elle se regardaient et souriaient.

Le soleil poursuivait lentement sa course vers l'ouest. Quand commença l'embarquement à bord du premier bateau, les fusils allemands furent braqués sur la foule, prêts à stopper le moindre embryon de révolte à la dernière minute. Les voix des chanteurs devenaient rauques mais résonnaient plus fort encore. Et Hedy eut brusquement la certitude que les soupçons de Kurt étaient fondés : tout ce qui s'était passé depuis deux ans n'était qu'une répétition. La véritable occupation commençait maintenant, un vent nouveau, un vent mauvais soufflait. Bientôt, peut-être plus vite qu'on pouvait l'imaginer, tout allait changer. Et à cet instant, très lucidement, elle comprit qu'elle n'était rien d'autre qu'un bouchon ballotté à la surface des eaux du port, attendant de voir où le courant l'emporterait. Elle aspira un bon coup et chanta à tue-tête le dernier couplet de *Pack up Your Troubles*, puis sa voix se perdit dans le vide.

8

1943

L'horloge au mur indiquait 5 heures 55. Hedy sortit la dernière feuille de sa machine à écrire et la posa sur la pile des rapports de la journée. Elle parcourut la salle du regard, notant mentalement la place de chaque membre du personnel et calculant l'heure exacte de leur départ. Elle connaissait maintenant bien leurs habitudes. Bruna, la grande fille de Munich, qui se recoiffait pendant deux minutes avant de s'en aller, probablement pour impressionner un de ses innombrables soupirants. Rosamund, la chouchoute aux lèvres minces de Fräulein Vogt, qui s'attardait toujours dans l'espoir d'être félicitée pour son bon travail. Derek, qui empestait le moisi, traînait pour vérifier que chaque chose était bien à sa place sur son bureau, avant d'enfiler sa veste. C'était essentiel pour Hedy de choisir exactement l'instant où elle ferait passer les bons d'essence dans son manteau, quand ils étaient tous occupés. Prétendant chercher quelque chose dans son sac, elle attendit. Puis, pendant que Derek se penchait pour poser la housse sur sa machine, elle les saisit et les glissa dans la poche intérieure. Un dernier coup d'œil circulaire comme d'habitude, pour s'assurer que personne n'avait rien remarqué. L'air le plus calme et le plus indifférent possible, elle prit son sac au dossier de sa chaise, son manteau et sortit dans l'atmosphère poussiéreuse du Lager. En marchant vers la sortie, elle regardait droit devant elle, comme toujours. À cette heure-là, il était rare qu'elle aperçoive Kurt, normalement, il se trouvait dans un des hangars, à vérifier les véhicules rentrés dans la journée. Quand il leur arrivait de se croiser, chacun tournait la tête, ou, dans le cas de Kurt, entamait une conversation avec un collègue. Ils étaient convenus depuis longtemps qu'on ne devait jamais les voir se parler au Lager. Hedy n'y avait confiance en personne, elle imaginait en chacun un ennemi potentiel. Des gens chuchotaient entre eux, à l'écart, par exemple à la cantine, ou dans les toilettes. On parlait de raids alliés imminents, de représailles allemandes éventuelles. Il était impossible de faire la différence entre les employés allemands cyniques qui s'en seraient complètement moqués si elle avait volé un bureau entier sous leurs yeux et les membres de la police secrète fouinant partout à la recherche d'informations. Et plus difficile encore de savoir qui, parmi les insulaires, était prêt à résister et qui aurait vendu sa grand-mère pour une récompense en argent comptant. La seule option raisonnable consistait à garder bouche cousue, tout le temps, et à la moindre question, feindre l'ignorance.

Les craintes de l'année précédente comme quoi une nouvelle phase, plus répressive, s'annonçait, se révélaient fondées. Une sorte de paranoïa semblait s'emparer des autorités allemandes. Depuis plusieurs mois, les rations avaient encore diminué, en guise de « punition » parce que des navires allemands avaient été coulés. En plus, des habitants de l'île, y compris un pasteur, se retrouvaient en prison pour avoir écouté les nouvelles à la BBC. Pire encore avait été l'annonce faite par une froide et pluvieuse journée de novembre, qu'en représailles d'une action de commando manquée des Britanniques sur l'île de Sercq, deux cents de ses habitants seraient déportés. Ni Hedy ni Kurt n'avaient besoin qu'on leur précise que les derniers Juifs, susceptibles d'y être encore, en feraient partie.

Fébrilement, ils discutaient des possibilités qui leur restaient. Hedy affirmait que les autorités de Jersey ne les aideraient pas. Elle refusa absolument la suggestion de Kurt d'intervenir pour elle, disant qu'au contraire, cela éveillerait des soupçons et les mettrait en grand danger tous les deux. Finalement, en désespoir de cause, elle alla parler au Feldwebel Schulz qui, de mauvaise grâce, promit qu'une exception serait faite dans son cas, eu égard à son travail et à la difficulté de trouver des employées bilingues comme elle. Mais ce n'était qu'un mince espoir. Pendant trois semaines elle avait vécu dans l'angoisse, n'arrivant pas à bien dormir, en proie à des crampes d'estomac et des diarrhées. Plusieurs fois, Kurt lui apprit qu'il y avait eu d'autres arrestations de Juifs, ou alors que certains avaient disparu – de toute évidence partis se cacher chez des amis, une solution dangereuse à ses yeux. Il essayait de la rassurer : moins elle se ferait remarquer, plus elle échapperait à leur attention et donc plus ils pouvaient se montrer optimistes. D'autres personnes restaient délibérément ignorées des autorités allemandes, soulignait-il, que cela arrangeait dans certains cas. Mais son teint blême et la façon dont ses doigts tremblaient en soulevant sa tasse trahissaient ses véritables sentiments.

Il n'y eut plus d'annonce officielle et comme au bout de quatre semaines, les arrestations avaient peu à peu cessé, ils estimèrent que cette tempête-là s'était calmée. Peut-être que la requête de Schulz avait été acceptée, ou que le refus de Hedy de se présenter à la convocation à College House l'année précédente avait fait rayer son nom d'une liste. En tout cas, il semblait que, pour le moment, la vie reprenait un cours qu'on pourrait dire « normal ». Jusqu'à la prochaine fois.

L'été arrivé, ils se sentirent suffisamment en confiance pour reprendre leurs petits, très petits actes de sabotage. Dans le secret de l'appartement de Hedy, ils s'amusaient à se raconter, par exemple, comment Hedy avait délibérément rangé soixante-dix factures dans de mauvais dossiers – une erreur dont il serait impossible de retrouver l'origine – et il avait fallu deux heures aux employés de la Baraque 3 pour tout remettre en ordre. Ou comment Kurt avait fermé les yeux sur les bêtises d'un jeune mécanicien sous ses ordres, avec pour résultat qu'un camion chargé de matériel de construction était tombé en panne dès la première livraison de la matinée. Ils ne s'y trompaient ni l'un ni l'autre, de tels actes ne changeraient rien, mais les répéter les faisait rire, d'un rire sardonique, qui alimentait leur désir de vengeance.

Certaines nuits, quand ils faisaient l'amour, c'était avec une sorte d'urgence froide, comme si le sexe était le seul moyen d'exprimer leur colère sans prendre de risque. À d'autres moments, la tendresse presque enfantine de Kurt touchait Hedy aux larmes. Elle était honteuse d'avoir douté de lui. Jamais elle n'avait connu quelqu'un d'aussi gentil, si totalement lui-même. Elle adorait la façon dont il essayait d'améliorer ses rations de la semaine avec tout ce qu'il pouvait se procurer dans les réserves pour militaires et aussi celle de l'informer en riant des bagarres et des déboires au sein de l'administration allemande. Mais le meilleur, c'étaient les soirs où il trouvait une excuse pour ne pas rentrer chez lui et passer la nuit avec elle. Ils avaient alors de longues conversations chuchotées, où ils réfléchissaient à la façon dont Hitler avait pris le pouvoir et les moyens qu'on pourrait utiliser en Europe pour qu'une telle folie collective ne se reproduise pas. L'été se terminait, arrivait l'automne et avec ce qui se passait en Italie, ils devenaient optimistes, les Alliés allaient gagner. Tout ce qu'ils devaient faire, répétait Kurt, c'était survivre et attendre la fin. Émue par ses certitudes et reconnaissant avoir déjà évité bien des mauvais coups, Hedy finissait par croire qu'une sorte d'avenir était possible pour eux.

Le ciel commençait à s'obscurcir quand elle partit par son chemin habituel, descendant le sentier jusqu'à la route principale, puis le long de St Aubin's Road en direction de la First Tower. Elle avait maintenant un nouveau manteau, d'occasion bien sûr, que Kurt s'était procuré contre des bonbons français, tellement plus confortable que le vieux qui tombait en morceaux. Mais à force d'être mal nourrie, elle avait tout le temps froid. Elle sentit l'eau lui monter à la bouche en pensant au petit filet de poisson acheté à un prix exorbitant à son copain pêcheur la veille. Elle avait réussi à mettre de côté un navet et quelques pommes de terre. Et Kurt venait de lui donner une petite bougie volée dans son cantonnement. Ce soir, elle mangerait comme une reine.

Elle passait sous l'arche voûtée des anciennes usines Sun Works, où on emballait du thé autrefois, quand une main posée sur son épaule lui fit pousser un cri. Elle se retourna brusquement et sa première réaction fut du soulagement en ne voyant pas d'uniforme, mais en regardant mieux le visage de l'homme coiffé d'une casquette, cela se transforma vite en peur. Elle le reconnut, dans la demi-obscurité, avant même qu'il parle. Elle se rappelait son accent, entendu un an plus tôt dans le café où elle se trouvait avec le docteur Maine.

« Je suis au courant de ton petit trafic. On fait affaire et je ne dirai rien. »

Elle déglutit, en essayant de réfléchir à toute vitesse. Quinn, il s'appelait Quinn. Parlait-il des bons d'essence ? Comment pouvait-il savoir ? Était-ce du bluff ? Elle essaya d'afficher un air à la fois d'incompréhension et d'innocence : « Je ne sais pas de quoi vous parlez. »

Il lui prit alors le bras et le serra fort. Elle regarda autour d'elle, mais il n'y avait personne dans la rue. Il avait soigneusement choisi son moment et à cet instant, elle comprit qu'il la suivait probablement depuis qu'elle avait quitté son travail.

« Tu le sais très bien. Les bons d'essence. Ceux que tu fauches. »

Hedy eut l'impression que son cœur se décrochait. Quinn aurait-il parlé à quelqu'un dans la baraque ? Quelqu'un pouvait-il l'avoir vue, finalement ? Savait-il qu'à cet instant précis, elle avait des bons dans sa poche ? Elle décida que cela valait la peine de tenter sa chance encore une fois.

« Je ne comprends pas. »

Il lui serra le bras encore plus fort. À travers la manche de son manteau, il lui faisait mal.

« Je crois que si. Tu les fauches pour ton copain le toubib. »

Hedy sentit le sang refluer de son visage : « N'importe quoi. »

Il serra davantage et elle gémit de douleur. « Je ne suis pas idiot. Ma copine sait que des bons ont été volés dans ta baraque. »

Bruna, se dit Hedy. C'est Bruna, la putain bavaroise, dont les visées romantiques s'élevaient maintenant jusqu'aux membres de l'OT.

« Alors je me suis souvenu de toi avec le toubib, dans ce petit café. Je sentais qu'il se passait quelque chose, vous aviez des têtes de coupables.

— Vous êtes fou. »

Quinn eut un mauvais sourire :

« T'en fais pas. Je ne dirai rien. Tout ce que je veux, c'est ma part. Deux bons d'essence par semaine et ton secret sera bien gardé. »

Hedy resta complètement immobile, dans l'espoir que, si elle ne résistait pas, il finirait par se calmer, tout en essayant de trouver la meilleure façon d'en finir. Elle pouvait lui donner ses deux bons tout de suite et partir, ce que, physiquement, elle avait envie de faire. Mais elle n'oubliait pas que c'était un mercenaire, sans loyauté à l'égard de quiconque, et il fallait être bien bête pour ne pas voir où ce chantage mènerait. Deux bons d'essence aujourd'hui, dix la semaine suivante, cent celle d'après. Ou elle se ferait prendre par Fräulein Vogt, ou elle ne donnerait jamais assez et Quinn la dénoncerait de toutes les façons. Sa seule chance, c'était d'en finir maintenant :

« Je suis désolée mais vous faites erreur. Je ne suis qu'une traductrice. Je ne vole rien. Je n'ai rien à vous donner. »

Elle le regardait bien en face, d'un air rebelle.

Quinn la dévisagea, à la fois exaspéré et impuissant. Il n'avait clairement pas envisagé ce genre de réaction et il ne savait plus quoi faire. Elle sentait le sang battre dans ses oreilles et elle luttait pour garder toute sa tête. Si elle avait raison, les accusations de Bruna ne s'appuyaient que sur des soupçons plutôt que des certitudes. Et Hedy s'était dit plusieurs fois qu'elle n'était sûrement pas la seule à voler des bons. Et si Quinn la prenait au mot, peut-être s'en irait-il tenter sa chance ailleurs. Un instant, elle crut qu'il faisait machine arrière. Puis brusquement, il explosa :

« Tu en as du culot pour une putain boche ! Et tu sais quoi ? Tout le monde va être au courant pour toi et tu vas le regretter. Tu vas voir à quel point. »

Il lui lâcha le bras et partit aussi vite qu'il était arrivé, en courant sur la route vers la First Tower. Hedy, incapable de tenir sur ses jambes, dut s'appuyer contre la grille d'entrée en bois peint de l'usine pour rester debout. Des gouttes de sueur ruisselaient sur sa poitrine, alors qu'elle tremblait de froid. Son idée de rentrer chez elle faire un bon dîner avait disparu. Elle ne savait clairement qu'une seule chose : tout était fini.

*

Elle finit de coudre le dernier point, coupa le fil avec ses dents et souleva le manteau pour vérifier son travail à la pauvre lumière de l'appartement. Sa mère aurait été contente, c'était parfait. Si on ne touchait pas l'ourlet et surtout, si on n'appuyait pas dessus, personne ne pourrait deviner ce qui y était caché : sa brosse à dents (impossible à remplacer, et impossible aussi de ne pas se les laver, même avec la seule pâte qu'on trouvait désormais, à base de seiche écrasée qu'elle détestait), la liasse de billets de banque cachée dans la plinthe, qui allait enfin jouer son rôle et les si précieuses lettres de sa mère. Elle secoua le vêtement et comme elle l'espérait rien ne bougea. Elle hésita à prendre le petit sac de voyage tout prêt, que Kurt lui avait conseillé de garder sous son lit, mais se dit très vite que circuler en ville avec un bagage attirerait trop l'attention et donc le risque d'être fouillée et interrogée. Avant tout, il fallait se faire remarquer le moins possible.

Elle se revoyait avec Roda, des années auparavant, se préparant à passer la frontière avec la Suisse et essaya de se souvenir de ce que sa sœur répétait : « de l'argent pour soudoyer qui il faut ». Le reste, on se le procurerait plus tard. Elle se dit que c'était drôle : dans la famille, on avait toujours cru que c'était elle, Hedy, la plus raisonnable, celle qui avait la tête sur les épaules, tandis que Roda, la romantique, ne s'intéressait qu'à des choses frivoles et craquerait à la moindre pression. Mais c'était Roda qui avait tout organisé, tout mis en place, pris les plus difficiles décisions, proposant même de conduire sur ces dangereuses routes de montagne. Maintenant, Hedy devait à son tour montrer de quoi elle était capable.

Un coup frappé à la porte la paralysa. En quelques heures, Quinn avait-il eu le temps de mettre sa menace à exécution et de déclencher l'alarme ? Elle alla se coller contre le rideau où une petite déchirure lui permettait de voir au-dehors sans être vue. C'était Dorothea. Elle recula, se demandant si elle allait répondre, pesant le pour et le contre : lui parler aujourd'hui ou pas ? Finalement, elle alla vite jusqu'à la porte.

Avant même d'avoir franchi le seuil, Dorothea, volubile, déclara : « Je voulais juste te prévenir, un vieil ami d'Anton m'a dit qu'il était arrivé un chargement de fromage français. Évidemment, les Boches ont déjà pris presque tout mais on en trouvera un peu en vente sur le marché demain, à condition d'arriver de bonne heure. »

Et elle sourit largement à Hedy, toute fière de sa bonne nouvelle et attendant, comme une enfant, qu'on la félicite :

« Merci, mais je ne pourrai pas aller au marché demain.

— Si tu me donnes ta carte de rationnement, je peux peut-être en acheter pour toi ? »

Hedy regarda ses grands yeux si innocents. Sachant qu'elle s'apprêtait à rompre la promesse faite à Anton, elle sentit le remords l'envahir, mais sa décision était prise :

« Dorothea, je suis désolée, mais je dois partir un certain temps.

— Partir ? Qu'est-ce que tu veux dire ?

— Il est arrivé quelque chose. Ils vont s'apercevoir que j'ai volé des bons d'essence.

— Quoi ? Tu as continué à le faire ?

— Oui ! Et je ne peux pas prendre de risque. Si je reste ici, ils vont venir m'arrêter et me déporter.

— Tu veux venir chez moi ? »

À sa grande surprise, Hedy émit un petit rire :

« J'ai besoin d'aller un peu plus loin que ça. »

Dorothea s'effondra sur l'unique chaise, le visage encore plus pâle que d'habitude.

« Kurt va t'aider ? »

Hedy hésita à mentir. Mais elle savait déjà qu'elle aurait besoin de l'aide de Dorothea.

« Kurt ne sait rien. Je ne lui ai rien dit.

— Il ne sait rien ? Hedy, tu ne peux pas disparaître comme ça ! Je n'y crois pas ! Kurt t'aime et tu l'aimes, non ?

— C'est exactement pour ça que je dois m'en aller sans rien dire. »

Et Hedy mit bien en place le dessus-de-lit, redressa les livres sur l'étagère, pour s'occuper les mains.

« Kurt a déjà été en prison pour une histoire de bons d'essence. Maintenant qu'on va savoir pour moi, ce sera facile d'établir un rapport entre nous. Dieu sait ce qu'ils pourraient alors lui faire. »

Dorothea qui avait écarquillé les yeux de plus en plus se mit alors à pleurer.

« Non, non, ça ne va pas ! Où vas-tu aller ?

— J'ai un plan. Mais je ne peux pas t'en parler. Il vaut mieux que personne ne soit au courant si on se met à vous interroger tous.

— Tu ne vas quand même pas essayer de quitter Jersey ? »

Dorothea commençait à haleter. Hedy se détourna :

« Non, ce serait stupide et dangereux.

— Tu ne peux pas faire ça toute seule !

— Tout est pris en charge.

— Le docteur Maine, c'est lui qui t'aide ?

— Non ! s'exclama Hedy. Il n'est au courant de rien. Ainsi, si on lui pose des questions, on ne pourra pas prouver qu'il est mêlé à cette histoire. D'ailleurs, je ne pars qu'un certain temps, en attendant que les choses se calment. »

Là-dessus Dorothea craqua complètement, en enfouissant son visage entre ses mains. Hedy la regarda sangloter, trop tendue pour la réconforter et ayant trop peur de se mettre à pleurer elle-même. Puis elle vint s'accroupir à côté d'elle : « Écoute, j'ai besoin que tu fasses quelque chose pour moi. »

Elle prit une feuille de papier à lettre, la dernière qui lui restait. Elle avait mis longtemps à l'écrire, avant de bien la plier parce qu'elle n'avait plus d'enveloppe : « S'il te plaît, donne-la à Kurt. Je ne veux pas la laisser dans l'appartement au cas où quelqu'un d'autre la lirait. »

Dorothea prit la lettre et la serra contre elle. Elle haletait de plus en plus.

« Oui, d'accord. Mais Hedy, tu es sûre ? Je ne sais pas ce que tu vas faire, mais ça a l'air dangereux.

— Ne rien faire serait pire. Je suis désolée.

— Désolée pour quoi ? Je ne comprends pas.

— Pour t'avoir attirée dans tout ceci. Pour te laisser toute seule.

— Oh, Hedy, ne t'inquiète pas pour moi. Prends juste soin de toi, pour l'amour de Dieu. »

Hedy mit son manteau et le boutonna jusqu'au cou. Elle fourra ses mains dans les poches et le sentit un peu plus lourd autour de l'ourlet. Sa voix tremblait un peu quand elle se força à répondre :

« Bien sûr, ne t'inquiète pas, ça va bien se passer. »

*

Il sortait juste de son minuscule bureau quand il les vit, six ou sept employées, des dactylos pensa-t-il, rassemblées sur le chemin de la cantine, et qui discutaient bruyamment. Ce devait être à propos de quelque chose de très important, étant donné leurs hochements de tête, mais peut-être aussi d'assez honteux, car elles regardaient tout le temps derrière elles pour vérifier si on les écoutait. Il supposa que ce devait être des bêtises à propos d'un de leurs soupirants. L'une d'elles était peut-être enceinte ? Il savait, pour avoir surpris des bribes de conversation à son cantonnement, que Fischer avait eu récemment un moment de panique de ce genre avec sa maîtresse qui était mariée. Il se félicita intérieurement qu'ils aient été toujours très prudents, Hedy et lui. Désireux de montrer à quel point cela ne l'intéressait pas, il fit un pas de côté pour contourner le groupe mais au même instant, il entendit une phrase qui le fit sursauter : « Au moins, toi, tu n'étais pas dans la même baraque ! Qui sait ce que j'ai pu attraper ! »

Il essaya de ne pas y attacher d'importance, mais se dit quand même qu'il fallait en écouter un peu plus. Délibérément, il fit tomber deux des dossiers qu'il tenait à la main et se pencha pour les ramasser et les remettre en ordre. Il n'eut pas à attendre longtemps :

« À quoi joue la direction, hein ? Employer une Juive ! J'espère qu'on va la retrouver et la fusiller. »

Lentement il se releva et s'approcha. Ne sachant pas trop comment s'y prendre, il décida de faire acte d'autorité :

« Mesdames, vous empêchez les autres de passer. Que se passe-t-il donc de si important pour que vous restiez là à discuter ? »

La plus grande, aux cheveux blonds tressés en une seule natte, s'avança :

« Désolé, lieutenant, mais nous venons d'apprendre qu'il y avait une Juive qui travaillait dans la Baraque 7. Apparemment, elle volait des bons d'essence. »

Kurt toussa un peu pour dissimuler son sursaut involontaire.

« Vraiment ? Et où est-elle maintenant ?

— Personne ne le sait. Elle n'est pas venue depuis deux jours. Ça ne va pas du tout, lieutenant.

— C'est scandaleux, intervint une brunette au nez plat.

— Des personnes ont été assises à côté d'elle, sans rien savoir. Je crois qu'on aurait dû nous prévenir. »

Kurt les regarda, ces visages haineux, convulsés de rage, puis il tourna les talons et se dirigea vers la Baraque 7. Son cœur battait à tout rompre. Était-ce vrai ? Comment s'était-elle fait prendre ? Et pourquoi ne l'avait-il pas su ? Il ouvrit la porte et balaya la grande pièce du regard. Il n'y avait que quelques secrétaires qui travaillaient à l'heure du déjeuner. Le manteau de Hedy n'était pas accroché à sa place habituelle.

Sans attendre de prévenir quiconque, il alla rapidement remettre ses dossiers à un collègue, mit sa veste d'uniforme et quitta aussitôt le Lager. Il courut pratiquement tout le temps – plus de deux kilomètres – jusqu'à la nouvelle adresse de Hedy et arriva trempé de sueur, à bout de souffle. En criant son nom, il introduisit la clé dans la serrure et se rua dans l'appartement. Il était vide, le lit fait, quelques vêtements restaient dans la penderie, et pendant quelques instants épouvantables, il fut certain qu'on l'avait déjà arrêtée. Puis il respira un peu mieux et regarda attentivement autour de lui. Sa brosse à dents avait disparu, le tiroir où elle rangeait les lettres de ses parents était vide. Il se mit à quatre pattes et d'une main tremblante tâta la plinthe proche du lit – les marks avaient disparu. Il poussa un soupir de soulagement. Clairement, elle avait programmé sa fuite. Mais où diable était-elle partie ?

Quand il arriva chez Dorothea, qui l'accueillit, blême d'inquiétude, et lui remit la lettre d'une main trempée de sueur, il paniqua de nouveau.

« Je suis désolée, chuchota-t-elle. J'ai essayé de lui faire dire, mais elle pense que c'est plus sûr pour nous de ne pas le savoir. »

Elle restait debout devant lui, les bras serrés sur la poitrine, parce qu'elle avait froid, le regard interrogateur. Il relut la lettre pour la troisième fois, refusant d'accepter qu'elle ne lui révélait rien :

Kurt, mon chéri,

Ils savent pour les bons d'essence. Je dois disparaître. Je voulais tellement voir la fin de tout ceci avec toi, mais je ne veux pas risquer ta vie en plus de la mienne. Cette fois, je ne serai pas lâche. Peut-être, si le destin le veut, nous reverrons-nous quand ce sera terminé. Je t'aime plus que tout. Prends soin de toi.

Hedy

Kurt se laissa tomber sur une des marches de l'escalier, se frotta les yeux et repoussa ses mèches en arrière. Il allait devoir réfléchir à toutes les possibilités, puis les éliminer l'une après l'autre. Mais il n'arrivait à penser qu'à ses yeux verts et à ce côté sombre qu'ils dissimulaient. À tout ce qui l'attirait tant, chez elle, ces secrets, ces pensées qu'elle ne révélait jamais, même pas à lui. Il devenait évident qu'elle préméditait cela depuis le début, pour ce genre d'éventualité. Il se maudit de n'avoir rien vu, de ne pas l'avoir forcée à se confier à lui. Au moins le fait qu'elle ait emporté avec elle ce qu'elle avait de plus précieux éliminait toute idée de suicide. Il se tourna vers Dorothea :

« Elle a dit que le docteur Maine n'allait pas l'aider ?

— Elle a été très claire, elle ne voulait l'impliquer en rien. Elle a dit que ça le protégerait.

— Mais elle n'a personne d'autre ici, personne ! Voyons… Et l'ancien patron d'Anton ?

— Mr Reis ? Je crois qu'elle ne l'a pas revu depuis des mois. Et j'ai appris qu'il était à l'hôpital.

— Mais à qui donc peut-elle faire confiance pour la cacher ?

— Kurt, je crois qu'en fait, elle va chercher à quitter Jersey.

— Elle n'est pas folle à ce point !

— Quand je lui ai posé la question, elle a répondu que ce serait stupide et dangereux, mais j'ai remarqué qu'elle rougissait et ne voulait pas me regarder en face. »

Il se remit difficilement debout et marcha un peu de long en large.

« Elle pourrait se faire tirer dessus simplement en allant sur la plage ! Et comment s'y prendrait-elle ? En se cachant sur un bateau ? Aucun ne va en Angleterre.

— Je sais. Le seul endroit qu'elle pourrait atteindre, c'est la côte française. Mais à quoi cela lui servirait-il ? »

Kurt ressentit comme une décharge électrique dans sa tête : « La côte française ?

— Oui.

— Je crois que je sais où elle a pu aller. Mais il faut que je me dépêche. »

Dorothea ne posa pas d'autre question. Elle se contenta d'acquiescer et dit simplement : « Le vieux vélo d'Anton est dans la réserve. »

*

Hedy se réveilla en sursaut, étonnée d'avoir dormi. Elle essaya d'étendre ses jambes mais elles étaient engourdies jusqu'aux pieds par le froid et le fait de ne pas avoir bougé. Cela sentait le bois humide et la peinture. Resserrant son manteau contre elle, elle scruta l'obscurité, essayant d'identifier des formes inconnues, des outils accrochés à des clous, des rouleaux de cordes. Au-dessus d'elle, remplissant les trois quarts de l'espace, de sorte qu'elle devait se recroqueviller dans un coin, il y avait la coque d'une barque en bois. Par la bouche d'aération du toit, on apercevait le croissant de lune qui projetait une lueur argentée sur une rugueuse paroi contre laquelle elle appuya son oreille. On entendait au loin le bruit des vagues en train de monter vers la plage. Elle estima qu'il devait être quatre ou cinq heures du matin – encore une heure ou deux à attendre.

Un bruit de pas irrégulier et des craquements la firent se redresser d'un seul coup. Un instant plus tard, la porte s'ouvrit et elle reconnut la massive silhouette et les épais favoris, ainsi que la voix de basse :

« Ça va ?

— Bien. »

Elle regarda la sombre silhouette du pêcheur pénétrer en boitillant dans le local. L'anglais de Jean-Paul était très pauvre et le français de Hedy au moins autant et cela limitait les conversations à quelques mots et quelques gestes. Ils ne savaient à peu près rien l'un de l'autre et Hedy était loin de lui faire confiance depuis qu'elle avait sorti sa liasse de Reichmarks pour le payer et qu'il s'en était emparé avec une avidité inquiétante. Mais la certitude devenait un luxe qu'elle ne pouvait plus s'offrir. Elle achetait depuis des mois des maquereaux à Jean-Paul, dans un coin du port, et tout ce qu'elle avait fini par savoir sur lui c'est que sa femme était morte l'année précédente et que, pour une raison inconnue, il tenait les Allemands pour responsables. Son expression de dégoût et les crachats dont il assortissait son récit avaient fait comprendre à Hedy qu'il haïssait les Allemands et n'avait plus rien à perdre.

Elle se demandait, néanmoins, si elle ne s'était

jamais attendue que ce plan fonctionne. L'idée d'utiliser ce bateau, illégal et presque imaginaire, à ses fins à elle, lui avait traversé l'esprit dès le début, mais ce n'était alors qu'un fantasme. Puis, au long de ces longues et angoissantes semaines où elle attendait de savoir si elle échapperait à la déportation, cela devenait peu à peu une possibilité, une solution d'urgence quand tout s'écroulerait autour d'elle. Mais elle se demandait quand même si le vieux pêcheur ne se moquerait pas d'elle. Il pourrait lui dire que le bateau ne tiendrait jamais la mer, que ce projet de fuite n'était qu'une blague, une bonne histoire à raconter dans les tavernes du port quand la guerre serait finie.

Deux jours plus tôt, il l'avait regardée d'un air cynique en la voyant surgir à la nuit tombée à son mouillage et essayer de lui expliquer ce qu'elle voulait dans ses quelques mots de français, assortis de gestes. Il pensait probablement qu'elle travaillait pour l'ennemi, parce qu'il s'était contenté de grommeler, en boitillant de long en large sur le pont de son bateau de pêche, avant de lui signifier de partir. C'est seulement quand elle écrivit sur un bout de papier la somme qu'elle proposait de lui payer qu'il sembla prendre la chose au sérieux. Moins d'une heure plus tard, après une communication difficile, Jean-Paul – elle savait maintenant son nom – cracha d'un air entendu et lui tendit la main pour sceller leur accord.

Dans sa tête à elle, les premières étapes de sa

fuite étaient claires : elle se cacherait d'abord dans le hangar à bateaux, qui se trouvait au bout d'un mauvais chemin à Fauvic Beach, un coin qu'on savait peu surveillé et où ne passaient que de rares patrouilles. Juste avant l'aube, quand la mer serait suffisamment haute pour appareiller, Jean-Paul conduirait prudemment son bateau au milieu des rochers, et le ferait sortir à la rame jusqu'à une distance suffisante pour pouvoir faire démarrer le moteur sans attirer l'attention. À environ quatorze miles marins à l'est – s'il n'y avait ni tempête, ni contre-courant, ni sentinelles inattendues – ils atteindraient une crique tranquille, en France, au sud de Portbail, vers le crépuscule. À partir de là, tout devenait assez vague et si Hedy y pensait trop, elle perdrait la raison, se disait-elle. Il lui faudrait sans doute nager jusqu'à la terre ferme, dans des eaux glacées et en serait-elle capable ? Puis elle devrait se cacher dans des granges autour de villages occupés par les Allemands pendant plusieurs jours, le temps de trouver quelqu'un susceptible de l'aider. Ensuite, sa seule idée était d'entrer en contact avec la Résistance, pour lui permettre de gagner plus tard la Suisse.

Mais pour le moment, blottie dans un coin du hangar à bateaux, tout cela semblait dangereusement loin, et elle essayait de ne pas trop y réfléchir. Elle se disait pour la centième fois que si elle restait sur cette petite île, elle finirait sûrement par être arrêtée et déportée. Elle soupira et se demanda quand elle pourrait manger. Le visage souriant de Kurt lui apparut et déclencha un début de sanglot qu'elle réprima vite. Elle avait fait ce qu'il fallait, la seule chose possible. Maintenant que la décision était prise, l'argent versé, il ne lui restait qu'à attendre la marée montante.

*

Kurt sentait les muscles de ses cuisses devenir douloureux tandis qu'il pédalait de plus en plus vite. Il s'imaginait être resté en forme, ces derniers mois, malgré les restrictions alimentaires, mais il sentait maintenant que c'était faux. Ce vieux vélo rouillé et les pneus improvisés avec des bouts de tuyau d'arrosage n'arrangeaient rien. Ses poumons le brûlaient tandis qu'il montait la côte en direction de St Clement's Road. D'après ses calculs, il lui restait une demi-heure avant la marée haute, s'il allait bien au bon endroit. Dès qu'il s'était souvenu de l'histoire du pêcheur et de son bateau secret, il avait pensé tenir là son unique chance. Le ciel commençait à devenir d'un bleu cyanure au-dessus des toits, tandis qu'il fonçait vers l'est. Elle serait déjà loin en mer avant que le soleil soit vraiment levé. Il n'était pas question de s'arrêter.

Tout en pédalant, il sentait l'adrénaline augmenter sa colère. Pourquoi avait-elle fait ça au lieu de venir le trouver ? Une tentative pareille, c'était suicidaire, elle le savait sûrement. En même temps, il la comprenait et son côté têtu, son désir d'indépendance faisaient qu'il avait envie de la prendre dans ses bras, même s'il restait furieux.

Il arriva à La Rue de Fauvic, longea des petits cottages de granite. Au-delà, il n'y avait que des champs et plus loin une vaste étendue sombre dont il espéra que c'était la mer. Il ne devait plus être loin. À un carrefour, il repéra un sentier qui descendait jusqu'à une plage. Il regarda soigneusement autour de lui pour vérifier qu'on ne l'avait pas suivi, rassembla ses dernières forces pour quitter la route et prendre ce petit chemin, terriblement conscient du bruit des roues dans l'épais silence. Il se retrouva ensuite en haut de quelques marches, jeta le vélo dans un buisson et descendit jusqu'à la plage qu'il scruta de tous les côtés. La mer était haute, les vagues venaient se briser sur le sable. Kurt sentit son cœur battre moins vite, mais il avait fait tout ça pour rien. L'endroit était totalement désert. Si Hedy était venue là, c'était maintenant trop tard. Où qu'elle se trouve désormais, ainsi que son pêcheur, il ne pouvait plus rien pour la sauver. Une douleur lui déchira la poitrine à l'idée de la suite de la guerre sans elle. Il imaginait son corps gonflé d'eau rejeté par les courants ou par terre dans les bois, une balle dans la tête. Il contempla l'horizon, dévasté de chagrin.

Un bruit attira soudain son attention. Dans l'obscurité, il crut deviner une forme se déplaçant tout au bord de l'eau, quelque chose de massif, gris. Il avança, à pas hésitants, jusqu'à reconnaître la silhouette d'un bateau, avec un moteur à l'arrière. Il trébuchait sur les rochers glissants, couverts d'algues. Et oui, il y avait deux silhouettes qui poussaient l'embarcation, et l'une d'elles…

« Hedy ! »

Sa voix résonna à travers toute la plage. Les deux silhouettes se figèrent. Il la voyait bien, maintenant, la courbe de ses épaules, de son corps. Le vieil homme qui était avec elle sursauta et leva les bras en l'air, comme s'il s'attendait à ce qu'on lui tire dessus. Kurt continua à avancer vers eux et quand il ne fut plus qu'à cinq mètres, il s'immobilisa. Hedy le dévisageait, blême, tremblant de peur et de froid. Quand il était enfant, Kurt était une fois entré dans la cabane au fond du jardin des parents de son copain Helmut, pour trouver le père de celui-ci assis sur une chaise, en train de se passer une corde autour du cou ; l'expression sur son visage était la même que sur celui de Hedy. Un instant, personne ne bougea.

« Kurt, je suis désolée. Il faut que j'agisse seule. »

Elle se cramponnait au bateau qui se balançait furieusement à chaque vague.

« Non. » Il avait choisi de s'exprimer en anglais et de parler à voix basse, sur un ton calme. Le pire, maintenant, serait une réaction brutale. Le pêcheur ne semblait pas être armé mais qui savait de quoi il était capable, de même que Hedy.

« Écoute, ça ne peut pas marcher. Il y a des patrouilles partout. Vous n'arriveriez même pas à gagner la haute mer. Et si vous arriviez jusqu'en France, vous n'iriez pas plus loin qu'une plage.

— Il faut que j'essaye. Si je reste, ils m'enverront dans un camp.

— Hedy, je t'en prie, écoute-moi. Je sais que tu as peur. Mais on va trouver une solution. »

Kurt restait immobile, les fixant tous les deux. S'ils décidaient de sauter dans le bateau et de s'éloigner à la rame, il ne réussirait sûrement pas à les retenir. Le pêcheur, comprenant que Kurt n'était pas armé, le regardait, regardait Hedy, attendant ce qui allait suivre. Dans la pâle lueur dorée qui se levait à l'horizon, on voyait à l'expression de son visage que, tout en mâchonnant lentement quelque chose, du tabac peut-être, il était prêt à se battre pour garder l'argent qu'il devait avoir touché.

Kurt se concentra sur Hedy qui chuchota :

« C'est la seule solution.

— Non, il y en a une autre, bien meilleure. Hedy, je vais te mettre à l'abri, c'est promis. Mais je t'en prie, si tu dois faire une seule chose pour moi dans ta vie, ne monte pas sur ce bateau. »

Elle tourna les yeux vers le pêcheur, puis vers le ciel qui s'éclaircissait de plus en plus. Au soulagement de Kurt, elle eut l'air de revenir à la réalité, de voir à quel point tout ceci était dépourvu de sens. Elle lâcha le bord du bateau, vacilla un instant, puis tomba dans l'eau. Kurt se précipita pour la relever, trempée et la serra contre lui. Ils tremblaient tous les deux. Elle pleurait amèrement. Le pêcheur les observait, silencieux, mâchonnant toujours, le visage dénué d'expression. Le bateau dansait sur les vagues.

*

Hedy jeta un coup d'œil dehors par le trou du rideau. Il faisait presque nuit et le vent se levait. Elle l'entendait souffler dans les grands arbres de Westmount.

« Assure-toi de bien tout prendre, lui dit Kurt. Et fais attention de ne pas être vue au retour. Tu as ce qu'il faut ? »

Hedy vérifia dans le panier d'osier les vêtements qu'elle allait emporter avec elle.

« Oui, j'ai tout. Il est presque l'heure. Qu'est-ce que tu vas faire ?

— Vérifier dans l'appartement qu'il n'y a plus rien qui puisse leur donner des indications. Et la clé ?

— Glisse-la dans la boîte aux lettres en partant. Nous ne reviendrons pas. »

Une remontée acide de son estomac vide lui provoqua un renvoi qu'elle étouffa de la main. Elle mit son manteau encore mouillé aux poignets et à l'ourlet – où elle n'avait pas eu le courage de vérifier ce qui restait des lettres de sa mère. Avant de le boutonner, elle glissa contre sa poitrine un chemisier, un pull-over très usé et une jupe de tweed, plus une paire de chaussures d'occasion, achetée pour elle par Kurt au marché noir à un prix exorbitant. Elle serra bien le tout contre elle.

« J'irai aussi vite que possible.

— Fais très, très attention. »

Elle sortit silencieusement de l'appartement et se dirigea vers Pierson Road. Il était presque l'heure du couvre-feu et la rue était donc pratiquement vide. Elle marchait rapidement, se souvenant des jeunes chevreuils qu'on rencontrait dans les forêts autour de Vienne, elle essayait d'imiter leur pas délicat. Elle traversa en hâte l'Esplanade, en regardant sans cesse autour d'elle. Dieu merci, il n'y avait presque pas de lune et une bonne couverture de nuages.

Arrivée sur le front de mer, elle enjamba prudemment les rails posés par les Allemands pour faire circuler leurs matériaux de construction et alla jusqu'à l'escalier menant à la plage. Après un dernier coup d'œil pour vérifier si aucune patrouille n'approchait, elle descendit les marches trop hautes très prudemment. Une chute, une cheville cassée auraient mis fin à l'aventure. Une fois sur le sable, à quelques mètres du bord de l'eau, elle trouva un espace suffisant entre les barbelés et la partie indiquée comme minée, pour mettre son plan à exécution. Le souffle court, elle sortit les vêtements cachés sous son manteau, hésita un instant à garder le pull-over, puis se souvint qu'il fallait que cela ait l'air vrai. Elle plia le tout en une pile bien nette, posa dessus un papier tiré de sa poche, et la plus grosse pierre qu'elle put trouver. Puis elle recula d'un pas pour tout vérifier, sachant qu'elle n'aurait pas une deuxième chance.

Au loin dans la baie, la lumière d'un phare se reflétait sur l'eau. Elle pensa à Jean-Paul, en train de compter son argent dans une taverne quelque part. Elle le revoyait tirant le bateau en arrière, vers le hangar clandestin. Peut-être n'avait-il pas eu envie de tenter le voyage seul, ou juste décidé de le remettre à plus tard. Elle espérait qu'il réussirait un jour, mais ne le saurait probablement jamais.

Elle s'était opposée pendant des heures à l'idée de Kurt. Pas parce qu'un suicide était plausible, de nombreux insulaires ayant mis fin à leurs jours ces deux dernières années, et elle avait davantage de raisons d'en venir là que bien d'autres. Non, c'était parce que rester cachée en permanence sur un si petit territoire lourdement occupé paraissait impossible. Et comment survivrait-elle à une vie pareille ? Combien de temps cela durerait ? Un an, deux ans, cinq, six, sept ? C'était terrifiant. Mais elle n'avait pas d'autre option. Kurt avait raison.

Elle remonta les marches avec précaution et retraversa la route. Elle se hâta de dépasser ce qui avait été autrefois le People's Park, désormais quartier général de l'organisation Todt, marchant aussi vite que le pouvaient ses jambes. Elle regardait sans arrêt autour d'elle. En même temps, elle ne pouvait pas s'empêcher d'apprécier l'air frais et l'odeur de l'océan et de la végétation. Elle contemplait les étoiles, les cumulus majestueux, pour bien en imprégner sa vue car elle savait qu'elle ne reverrait rien de tout cela avant longtemps.

Elle arriva à l'entrée de la ruelle longeant les cours arrière des maisons de West Park Avenue, vérifiant toujours si personne ne la suivait. Elle courut presque jusqu'au numéro 7. Elle poussa la barrière de bois, se glissa jusqu'à la porte, frappa quatre coups comme convenu, et entra, tremblant de froid et de peur. Kurt était déjà là, le visage rongé d'inquiétude. Dorothea l'étreignit brièvement et, sans un mot, ferma et tourna le gros verrou noir.

9

Dans le hall d'entrée de son logement, Kurt tendait l'oreille. Heureusement – ou malheureusement, cela dépendait du côté d'où on voyait les choses – c'était une vieille maison pleine de craquements. Si quelqu'un marchait à l'étage, on l'entendait au rez-de-chaussée. Des officiers allaient et venaient dans les chambres, aux toilettes, fermaient des portes. Il se dit que ce devait être le bon moment, celui où ceux des équipes de nuit étaient déjà partis. Les autres profitaient de leur pause pour se laver, écrire des lettres à leur famille ou somnoler un peu sur leur lit. Dans quinze minutes à peu près, ils descendraient pour leur dîner, préparé par Mrs Mezec, la gouvernante, une habitante de Jersey qui venait tous les jours prendre le linge à laver et cuisiner les repas. C'était de toute évidence une cousine des propriétaires, évacués en 1940, et elle pouvait ainsi garder un œil sur la maison. Elle ne parlait qu'en cas d'absolue nécessité et empochait ses gages le vendredi d'un air rogue. Pour la plupart, les officiers l'ignoraient ou faisaient des blagues de mauvais goût sur elle. Avant de commencer à manger, Kurt reniflait souvent son assiette, car il savait très bien comment il se vengerait à sa place.

Il alla jusqu'à la cuisine d'un air détaché, comme s'il s'intéressait à ce qui figurait au menu du soir et trouva Mrs Mezec en train de surveiller ses casseroles. Il lui sourit, ce qui ne suscita aucune réaction en réponse. Il réaligna les chaises autour de la table, comme s'il allait recevoir des invités ce soir-là, puis s'assit :

« Qu'y a-t-il au menu, Mrs Mezec ?

— Du ragoût de porc. »

Il eut un hochement de tête enthousiaste, tout en se demandant à quel pauvre fermier les soldats étaient venus arracher un cochon avant de l'embarquer dans leur camion. Toutefois, cela signifiait qu'il devait y avoir encore des morceaux de viande dans le garde-manger. Hedy avait, au début, refusé de manger du porc, mais ce genre de tabou culturel n'était plus de mise.

« Ça doit être excellent. Oh, à propos, la fenêtre des toilettes ferme mal à nouveau. Cela vous ennuierait d'aller y jeter un coup d'œil, s'il vous plaît ? »

Elle se tourna vers lui et son regard aurait suffi à faire tourner du lait : « Je ne suis pas censée m'occuper de ça. »

Il lui décocha un encore plus large sourire.

« Bien sûr, mais vous avez… comment dit-on, un coup de main… »

Mrs Mezec posa sa cuiller en bois et ne se cacha pas de lever les yeux au ciel. Puis elle sortit de la cuisine en traînant les pieds. Kurt se leva aussitôt, alla ouvrir le garde-manger et comme il s'y attendait, il vit un gros rôti de porc recouvert d'une mousseline. Tout ce dont il avait besoin, c'était un couteau pour en couper une épaisse tranche. Il s'apprêtait à en sortir un d'un tiroir quand il entendit des pas dans l'escalier. Pas de chance ! Il faudrait qu'il vienne en douce pendant la nuit. Il s'approcha vite de l'évier comme pour se laver les mains.

« Bonsoir, Neumann. »

C'était Fischer, très élégant et sentant le savon parfumé. Où diable avait-il pu s'en procurer ? Kurt essaya de le deviner. Des rumeurs couraient comme quoi il avait laissé tomber sa maîtresse mariée et enceinte pour coucher maintenant avec la veuve d'un aristocrate local.

« Vous attendez le dîner ?

— Oui. Je meurs de faim. Vous avez passé une bonne journée ? »

Il essayait de parler d'un ton désinvolte. Fischer grommela quelque chose et jeta le journal local sur la table.

« Foutue perte de temps. J'ai dû assister à l'enterrement de trois marins alliés dont on a retrouvé les corps sur une plage. Des types haut placés à nous ont décidé d'envoyer une garde d'honneur et de faire tirer une salve pour montrer notre "respect". À quoi ça rime, je vous le demande. »

En effet, se dit Kurt, quand on pense à la façon dont on les traite quand ils sont encore en vie. Mais il garda son air jovial. Fischer lui désigna le journal du doigt.

« Regardez, je crois qu'il y a une photo. »

Il obéit, le prit et le feuilleta pendant que l'autre poursuivait : « Ce qui me rend malade, c'est que les Alliés placent des mines autour de toutes les îles, pour essayer d'arrêter nos approvisionnements venant de France. Eh bien, malgré ça, on nous ordonne de saluer ceux qu'on a réussi à faire sauter. »

Kurt grommela un assentiment mais il n'écoutait plus. Là, au beau milieu d'une page, il y avait une photo de Hedy, un cliché professionnel, datant d'avant la guerre et sans doute destiné à ses parents en Autriche. Elle avait les cheveux tirés en arrière, ses yeux, qu'il connaissait si bien, regardaient quelque chose ou quelqu'un à droite de l'appareil et elle souriait à peine, l'expression du visage un peu triste. Au-dessus figurait un texte en allemand, puis en anglais :

COMMUNIQUÉ :

Les autorités allemandes recherchent Miss Hedwig Bercu – voir photo – dactylo, sans nationalité, 24 ans, dernière adresse connue West Park, 1 Canon Tower. Elle a disparu depuis le 24 novembre 1943 et a échappé aux autorités allemandes. Toute personne sachant où se trouve Miss Bercu est priée de contacter la Feldkommandantur 515 qui traitera ces informations en toute confidentialité. Quiconque cacherait Miss Bercu ou l'aiderait de quelque manière que ce soit s'exposerait à une sévère punition.

Et c'était signé le commandant en chef avec la date du jour.

Kurt lut et relut ce texte. Naturellement, il s'était attendu à ce genre de chose. Cela faisait dix jours que Hedy avait disparu et en dépit de ses efforts, la police secrète ne trouvait pas son adresse. Plus inquiétant était le fait qu'on ne parlait pas de suicide. N'avaient-ils pas vu ses vêtements et la note manuscrite ? Ou alors n'y croyaient-ils pas ? Ou ne pas le mentionner était-il un piège ? Il jeta un coup d'œil à Fischer, en se demandant s'il ne lui avait pas montré le journal exprès. Une ruse savante pour voir sa réaction. Il réfléchissait très vite à toutes les possibilités quand il réalisa que Fischer lui parlait :

« Vous ne croyez pas ?

— Hein ?

— Je disais qu'une prochaine fois, on devrait juste flanquer les corps dans une fosse pour s'en débarrasser. Ça ou les brûler comme bois de chauffage ! Justement, il fait fichtrement froid ici ! »

Et Fischer rit de sa plaisanterie.

Kurt pensa aux fours crématoires dans les camps et s'imagina en train de le rouer de coups, là, dans la cuisine. Au lieu de quoi, il plia le journal et sourit : « Oui, c'est vrai. Un copain à moi a mis la main sur un stock de bûches, la semaine dernière. J'ai envie de faire un saut pour voir s'il ne nous en vendrait pas quelques-unes. » Choisissant de bluffer un peu plus, il montra le journal : « Je peux vous l'emprunter ? Ce type habite près du Lager, il aura peut-être vu quelque chose. »

Fischer se contenta de faire oui de la tête, sans rien laisser paraître d'autre. Kurt alla dans le hall, prit son manteau et s'en fut silencieusement dans la nuit. S'il courait une partie du chemin, il serait à West Park Avenue dans trente minutes.

*

« Ok, maintenant je frappe », dit Hedy en étalant ses dix cartes sur la table. Dorothea se pencha pour les examiner et son visage exprima un certain embarras.

« Il t'en faut au moins trois pour une suite.

— J'en ai trois, la Reine, le Roi, l'As.

— Mais souviens-toi, l'As vaut un point à ce jeu. »

Dorothea se renfonça dans son siège, avec la sorte de sourire radieux qu'on destine à un enfant.

« Peu importe, distribuons à nouveau. Tu y es presque.

— Ça t'ennuie si on s'arrête, dit Hedy d'un ton qu'elle n'aurait pas voulu aussi sec. Je suis un peu fatiguée. »

Ce n'était pas une très bonne excuse, mais

l'idée de rester plus longtemps assise à cette table et à continuer à jouer à ce jeu de cartes stupide faisait naître en elle un sentiment de panique, devenu trop familier depuis quelques jours. Comme d'habitude, il s'accompagnait de sueur, de difficulté à respirer et d'un désir irrépressible d'aller courir dans la rue. Dorothea ramassa les cartes et les remit dans leur paquet : « Tu as raison, nous jouons depuis des heures. Et si j'allais voir ce qu'il y a dans le garde-manger pour le dîner ? »

Hedy la dévisagea, bluffée par sa force de caractère. Comme si elles n'avaient qu'à ouvrir la porte du placard pour y découvrir des étagères croulant sous les poulets froids et les tartes maison et décider avec quel accompagnement elles les serviraient. L'inébranlable gaieté de Dorothea, la façon décidée dont elle évitait les souvenirs douloureux rendaient Hedy perplexe, au point de se demander une ou deux fois si elle avait toute sa tête. Quelques jours plus tôt, elle était allée chercher sa radio dissimulée sous l'escalier, et serrées l'une contre l'autre, elles avaient écouté la BBC en mettant le volume le plus bas possible, prêtes à fourrer le poste très vite dans sa cachette si on frappait à la porte. Les nouvelles étaient déprimantes, le titre principal la défaite des Alliés dans le Dodécanèse. Pourtant, à la fin de l'émission, Dorothea s'était aussitôt replongée dans ses albums de photos de films, en chantonnant un air joyeux tiré d'une comédie musicale américaine, comme si rien de tout cela ne la touchait vraiment. Cette mélodie eut le don d'exaspérer Hedy qui essaya de s'occuper en cherchant l'île de Leros dans un vieil atlas.

Elle remarquait aussi que Dorothea évitait de plus en plus de parler d'Anton, même si elle embrassait sa photo le soir avant d'aller se coucher. On ne pouvait mentionner son nom qu'à propos d'évènements du passé, et seulement s'ils étaient agréables. On ne discutait jamais non plus ce qui se passait au quotidien, par exemple les bombardements de nuit, la semaine précédente, qui avaient presque détruit leurs fenêtres, ou l'annonce que le sel serait davantage rationné. Au lieu de quoi Dorothea mêlait à leurs conversations ses adorées stars de cinéma, ainsi que les vies imaginaires des poupées en tricot alignées sur le bord de la fenêtre de sa chambre. Elle les avait présentées à Hedy l'une après l'autre, racontant l'histoire de chacune et le pourquoi de leur nom. Parfois Hedy regardait cette adulte restée tellement une enfant et avait du mal à se dire que c'était la même qui avait chanté à pleine voix des airs patriotiques sur le quai, face aux soldats allemands hostiles.

Elle réalisa soudain que Dorothea attendait une réponse.

« Bien sûr, dit-elle, jetons un coup d'œil. »

Quand Kurt avait suggéré cette maison comme cachette, elle avait protesté. D'abord, Dorothea n'accepterait certainement pas une solution aussi dangereuse sur une longue durée. Ensuite elle, Hedy, deviendrait folle, ayant déjà du mal à supporter sa compagnie plus de deux heures.

Mais il avait mis en avant un argument irréfutable : pratiquement personne ne pouvait établir un lien entre elles deux, car on ne les avait vues en public ensemble qu'à peine deux fois. Ni l'une ni l'autre ne connaissaient d'amis susceptibles de venir à l'improviste ou de poser des questions embarrassantes. Et avec le départ d'Anton, il y avait de la place dans la maison. En outre, quelle alternative avait-on ?

Dorothea dit oui, sans hésiter une seconde, même après que Kurt lui eut clairement indiqué les risques. Le soir de l'arrivée de Hedy, elle semblait surtout excitée à l'idée d'avoir une invitée et courait d'une pièce à l'autre pour trouver une couverture de plus et monter, avec l'aide de Kurt, un vieux matelas pour une personne dans le grenier. Elle y installa aussi quelques caisses vides et des morceaux de tapis très usés pour créer une sorte de coin chambre – plus une précieuse bougie et quelques livres. Hedy pourrait aller et venir librement dans la maison toute la journée, à condition de ne pas s'approcher des fenêtres. Si un visiteur inattendu se présentait à la porte, une petite armoire était installée sous la pente du toit. Un escabeau lui permettrait d'y monter et de s'y cacher en moins d'une minute.

Elle faisait tous les efforts possibles pour éprouver de la gratitude mais elle supportait très mal cet « emprisonnement ». Malgré le mal que s'était donné Dorothea, son installation pour la nuit représentait pour elle une forme de torture. Une fois la bougie soufflée, il faisait complètement noir et au moindre bruit, celui d'une souris ou un rat, elle sursautait, incapable de trouver les allumettes pour la rallumer et calmer sa peur. Elle dormait tout habillée, tellement il faisait froid. Si un besoin naturel se faisait pressant elle devait soit risquer une catastrophe avec un seau, soit l'ignorer.

Elle entreprit donc de faire la sieste dans le salon, pendant la journée, pour rattraper un peu ses nuits sans sommeil, mais la moindre voix, les moindres pas dans la rue la réveillaient. Pour la première fois, elle commença à s'inquiéter davantage pour sa santé mentale que physique. Elle tentait d'étouffer cela sous ses sentiments de reconnaissance à l'égard de Dorothea, car elle ne voulait pas que celle-ci s'occupe d'elle davantage qu'elle ne le faisait déjà. Mais savoir que la seule chose capable de la calmer serait de sortir faire un tour, alors qu'un aussi simple plaisir lui était interdit, lui donnait envie de se rouler en boule et de se mettre à hurler.

Il y avait aussi l'insoluble problème de la nourriture. Comme sa carte de rationnement ne pouvait plus être utilisée, elles étaient maintenant forcées de survivre à deux avec ce à quoi une seule avait droit, plus ce que Kurt réussissait à leur apporter les jours où il venait les voir. Elles dépendaient de lui autant que lui des précautions qu'elles prenaient. Parfois, pendant ses siestes, Hedy rêvait d'un trépied dans le désert qu'un vent violent renversait et risquait de faire s'envoler en mille morceaux. Elle se réveillait alors en criant et si Dorothea était là et lui demandait si elle allait bien, elle prétendait retrouver ses cauchemars d'enfant, avec des monstres.

Une frappe codée à la porte les fit sursauter. Dorothea alla vérifier à la fenêtre de la cuisine que c'était bien Kurt et le fit vite entrer. Hedy courut se jeter dans ses bras, puis essaya de cacher sa déception en voyant qu'il n'apportait rien d'autre que le journal du soir.

« Je suis désolé, dit-il, comme s'il lisait dans ses pensées, mais Fischer a surgi au plus mauvais moment. J'essaierai de redescendre à la cuisine plus tard. Mais j'ai pensé que tu devais voir ça. »

Et il montra la page. Hedy la lut à plusieurs reprises et contempla la photo, datant de 1939. Le changement en quatre ans fut un choc pour elle et elle se demanda si Kurt pensait la même chose. Elle replia le journal et le lui tendit :

« On savait que ça arriverait. Ils n'ont peut-être pas encore trouvé mes vêtements et ma lettre. Ce n'est pas comme si les gens allaient encore à la plage.

— Peut-être.

— Tu peux rester un peu ? »

Soucieux, il secoua la tête et lui caressa le visage : « Je suis censé être sorti pour chercher des bûches. Il faut que je rentre. Vous avez assez à manger ce soir ?

— On se débrouillera. Ne t'inquiète pas. »

Et elle fit un immense effort pour sourire. Il l'embrassa légèrement sur les lèvres, se glissa dans la ruelle obscure et repartit. Hedy réussit à étouffer un vif besoin de pleurer. Dorothea lui caressa la nuque pour tenter de la réconforter, puis alla ouvrir le garde-manger :

« Bon, voyons un peu ce que nous avons... Qu'est-ce que tu dirais d'une excellente rave en petits morceaux et d'une pomme de terre bouillie ?

— Mais il y en a à peine pour une personne ! »

Dorothea se mit à rire.

« Allez, tu mets de l'eau à chauffer et je coupe la rave, d'accord ? »

Pendant que Hedy remplissait la casserole, Dorothea s'empara de la rave qu'elle attaqua d'une main experte, tout en chantonnant une mélodie, puis elle demanda :

« Tu la reconnais ?

— Oui, c'est la musique d'un film, je crois ?

— Oui, *Top Hat*, avec Fred Astaire et Ginger Rogers. Elle a été élue meilleure chanson de l'année 1935. Tu as vu le film ?

— Je ne me souviens pas. »

Les phrases du communiqué se bousculaient dans sa tête... « A disparu... A échappé aux autorités allemandes... Quiconque cacherait Miss Bercu... S'exposerait à une sévère punition... »

Le couteau de Dorothea continuait à couper la rave en rondelles : Hedy sentit un flot de bile lui remonter dans la gorge et se dit que même le maigre repas de ce soir serait sans doute trop pour elle.

« Tu savais, continuait Dorothea, que Ginger Rogers a dû lutter contre le réalisateur pour pouvoir porter cette robe ? Tu vois laquelle, celle avec toutes les plumes. Mais elle a eu gain de cause et on dit maintenant que c'est la plus belle jamais vue dans un film. Après le dîner, je te montrerai la photo. Et aussi d'autres robes de Ginger Rogers. Elle a une telle classe, tu ne trouves pas ? »

Hedy entendait sa voix comme si elle venait du bout d'un très long tunnel mais elle se força à esquisser un très petit sourire et à répondre : « Oui, oui, ce sera amusant. »

*

Kurt s'immobilisa, les yeux levés vers le ciel. Dans tout le Lager, les employés faisaient de même, comme pétrifiés. L'avion, très visible dans le bleu du ciel d'hiver, arborait le sigle de la RAF. On entendait les batteries antiaériennes tirer sur lui de tous les côtés et quand un flot de fumée en surgit à l'arrière, il y eut comme un cri étouffé général, chacun croyant qu'il avait été touché. Kurt retint son souffle, s'attendant à ce qu'il vienne s'écraser sur eux, détruisant au passage maisons et civils. Mais au lieu de tomber, il remontait et la lettre V commença à se former derrière lui.

Les questions se mirent alors à fuser de

partout. Était-ce le début d'un raid en plein jour ou juste une façon d'annoncer que pire était à venir ?

Puis la fumée s'arrêta et l'avion fila droit au nord vers la côte anglaise et l'avis général fut que c'était probablement un message de soutien de Mr Churchill aux habitants des îles pour Noël. Bonne idée, peut-être, se dit Kurt, qui pensait que parachuter des colis alimentaires leur aurait fait beaucoup plus plaisir.

Il se tourna pour retourner à l'atelier de réparations où s'alignaient des camions. C'est alors qu'il le vit. Il aurait reconnu ce chapeau n'importe où, stupidement incliné d'un côté, oscillant au-dessus de la foule. Et quand ces petits yeux porcins le repérèrent et se plissèrent pour accompagner un sourire forcé, Kurt comprit immédiatement que ce n'allait pas être une visite de politesse. Décidant qu'il était plus sûr de faire front, il s'approcha, la main tendue :

« Erich, comment allez-vous ? Ça fait longtemps. »

La main moite de Wildgrube se glissa dans la sienne : « Oui, beaucoup trop longtemps. »

Aussitôt, Kurt réalisa son erreur. Après cette abominable nuit au club des officiers, il avait éprouvé une telle colère qu'il ne voulait plus se retrouver face à cet individu au cours d'une soirée quelconque. Il ne se faisait pas assez confiance, surtout après un verre de trop, pour ne pas dire quelque chose de stupide ou même déclencher une bagarre. Et quand

Wildgrube avait suggéré d'autres « sorties entre garçons », il s'était arrangé pour toujours trouver une excuse. À part une fête d'anniversaire à laquelle il était venu, de mauvaise grâce, pour n'y rester qu'une demi-heure, ils ne s'étaient croisés qu'à des réunions officielles ou alors, par hasard en ville. Il paraissait évident maintenant que Wildgrube, vexé par son attitude, allait se venger. Kurt se maudit de ne pas avoir senti le coup venir. Il afficha son plus beau sourire.

« Je peux faire quelque chose pour vous ? »

Wildgrube tira un petit carnet d'une de ses poches et le feuilleta jusqu'à trouver la bonne page. Kurt vit qu'il s'agissait d'une série de photos – des photos de personnes intéressant la police secrète. Il devina la suite.

« Cette fille-là, vous la connaissez ? »

Il affecta alors de regarder très attentivement la photo de Hedy, celle parue dans le journal. Son sang battait dans ses veines et il savait que sa façon de se comporter dans les minutes suivantes pouvait changer le cours de sa vie.

« Je l'ai vue dans le *Post* il y a environ deux semaines. Elle a disparu, n'est-ce pas ? »

Le regard de Wildgrube était braqué sur lui.

« Oui. Son visage vous est-il familier ? »

Kurt réfléchit très vite, essayant de deviner ce que ce type risquait de savoir. Il sentait son haleine âcre et chaude tout près de son visage.

« Un peu. »

Il se creusa la mémoire pour essayer de

retrouver ce qu'il aurait pu dire au cours de différentes conversations.

« C'est cette Juive qui travaillait ici ? Elle n'a pas l'air juive. C'est pour ça peut-être qu'il y a eu une erreur, on n'a pas assez vérifié ses papiers.

— Mais vous vous souvenez d'elle.

— Pour l'avoir croisée ici.

— Rien d'autre ?

— Non, pas du tout. »

Wildgrube reprit le carnet et le fourra dans sa poche. Son rictus fit comprendre à Kurt qu'il avait encore une carte à jouer et jouissait à l'idée de la brandir. Quel tragique salaud, se dit-il, qui n'aime rien tant dans la vie que ces jeux de chat et de souris. L'attente se prolongea exprès autant que possible, puis le policier déclara :

« Malheureusement, mon lieutenant, tout cela ne correspond pas à ce que d'autres m'ont raconté. Le Feldwebel Schulz, de l'organisation Todt, se souvient parfaitement que le jour où elle était venue se présenter, il y a deux ans, pour un poste de traductrice, vous l'aviez suivie jusqu'à la grille quand elle est partie. »

Mon Dieu, pensa Kurt, comment ces gens-là peuvent-ils se souvenir de détails pareils ? Ils n'ont donc rien de mieux à faire ?

« Eh bien, si Schulz s'en souvient, c'est que ce doit être vrai. Honnêtement, elle est assez mignonne… Au cas où vous ne le sauriez pas, ajouta-t-il très vite.

— Et d'autres vous ont vu parler avec elle en différentes occasions. »

Il essaya de gagner du temps. Ils avaient été si prudents, ces derniers mois. Et bien sûr, Wildgrube mentait peut-être. Mais il y avait eu d'autres fois, avant qu'il sache, lui, la vérité, avant qu'il devienne réellement conscient du problème de leur sécurité…

« J'ai pu lui parler à une ou deux reprises. Mais, honnêtement, Erich », et il essaya de sourire, sans trop savoir jusqu'où il pouvait aller, « je parle à toutes sortes de filles. Et je ne le note pas chaque fois ! »

Là, il émit un petit rire, mais l'expression sur le visage de Wildgrube ne changea pas.

« Étiez-vous au courant que cette femme volait des bons d'essence depuis très longtemps ? »

Kurt siffla et s'exclama :

« Donc c'est vrai ? J'ai entendu les secrétaires le raconter. Vous l'avez prise sur le fait ?

— Nous avons suffisamment de preuves pour l'arrêter.

— Et c'est pour ça qu'elle a disparu ?

— Sans aucun doute. Maintenant, cette vermine est dans la nature, on ne sait pas où. Et j'ai bien peur que cette histoire de bons d'essence établisse un lien avec vous. »

Kurt se contrôla, attendit. Il aspira un bon coup. Maintenant, sa seule option, c'était l'attaque.

« Bon sang, Erich, vous ne lâchez jamais prise ? J'ai fait une erreur, une seule, il y a des années et j'ai purgé ma peine. La moitié des employés, ici, fauche quelque chose ! Est-ce qu'on doit me mêler à ça chaque fois que ça arrive tout le temps où je vais être en poste ici ? »

Wildgrube le fixait, sans rien exprimer : « Donc vous ne savez rien sur cette femme, ni où elle pourrait être ?

— Pourquoi diable le saurais-je ? Étant donné la taille de cette île, j'aurais pensé que ce ne serait pas difficile à trouver.

— C'est là que ça devient intéressant. »

Il rajusta son chapeau tyrolien en l'inclinant à un angle encore plus ridicule :

« Nous avons trouvé des vêtements sur la plage, avec une note écrite de sa main indiquant qu'elle allait se suicider. On a vérifié l'écriture au bureau.

— Alors vous avez la réponse, non ?

— En principe, en principe. Excepté ceci : vous connaissez le fonctionnement de la marée autour des îles ? »

Kurt fit un geste vague, mais il savait exactement ce qui allait suivre.

« C'est ici qu'ont lieu les plus grandes marées du monde. Comme nous l'avons constaté quand des bateaux ont été bombardés dans le coin, les corps reviennent invariablement sur les plages. La semaine dernière encore, une tempête y a rejeté toutes sortes de débris. Et là, aucun cadavre n'a été signalé aucun, au bout d'un mois.

— Peut-être qu'elle s'était munie de poids ou qu'elle a sauté sur une mine.

— Peut-être. Mais peut-être aussi qu'il s'agit

d'un simulacre de suicide et qu'elle se cache quelque part dans l'île. Si c'est le cas, nous la trouverons et aussi bien elle que quiconque l'aura aidée seront traités comme il convient. »

Wildgrube fit le geste d'ôter une poussière imaginaire de son manteau et souleva son chapeau.

« C'était bon de vous parler, Kurt. Merci pour votre aide. Nous allons sûrement nous revoir. »

Et après un grotesque petit salut, il tourna les talons. Kurt le regarda s'éloigner et un mot se mit à lui tourner dans la tête comme un mantra, *Scheisse… Scheisse… Scheisse…* Merde…

*

C'était la veille de Noël. On entendait au loin, à travers le parc, des chants traditionnels. Depuis le matin, le bruit des portes qu'on claque résonnait tout le long de la rue, tandis que les ménagères se hâtaient d'aller en ville voir quelles boutiques auraient quelques marchandises un peu festives à vendre – mais beaucoup revenaient les mains vides. Le ciel prenait des teintes d'ardoise, au-dessus des toits et des cheminées et par-delà les nuages.

Hedy s'était assise, les bras serrés sur les cuisses pour se réchauffer. Elle avait découvert que sans réserves de graisse, et même avec un coussin, on n'était confortable sur aucun siège. Que pouvait-elle bien faire ? Elle avait circulé tout l'après-midi sans but d'une pièce vide à l'autre, essayant de trouver un équilibre entre vouloir avoir moins froid et brûler des calories. La veille, le simple fait de monter au grenier lui avait coupé le souffle et donné le vertige. Être aussi faible lui faisait peur. Que se passerait-il si, en cas d'urgence, elle devait courir ? Et si elle tombait vraiment malade ? Entrer en contact avec le docteur Maine signifierait l'impliquer dans leur secret. Jusque-là, il n'y avait pas eu d'autres arrestations en rapport avec sa disparition. Cela voulait dire que Quinn n'avait pas mentionné le docteur ou alors que les Allemands hésitaient à poursuivre quelqu'un d'aussi utile sur la base de simples on-dit. Dorothea dit à Hedy qu'elle croyait l'avoir aperçu quittant l'hôpital, deux semaines plus tôt, mais il faisait nuit et elle n'en était pas sûre. Pourvu que ce soit vrai, se disait Hedy.

Elle regarda le calendrier fixé au mur – du fait-maison, à base de coupures de magazines de cinéma, les dates indiquées avec un gros crayon noir. Des images de Noël à Vienne lui revinrent – les illuminations sur les places, les échoppes remplies de produits du marché. Même si sa famille ne célébrait jamais cette fête, elle avait toujours adoré cette atmosphère dans les rues et partagé l'excitation de ses amis ou voisins chrétiens. Une fois, Roda avait reçu en cadeau d'un admirateur une grosse boîte de bonbons roses et jaunes. Elle se demanda ce que Roda faisait aujourd'hui – si elle était encore en vie.

Il y avait un peu plus de six semaines qu'elle

habitait la petite maison de Dorothea. Tous les sept jours, elles disposaient pour elles deux de cinquante grammes de margarine, deux cents de farine, cent de sucre, cent cinquante de viande, plus deux kilos de pain. On ne se souvenait qu'à peine du goût du thé. C'était impossible de se procurer du sel, sauf si on avait accès à l'eau de mer. Chaque vendredi, Dorothea arrivait, son petit visage blême rayonnant, pour étaler triomphalement sur la table de la cuisine le butin de la semaine. Pendant un bref moment, elles se réjouissaient de pouvoir dévorer un déjeuner acceptable – peut-être un morceau de langue, avec un peu de pain sans goût, ou quelques bouchées de mouton rendu mangeable après avoir bouilli avec quelques pommes de terre. Ensuite, elles rangeaient le reste des provisions dans le garde-manger, qu'il allait falloir faire durer les jours à venir. Kurt apportait ce qu'il pouvait, mais se sachant surveillé, il réduisait ses visites à une ou deux par semaine et arrivait souvent les mains vides. Le dimanche précédent, il n'était pas resté plus de dix minutes, pour juste serrer Hedy dans ses bras et l'embrasser sur le front. Parfois, elle se demandait si ce n'était pas celle-là, la pire des privations.

Les heures passaient lentement. Il faisait maintenant complètement nuit dehors – et glacial dans la maison. Elle n'osait pas allumer un feu, alors qu'il restait si peu de bois. En outre, ce serait trop risqué de signaler une présence, alors que Dorothea n'était pas là. En guise de compromis, elle alluma la lampe à pétrole. De la maison voisine s'échappait des bruits de fête joyeuse, des voix très excitées. Elle essaya de se souvenir de ce que c'était, une vie comme celle-là, libre, gaie.

Quand les aiguilles de la pendule indiquèrent huit heures, elle commença à s'inquiéter. Dorothea ne restait jamais dehors aussi tard, même quand elle allait voir sa grand-mère malade. Après le déjeuner, elle avait marmonné quelque chose à propos de rendre visite à un cousin à St Martin's. Hedy avait trouvé cela bizarre, Dorothea n'ayant jamais parlé de ce cousin auparavant et cela ne lui ressemblait pas de ne pas dire exactement où elle allait. Se doutant qu'elle mijotait quelque chose, mieux valait ne pas poser de question.

À huit heures et demie, elle se demanda ce qu'elle ferait si Dorothea ne revenait pas. Il n'y avait pas de téléphone, et d'ailleurs qui appeler ? Elle ne pouvait pas savoir ce qui se passait à l'extérieur, sans même un journal. Elle dépendrait de la visite suivante de Kurt, y compris pour manger. Au fil des minutes, son anxiété grandissait et il lui fallut faire un énorme effort sur elle-même pour ne pas ouvrir les rideaux et jeter un coup d'œil dans la rue noire et déserte.

Soudain elle entendit le clip-clop des sabots d'un cheval et le grincement de lourdes roues de charrette. On voyait rarement des chevaux dans ce quartier et jamais à une heure pareille. Hedy se leva de son siège et, la lampe à pétrole à la main, attendit près de la porte d'entrée, retenant son souffle. Du dehors venaient des bruits bizarres, les grognements de gens qui portent quelque chose de lourd, et puis une espèce de couinement haut perché… Non, se dit-elle, c'est mon imagination… Ça ne peut pas être…

La porte s'ouvrit d'un seul coup et le bruit sembla envahir la petite maison, fait de petits cris, de halètements, de coups, tandis que Dorothea, l'air à la fois apeurée et triomphante, la refermait derrière elle. Hedy, stupéfaite, sentit alors quelque chose frôler ses jambes et poussa un cri. Elle suivit du regard une forme qui se ruait dans le hall d'entrée, et qui couinait. C'était un jeune cochon. Incapable de parler, elle dévisagea Dorothea qui, surexcitée, lui cria : « Vite ! Il faut l'enfermer dans la cuisine ! On doit le tuer avant que les voisins l'entendent. » Le porcelet courait dans tous les sens, pour essayer de sortir de la pièce.

« Mais tu es folle ! Ni toi ni moi ne savons tuer un cochon ! »

Hedy se collait contre le mur, comme si elle craignait que l'animal ne l'attaque. Des phrases souvent entendues dans son enfance lui revenaient en mémoire : « Voici ceux que vous ne mangerez pas… les porcs, car ils ont le sabot fendu mais ne ruminent pas, seront impurs pour vous. Vous ne mangerez pas de leur chair. À leur cadavre vous ne toucherez pas. Ils sont impurs pour vous. » Elle avait depuis longtemps abandonné les règles de la cacherout, la viande de porc étant une des rares qu'on pouvait parfois encore trouver dans l'île – mais en tuer un ? C'était tout à fait différent.

Il y avait dans le regard de Dorothea une lueur qu'elle ne connaissait pas : « On peut le faire, toutes les deux. On se servira de ça. »

Et elle alla fouiller dans un coffre où elle entassait des journaux, tandis que Hedy surveillait anxieusement l'animal qui se cognait partout, dans sa tentative désespérée de s'enfuir. Elle vit Dorothea lui tendre un objet plat, qu'elle ne reconnut pas tout de suite, jusqu'au moment où elle comprit qu'il s'agissait d'un couteau, à lame luisante, d'au moins vingt centimètres.

« Anton me l'avait laissé, avant son départ, au cas où j'en aurais besoin. Il est suffisamment aiguisé. »

Et elle le brandit comme un trophée.

Hedy s'appuya d'une main au mur pour ne pas tomber, n'en croyant pas ses yeux. Elle regardait, hagarde, cette femme inconnue qui cachait chez elle une arme et se préparait à égorger un animal dans sa propre cuisine.

« Non ! Je ne peux même pas le toucher ! Vraiment ! »

Mais Dorothea lui posa une main sur le bras, doucement, puis fermement.

« Je n'y arriverai pas toute seule. Il faut que tu m'aides. »

Hedy continuait à faire non de la tête.

« Il le faut, sinon les voisins vont entendre et

ils pourraient appeler les Allemands. Pour l'instant, ils font la fête, alors allons-y. »

Le petit cochon devenait de plus en plus agité. Ses sabots résonnaient sur les pavés de la cuisine comme de sataniques claquettes. Hedy eut envie de hurler, en voyant son groin rose. La voix de Dorothea était calme : « N'ouvre surtout pas la porte, sinon il ira courir partout dans la maison. Et sors la bassine en métal, celle où on met le petit bois. Elle devrait être assez grande. »

Ayant trop peur pour désobéir, Hedy alla la chercher, en prenant soin de ne pas tourner le dos à l'animal, et la tira bruyamment depuis le placard jusqu'au milieu de la cuisine.

« Bien. Maintenant il faut qu'on attrape ce pauvre malheureux. Et pense à la bonne viande que nous allons manger ! Allez, je vais essayer de le bloquer dans un coin. Fais comme moi, on va le coincer. »

Dorothea ouvrit les bras en émettant des bruits étouffés pour encourager le porc à reculer. Hedy posa la lampe – il ne fallait surtout pas qu'elles se retrouvent dans le noir – et elle aussi tendit les bras pour le prendre ensemble en tenaille. Les couinements devenaient de plus en plus aigus. Elle aurait voulu fermer les yeux, ne plus rien voir, mais elle continuait à fixer leur proie terrifiée. Dorothea se mit à genoux et attrapa l'animal pour le coucher sur le dos.

« Prends-le par les pattes de devant, Hedy, vite. »

Elle obéit, en tournant la tête de côté dans

sa terreur d'être mordue et réussit à saisir une patte, puis l'autre. Dorothea, en avançant un peu, s'empara des pattes arrière :

« Aide-moi à le mettre dans la bassine, sur le dos ! Essaie de le maintenir pendant que je l'égorge. »

Hedy entendit sa propre voix crier : « Je ne peux pas ! Je ne peux pas !

— Si, tu peux ! Il est petit, il n'est pas très lourd. Allez, on le soulève ! »

Au prix d'un gros effort, elles réussirent à faire tomber la bête gigotant et se contorsionnant dans la bassine, Hedy lui maintenant les pattes. Il y eut alors un jaillissement de matières fécales dont l'odeur lui envahit les narines. Elle eut un haut-le-cœur et sentit qu'elle allait vomir.

« Vite ! »

C'était Dorothea qui criait, maintenant. Il fallait en finir rapidement si on ne voulait pas que les voisins entendent. Hedy la vit brandir son couteau et l'enfoncer de toutes ses forces dans la gorge du petit porc. Les cris s'arrêtèrent net, mais il bougeait de plus en plus.

« Encore, encore ! hurla Hedy. Il n'est pas mort ! »

Dorothea retira le couteau et frappa de nouveau. Aussitôt il s'immobilisa, à moitié couvert de sang et de matières. Hedy courut à l'évier et vomit de la bile verte et de l'eau, tout ce qu'elle avait dans l'estomac. Quand elle se retourna, Dorothea avait empoigné la bête par le cou pour l'ouvrir en entier. Elle ôta les entrailles et les jeta dans le répugnant mélange. Quand le sang cessa de couler, elle regarda Hedy avec une expression d'intense soulagement. C'est seulement alors que celle-ci, entendant sa respiration entrecoupée et voyant ses yeux pleins de larmes, réalisa l'effort surhumain qu'elle avait dû faire. Elle s'approcha et lui serra le bras : « Bravo. C'était extraordinaire. »

Dorothea ferma les paupières et secoua la tête : « Allons, il faut d'abord nettoyer tout ça. J'irai enterrer les entrailles dehors. Après – et elle sourit – après, on préparera notre dîner de Noël. »

*

Hedy fit rouler la bouchée de foie de porc sur sa langue, pour mieux la savourer. Elle avait déjà mangé un des rognons et un peu du cœur, mais gardé le meilleur pour la fin. Du jus coula du coin de sa bouche, qu'elle essuya avec un doigt pour le lécher ensuite. Au même instant, Dorothea faisait exactement la même chose et elles se mirent à glousser comme des gamines. Hedy prit une autre bouchée, s'étonnant elle-même. Elle s'était attendue à du dégoût, ou au moins à des regrets, après que la bête eut été égorgée, à des nausées en nettoyant la carcasse sous le robinet d'eau froide, et elle imaginait la réaction horrifiée de sa mère. Mais là, elle sentait chaque cellule de son corps revenir à la vie, comme une plante desséchée qu'on arrose enfin. On entendait toujours les chants et les rires, chez les voisins créant une atmosphère de fête. La lumière de la lampe à pétrole dansait sur le mur. Dorothea avait ouvert une bouteille de beaujolais qu'elle gardait pour une occasion spéciale et même s'il avait un peu un goût de vinaigre, c'était comme du velours dans la bouche, et à la troisième gorgée, Hedy en sentait l'effet.

« Qu'est-ce qu'on va faire avec le reste ? demanda-t-elle, en sauçant son assiette avec un petit morceau de pain.

— Demain on l'écorchera et on le découpera. Et on gardera tout ça dans le grenier, où il fait froid. Ne t'inquiète pas, je le mettrai le plus loin possible de ton lit. Ça devrait nous durer une semaine.

— Et si on stockait tout dans la cour ?

— Trop dangereux. Quelqu'un pourrait le voler ou un chien s'en emparer.

— Et si on n'arrive pas à tout manger dans la semaine ?

— J'irai échanger ce qui reste contre des œufs ou du lapin. On peut encore trouver ça à la campagne, si on sait où s'adresser.

— Et comment ton cousin a fait ? Je croyais que les Allemands comptabilisaient les naissances de tous les porcelets ?

— Les fermiers ont des trucs à eux. Pendant que les Boches ne regardent pas, ils font passer une truie dans un autre enclos, pour qu'elle compte comme une bête de plus. Comme ça, quand il en manque une, ils ne s'en aperçoivent pas. Un jour, il paraît qu'un fermier a mis un bonnet à un de ses porcs et l'a couché dans son lit. Il a dit aux Boches que c'était sa mère, malade. Ils ne sont même pas entrés dans la chambre ! »

Hedy éclata de rire et elles continuèrent à manger pendant quelques minutes, puis elle demanda : « Mais je ne comprends toujours pas pourquoi ton cousin a été d'accord pour nous venir en aide. Je croyais qu'à part ta grand-mère, personne de la famille ne voulait plus t'adresser la parole ? »

Dorothea baissa les yeux et hésita un peu avant de répondre :

« Il ne voulait pas m'aider et il a dit clairement que ce serait juste cette fois. Nous ne pourrons plus rien lui demander.

— Alors, pourquoi aujourd'hui ? Parce que c'est Noël ? »

Dorothea secoua la tête.

« Je lui ai dit qu'Anton était mort.

— Quoi ? Tu as menti à un membre de ta famille ?

— Je ne sais pas si c'est un mensonge.

— Dorothea !

— Je n'ai pas de nouvelles depuis des mois. Anton peut très bien être mort. »

Hedy se renfonça sur sa chaise, prise de pitié d'un seul coup.

« Tu ne le penses pas vraiment ? Sinon, comment peux-tu continuer comme tu le fais ? »

Dorothea la regarda bien en face :

« J'aime Anton de tout mon cœur, mais nous devons tous regarder la réalité. Dieu trouvera un chemin pour moi, pour chacun d'entre nous, si c'est sa volonté. »

Hedy, mal à l'aise, s'agita un peu.

« Tu crois encore en Dieu ? Après ces dernières années ? »

Dorothea eut l'air surprise :

« Bien sûr. »

Elle se concentra de nouveau sur son assiette et la nettoya d'un doigt, pour ne rien laisser, pas une miette. Hedy, qui fit de même, regarda les cernes sombres sous ses yeux et les quelques cheveux gris sur ses tempes. Mais elle voyait aussi sa mâchoire ferme et ses lèvres pâles qui se serraient quand elle était obligée de décider quelque chose.

Dorothea se leva, ramassa la vaisselle et la porta à l'évier. Hedy l'arrêta.

« Et c'est pour ça que tu as accepté de me cacher chez toi ?

— Qu'est-ce que tu veux dire ?

— Parce que tu crois que c'est ce que Dieu veut ? Parce que c'est ton devoir ?

— Je n'y ai jamais pensé comme ça.

— Mais tu sais ce que tu risques. Et si Anton est toujours en vie ? Il pourrait être de retour dans moins d'un an. Vous êtes jeunes, tous les deux, vous avez le reste de votre vie à passer ensemble. Et tu as choisi de tout compromettre juste pour moi ? »

Dorothea eut l'air de réfléchir, revint s'asseoir et reposa les couverts sur la table.

« Honnêtement, je n'ai réfléchi à rien de tout ça. Tu es la meilleure amie d'Anton et tu étais en danger. C'était juste ce qu'il fallait faire. »

Hedy secoua la tête :

« Je ne veux pas être responsable s'il t'arrive quelque chose. Kurt pourrait trouver un autre endroit pour moi.

— Ne dis pas de bêtises » – et Dorothea vint la serrer dans ses bras. « Tu es bien plus en sécurité ici. Et je suis contente d'avoir de la compagnie. »

Elle se reculait déjà, s'attendant que Hedy se dégage, comme elle l'aurait fait habituellement, mais cette fois, elle répondit à son étreinte et dit : « Merci. »

Elles restèrent un moment l'une contre l'autre, jusqu'à ce que des coups, suivant le code, fussent frappés à la porte. Elles sursautèrent. Dorothea courut ouvrir et Kurt se glissa dans l'entrée, le col de son manteau relevé, contre le froid et pour ne pas être reconnu. Hedy, excitée par le vin et les évènements de la soirée, se jeta contre lui pour l'embrasser passionnément. Puis elle et Dorothea se mirent à parler à la fois pour raconter avec enthousiasme l'arrivée du porcelet, le drame quand il avait fallu le tuer, le merveilleux repas.

Kurt les écouta, stupéfait, avec un mélange d'admiration et d'horreur.

« Si une patrouille avait contrôlé la charrette en train d'arriver ici, vous auriez été arrêtées toutes les deux, et le cousin aussi. Et vous auriez tous été jetés en prison.

— Je sais », dit Dorothea.

Il jeta un coup d'œil à Hedy, qui se contenta de hausser les épaules.

« Kurt, elle a fait ça pour nous. Je crois qu'elle a été incroyablement courageuse. »

Il leva le petit verre de vin que Dorothea venait de lui servir.

« Tu as raison. Joyeux Noël, et qu'il soit meilleur l'année prochaine. »

Puis il les regarda alternativement, trop gêné pour exprimer ce qu'il avait envie de dire : « À mon cantonnement, on ne va pas s'apercevoir de mon absence pendant au moins deux heures… »

Sans attendre, Dorothea lui fit signe de la main, ainsi qu'à Hedy, de quitter la pièce.

« Prenez ma chambre. Je dois maintenant nettoyer la cuisine. Allez, allez, profitez-en. C'est Noël, après tout. »

Kurt inclina la tête pour la remercier et entraîna vers l'escalier Hedy rougissante, qui se pencha sur la rampe et dit : « Merci, tu es une très bonne amie, Dory. Tu sais, je crois qu'Anton est vivant. Et il serait vraiment fier de toi. » Puis elle suivit Kurt jusqu'en haut des marches, sentant son corps devenir brûlant.

10

JUIN 1944

« Hedy ! Hedy ! Réveille-toi ! »

Elle s'assit d'un seul coup sur son matelas, en se cognant un peu la tête contre une poutre, paniquée avant de vraiment se rendre compte de ce qui se passait. Dans les minces rayons de lumière filtrant par les fentes du plancher, elle devina la silhouette de Dorothea qui souriait.

« Quoi ? Qu'est-ce qui se passe ?

— Écoute ! Tu les entends ? »

Hedy resta immobile. Le bruit, qui venait du dehors, était encore lointain, mais suffisamment fort pour traverser les murs, de toute évidence le grondement rythmé de moteurs d'avion. Pas un ou deux, comme d'habitude, mais des douzaines, peut-être des vingtaines. Il était accompagné du crépitement intermittent, plus proche, des batteries antiaériennes. Elle repoussa les couvertures de ses jambes et dit : « Je veux les voir. »

Dorothea acquiesça, redescendit par l'échelle dans sa chambre, juste en dessous, suivie de Hedy.

Elles se précipitèrent à la fenêtre, ouvrirent le rideau et celui du couvre-feu, puis guettèrent s'il y avait des voisins dehors. Voyant que personne n'était encore sorti, Dorothea tendit à Hedy une serviette : « Enroule ça sur ta tête, comme si tu venais de te laver les cheveux. Si quelqu'un te voit, je pourrai dire que c'était moi. »

Hedy obéit et colla son visage au carreau, dévorant des yeux la cour arrière et les maisons voisines du monde extérieur, les couleurs oubliées depuis si longtemps, lumineuses même en ce jour inhabituellement couvert pour la saison : le vert des pelouses, les bleus et lilas délicats des nuages chargés de pluie. Mais le plus excitant, c'était le lointain, ce ciel où se succédaient des avions en formation serrée, fonçant vers les côtes françaises, encore plus, toujours plus. Elle finit par laisser retomber le rideau.

« Cela a commencé à quelle heure ?

— Il n'y a pas longtemps et ça ne semble pas devoir s'arrêter.

— Alors c'est ça ? L'invasion alliée ?

— Je ne vois pas ce que ça peut être d'autre. »

Hedy serra involontairement les poings et les dents : « Génial ! Que ces salauds en prennent plein la figure ! »

Puis elle vit le visage de Dorothea, se crispa et regretta aussitôt ce qu'elle venait de dire : « Oh Dory, je suis désolée !

— Ne t'inquiète pas. Je comprends. Je vais aller au marché, essayer de savoir ce qui se passe. »

Elle enfila vite une veste, ses mains tremblaient.

« Fais attention, les Boches doivent être sur le qui-vive. »

Ensuite, Hedy fit sa toilette, s'habilla, puis essaya, sans succès, de trouver quelque chose à faire jusqu'au retour de Dorothea. Le tic-tac de la pendule rythmait le temps, tandis qu'on entendait toujours le grondement lointain des avions et les salves des batteries allemandes. Elle mourait d'envie d'allumer la radio cachée dans un placard, mais n'osa pas le faire. Il n'y avait plus rien pour le déjeuner, mais elle était trop nerveuse pour manger.

Finalement, un peu après quatre heures, Dorothea revint, rouge d'excitation.

« C'est de la folie, dehors ! »

Sa parole était entrecoupée et Hedy sentit que la crise d'asthme menaçait.

« Tout le monde a le sourire, certains arborent même une cocarde bleu, blanc, rouge. Mais des camions pleins de soldats vont renforcer la protection des canons et de leurs cantonnements. On m'a dit qu'ils bloquent les routes avec des barbelés autour de la ville.

— Donc les Boches pensent que c'est bien une attaque alliée de grande échelle ?

— Sans doute. Ils contrôlent toutes sortes de gens, de simples passants, des cyclistes, vérifient leurs papiers. Il y a quantité de rumeurs. Quelqu'un prétend avoir vu un navire américain dans la baie de St Aubin ce matin, mais c'est stupide. Une femme assure avoir aperçu Churchill lui-même dans une voiture. Elle doit avoir perdu la tête. »

Hedy caressa la main de Dorothea qui prenait une teinte mauve et devenait dure et glacée comme de la pierre.

« Il faut rester calme. Il y aura davantage de nouvelles à la BBC ce soir. Je suppose que tu n'as pas vu Kurt ?

— Non. Je doute qu'il puisse venir ici ces jours-ci. Ils sont en alerte maximum. »

Mais un peu avant neuf heures, comme elles terminaient leur repas de macaronis et que Dorothea allait chercher la radio, on entendit les quatre coups à la porte. Le visage gris, les yeux lourdement cernés, il s'écroula sur une chaise et ôta sa casquette :

« C'est énorme... vraiment énorme. Des milliers d'hommes débarquent sur les plages de Normandie, avec une gigantesque couverture aérienne. C'est sûrement le début de la fin.

— Mais alors, qu'est-ce qui va se passer ici, dans les îles, je veux dire ? » demanda Dorothea, debout près de l'évier, sur la pointe des pieds, tellement elle était excitée.

Kurt sortit de la poche intérieure de son manteau le journal du soir.

« Voyez vous-même. »

Hedy le prit, le déplia et lut à haute voix la proclamation en tête de la première page :

Les ennemis de l'Allemagne sont sur le point d'attaquer le sol français. Je demande à la population de Jersey de garder la tête froide, de rester calme et de s'abstenir de tout acte hostile ou de sabotage à l'égard des forces allemandes, même si les combats venaient jusqu'ici. Au premier signe de trouble de l'ordre public, je ferai interdire les rues à la circulation et nous prendrons des otages. Des attaques contre les forces allemandes seront punies de mort. Signé : le Haut Commandement.

Elle gémit :

« Ils ont l'air d'avoir très peur. Ils s'attendent vraiment que la population se rebelle ?

— Dieu seul le sait, répondit Kurt. Ils prennent certaines précautions. Ils font repartir par bateau des membres de leur personnel qu'ils considèrent comme non essentiels, par exemple des infirmières ou des employés de cantine. Et ceux qui travaillent à College House vont dormir sur place, en cas d'attaque surprise, même si je ne vois pas à quoi cela peut servir.

— Donc ils n'ont pas l'intention de se rendre ?

— De très nombreux simples soldats seraient très contents de se rendre. Mais les officiers supérieurs refusent d'en entendre parler. Avec les systèmes de défense mis en place, surtout les deux dernières années, il pourrait y avoir un bain de sang. »

Il se frotta les yeux, comme pour essayer d'effacer certaines images.

« Mais je me doute que les Alliés savent tout ça. C'est pourquoi je ne crois pas que… »

Hedy sentit sa vague d'espoir refluer.

« Tu ne crois pas quoi ? »

Il poussa un très profond soupir : « Les Alliés vont chercher à limiter leurs pertes. À leur place, je foncerais, je voudrais prendre pied immédiatement sur le continent. Les îles Anglo-Normandes sont très petites. Il y aura tout le temps d'y revenir plus tard, quand le front ennemi aura reculé. »

Prise de vertige, Hedy se laissa tomber sur la deuxième chaise.

« Tu veux dire… qu'ils vont juste nous contourner ?

— C'est très possible.

— Mais si ça arrive, nous serons complètement coupés du monde. Nous ne recevrons rien, ni vivres, ni essence de nulle part. Comment pourrons-nous survivre ? Nous mourrons de faim tous ensemble. »

Kurt lui prit la main, ce qui ne réussit pas à la réconforter, tandis qu'elle sentait une grosse boule se former dans sa gorge.

« Exactement. »

*

« Les lignes de téléphone resteront coupées. Une partie de la prison de Gloucester Street sera réquisitionnée pour les blessés et on installera le drapeau de la Croix-Rouge sur le toit. Les réserves alimentaires seront extraites des dépôts de campagne et acheminées en ville… »

Le baron Von Aufsess fit une pause dans la lecture à voix haute de sa liste, comme si, dans sa tête, il se préparait à en supprimer quelques articles. Kurt, qui s'était placé à au moins six mètres de lui, aurait juré l'entendre pousser un petit soupir avant de tousser et de reprendre, de sa voix précise, aristocratique, qui résonnait à travers la pièce. Il était maintenant question de stocks de pommes de terre et de recommandations de ne pas aller sur les plages. C'était le cirque habituel : protéger la garnison, dominer la population, ne pas se rendre.

Kurt regarda autour de lui. Par les fenêtres de College House, le soleil brillait, des mouettes tournoyaient dans la brise d'été, et très haut dans le ciel d'azur, les avions alliés se succédaient. De temps à autre résonnaient à travers la Manche les détonations des énormes canons. La nuit précédente, les Allemands avaient abattu un appareil anglais à Les Landes qui s'était écrasé en détruisant deux maisons.

Le baron continuait à énumérer les dernières instructions et les priorités : les militaires devaient user de discrétion, mais taper fort à la moindre tentative de révolte. Au stade actuel, la déportation de tous les civils vers la France ne pouvait pas être exclue. Kurt passa en revue les visages hagards et tendus autour de lui, sous une apparence de stoïcisme, et il se demanda qui ils croyaient tromper. Cela lui faisait penser aux cinémas où il allait voir les films de Béla Lugosi dans son adolescence, quand les gamins bombaient le torse et prétendaient ne pas avoir peur. Cela faisait plusieurs jours que son estomac se contractait tant il avait faim et à l'odeur ambiante âcre, il savait qu'il n'était pas seul dans ce cas.

Von Aufsess arriva à la fin de sa liste et fit distribuer par un de ses assistants des ordres spécifiques à chacun. Kurt était chargé de vérifier que chaque camion du Lager serait en état de marche, car on pouvait avoir besoin d'intensifier les capacités de transport. Au moment de partir il aperçut Wildgrube au fond de la pièce. Ainsi que tous les membres de la police secrète, il était ce jour-là en uniforme. À sa démarche assurée et son regard satisfait, Kurt, qui ne l'avait jamais vu ainsi accoutré, comprit que cela lui plaisait beaucoup, en donnant à ce sale prétentieux un air indéniable d'autorité. Espérant l'éviter, il se hâta vers la sortie, mais une minute plus tard, Wildgrube était juste derrière lui.

« Kurt, mon ami, comment allez-vous ?

— Bien, Erich, bien. Vous êtes très élégant.

— Nous devons nous montrer sous notre meilleur jour, notre meilleur atout, étant donné ce qui nous attend. »

Kurt acquiesça, espérant que la conversation s'arrêterait là. Il n'avait que très peu revu Wildgrube depuis sa tentative de l'intimider au Lager. Il espérait que sans indices nouveaux, les recherches avaient cessé. Ayant repéré des types de la police secrète près de son cantonnement à quelques reprises, il avait renoncé ces jours-là à se rendre à West Park Avenue, au cas où on l'aurait suivi. Mais il semblait bien que Wildgrube avait désormais d'autres chats à fouetter. Il lui adressa un sourire poli et voulut avancer, mais sentit que l'espion le retenait par le bras.

« Bien sûr, les événements récents nécessitent que nous fassions un peu de ménage…

— De ménage ?

— De vieilles histoires, des problèmes non résolus. Il faut réduire le nombre de bouches à nourrir sur cette île.

— C'est-à-dire ?

— Oh, nous devons nous assurer qu'il n'y a pas d'anciens parasites en train de traîner quelque part. Une chose, Kurt… »

Il esquissa un mauvais sourire, comme un cobra qui vient de repérer une souris blessée : « Je suis réputé pour être très scrupuleux en ce qui concerne la propreté… »

Une tape sur l'épaule et il s'en fut, vite perdu dans la cohue. Kurt le regarda partir. Wildgrube n'avait pas plus d'informations sur Hedy que la semaine de sa disparition. Il jouissait simplement de pouvoir proférer des menaces. S'il avait découvert quoi que ce soit, il aurait adoré faire traîner Kurt au Sterling, le célèbre centre d'interrogatoire. Il y avait trop de problèmes en perspective cette semaine, de vrais dangers, imminents, bien plus sérieux que les provocations exaspérantes de cet idiot.

Kurt se fraya un chemin dans le couloir, guettant les réactions à la réunion sur les visages des autres officiers. Certains restaient sombres et silencieux. D'autres optaient pour une fausse assurance, « enfin, il va y avoir réellement de l'action ». Il fourra ses mains dans ses poches pour se donner une allure martiale et sentit aussitôt la doublure de celle de droite se découdre. Il jeta un coup d'œil au grand miroir du hall d'entrée pour vérifier si cela se voyait. Il avait tellement maigri que son uniforme flottait sur lui. On aurait dit un gamin affublé des vêtements de son père. Une tache de graisse au genou de son pantalon avait résisté au lavage effectué de mauvaise grâce par Mrs Mezec. Et il remarqua en plus qu'il manquait un bouton à sa veste, ce qui la faisait bâiller au lieu de rester bien ajustée. Le Reich de mille ans, se dit-il ironiquement, était littéralement en train de se déchirer de partout.

*

« Ça, c'est vraiment ma scène super préférée. » Les yeux de Dorothea scintillaient au souvenir de ce moment. Elle avait posé ses mains à plat sur les pages de l'album ouvert sur la table : « Quand elle laisse tomber Westley au pied de l'autel et part en courant jusqu'à sa voiture. Tu comprends, c'est Peter qu'elle aime en réalité, et elle vient de réaliser que le véritable amour est plus important que tout.

— Et son père est d'accord ? »

Hedy caressait du doigt les contours du visage de Claudette Colbert. Les bords se décollaient et l'oreille droite avait déjà disparu.

« C'est son père qui lui dit de s'enfuir ! Il sait

qu'elle n'est pas vraiment amoureuse de Westley, tu vois, et il veut qu'elle soit heureuse. »

Dorothea tourna la page. Par la fenêtre de la cuisine, les rayons roses et dorés du soleil couchant venaient éclairer les images un peu froissées.

« Quand tout sera terminé, je t'emmènerai voir le film. Je l'adore.

— Ça me plaira. Ça a l'air formidable. »

Puis Hedy rassembla lentement les deux assiettes et les couverts de leur dîner composé de pommes de terre sans sel et les porta dans l'égouttoir – pommes de terre restées dures à l'intérieur et qui pesaient sur l'estomac. Maintenant qu'il n'y avait plus de gaz, on était forcé d'avoir recours au four communal et quand Dorothea allait voir, en fin de journée, ce qui restait, c'était vraiment à la fortune du pot et pas toujours suffisamment cuit.

« Tu ne penses jamais à tes parents ? » demanda Hedy, posant la question sans y avoir vraiment réfléchi et qui la regretta aussitôt. Dès qu'on lui parlait de sa famille, Dorothea faisait comme un pas de côté, indiquant clairement qu'elle refusait d'aborder le sujet. Toutefois, depuis plusieurs semaines, elles évoquaient plus facilement qu'avant des questions plus personnelles.

Les yeux fixés sur ses albums de photo, Dorothea répondit :

« Quelquefois.

— Tu n'as pas envie d'aller les voir ?

— Ce serait une perte de temps. Mon beau-père ne me le permettra pas.

— Tu en es sûre ? Cela fait longtemps maintenant. »

Un long silence suivit, tandis qu'elle feuilletait les pages. Après Claudette Colbert venait Katharine Hepburn, posant à côté d'un Cary Grant énamouré. Hedy insista :

« Kurt m'a raconté que beaucoup de gens âgés tombent malades parce qu'ils n'ont plus de médicaments ni de quoi manger.

— Je sais.

— Oui, mais… Si moi j'avais la possibilité de revoir les miens ne serait-ce qu'une fois, même si c'était douloureux…

— Hedy, j'ai essayé, d'accord ? J'y suis allée en février, pour l'anniversaire de ma mère. Mon beau-père n'est pas venu jusqu'à la porte et il a crié que si ma mère ne rentrait pas immédiatement, il en aurait fini avec elle aussi. »

Dorothea avait haussé le ton, ce qui ne lui ressemblait pas, en refermant brutalement son album. Puis elle recula sur sa chaise, honteuse de s'être emportée.

« Ma grand-mère leur a écrit, il a déchiré la lettre. Il l'avait dit : je suis morte pour eux. »

Hedy posa la main sur son bras.

« Je suis désolée. Tu ne m'en avais pas parlé.

— Tu as assez de problèmes toi-même.

— C'était courageux de ta part d'essayer. »

Dorothea haussa un instant ses sourcils finement épilés, réfléchit, puis dit :

« J'aimais tellement Anton… Et j'ai réellement cru que rien d'autre ne comptait. Mais maintenant… »

Elle se tourna vers la fenêtre et les ultimes lueurs du soleil éclairèrent le bleu extraordinaire de ses yeux.

« Maintenant, je n'en suis plus aussi sûre… même s'il revient. Au moins, Kurt et toi, vous êtes ensemble. Quelquefois, quand je vous vois tous les deux…

— Je suis désolée. Nous n'essayons pas de…

— Ne dis pas de bêtise. Vous ne voudriez jamais me faire du mal. »

Hedy eut brusquement honte, en se souvenant combien Dorothea lui avait déplu au début, au point d'espérer que son mariage avec Anton ne se ferait pas – ce que celle-ci avait dû plus ou moins sentir. Et pourtant, il n'y avait aucune trace de ressentiment dans ses grands yeux si confiants. Mais soudain, elle se mit à tousser :

« Est-ce qu'il nous reste de la farine de moutarde ?

— Je ne sais pas, pourquoi ?

— J'ai du mal à respirer. »

Hedy courut jusqu'au garde-manger et chercha sur toutes les étagères le petit flacon. Oui, il était là et il en contenait encore à peu près une cuillerée. Elle l'attrapa et revint près de Dorothea : « Je l'ai. Donne-moi une minute. »

Elle en versa un tout petit peu dans une soucoupe, mouilla ses doigts au robinet et fit couler quelques gouttes pour obtenir une sorte de pâte jaune. Puis elle déboutonna le chemisier de Dorothea, qui respirait maintenant par à-coups, et lui frotta la poitrine, jusqu'à ce qu'elle gémisse. « Ça brûle !

— Je sais. Mais ça va t'aider. Essaye de respirer plus régulièrement. Compte avec moi, tu inspires jusqu'à cinq, puis tu expires jusqu'à cinq aussi. »

Hedy essayait de parler le plus calmement possible, mais son esprit s'égarait. Et si Dorothea devenait toute bleue, et commençait à perdre conscience, que devrait-elle faire ? Kurt ne reviendrait pas avant le lendemain, au plus tôt. Demander de l'aide aux voisins – impossible. Elle ne les avait jamais vus et ignorait si on pouvait leur faire confiance quand surgirait devant eux une inconnue.

« … cinq. Maintenant, tu expires, un, deux, trois, quatre, cinq. Allez, Dory, tu vas y arriver. »

Elle essaya d'élaborer un plan. Peut-être traîner Dorothea jusqu'à la porte de la maison d'à côté, frapper et repartir tout de suite sans être vue. L'hôpital se trouvait à dix minutes, sûrement quelqu'un irait chercher de l'aide ? Mais même là, les chances de trouver des médicaments étaient proches de zéro.

« Allez, on continue. Tu y arrives. »

Mais Dorothea avait le souffle de plus en plus court. Et ses lèvres prenaient cette teinte mauve si inquiétante. Ses paupières se fermaient peu à peu, elle commençait à s'effondrer sur la table. Hedy la redressa, la tint bien droite sur sa chaise, tout en lui caressant les cheveux et répétant des mots d'encouragement. Mais les minutes passaient, interminables, et sa respiration devenait de plus en plus sifflante. Il allait falloir prendre une décision.

« Dory, il faut que j'aille chercher de l'aide. Essaye de tenir bon. »

Elle se tournait pour partir quand elle sentit qu'on l'attrapait par le poignet. Un instant, elle eut du mal à croire que c'était Dorothea, qui littéralement, la clouait sur place et d'une voix étranglée essayait d'articuler. « Non ! Trop dangereux !

— Je sais. Mais c'est à l'hôpital que nous avons notre seule chance de trouver du secours.

— Non ! Pas la peine ! »

Et elle serra le bras de Hedy encore plus fort, en tendant l'autre main, les doigts écartés : « Cinq minutes ! »

Voyant que sa suggestion ne faisait qu'aggraver son état et craignant qu'elle ne survive pas à son absence, Hedy revint s'asseoir, redoutant de faire le mauvais choix. Dorothea, le visage extrêmement concentré, livrait une véritable guerre au plus profond d'elle-même, la respiration toujours aussi incertaine. Les derniers rayons du soleil faisaient place à une pâle lumière bleuâtre et le temps semblait interminable. Et puis Hedy sentit la pression sur son bras devenir moins forte, le souffle plus lent. Dorothea leva un doigt de sa main libre pour indiquer que les choses étaient en train de changer. Au bout de quelques minutes, ses lèvres et son front retrouvèrent un peu de leur vraie couleur.

« Ça va aller. »

Son soulagement fut tel que Hedy sentit une boule se former dans sa gorge.

« Dieu soit loué. Mais la prochaine fois… »

Dorothea secoua la tête : « Non ! Jamais plus ! On a réussi à arriver jusque-là. On doit maintenant aller jusqu'au bout. »

C'était maintenant à son tour de réconforter Hedy qui s'effondra et se mit à sangloter comme un bébé.

*

Le crabe, bien entortillé dans du papier journal, plus une taie d'oreiller déchirée, était si serré contre sa poitrine que Kurt le sentait gigoter. Il avait regardé le poissonnier lui attacher les pinces avec de la ficelle, mais c'était quand même une drôle d'expérience de sentir cette créature remuer à ce point pour se dégager de sa prison humaine. Cela lui avait coûté une bonne partie de sa solde, ainsi que la moitié de sa maigre ration de cigarettes, mais tant pis. Il remontait Cheapside, un bras bien en place, imaginant le visage de Hedy quand il lui présenterait son butin. Évidemment, il n'y aurait pas de mayonnaise, ni même sans doute de pain, mais il avait adroitement bricolé, au cours d'une récente visite, un astucieux système, dans la cheminée, avec une vieille boîte de peinture suspendue, qui permettait de faire bouillir le crabe – évidemment, s'il restait assez de bois. Il les voyait déjà toutes les deux en train de casser les pinces et de manger cette chair délicieuse avec les doigts. Et il sourit.

Au coin de l'avenue, il fut obligé d'admettre que le soupçon qu'il sentait grandir depuis quelques minutes était fondé : on le suivait. Il regarda derrière lui, comme pour vérifier la circulation et aperçut quelqu'un en imperméable et chapeau mou, qui se rencognait dans une porte cochère en prétendant lire un journal. De là où il était, il ne pouvait pas dire s'il s'agissait de Wildgrube – le chapeau indiquant plutôt que non – mais à son attitude, le personnage aurait pu être un de ses hommes de main. De toutes les façons, aller maintenant directement à West Park Avenue était hors de question. Il entra dans le petit parc par le chemin qui menait vers le nord d'Elizabeth Place, en sens inverse. Si ce type le suivait toujours, ce changement de direction allait l'obliger à sortir du bois. En ce qui le concernait, Kurt savait qu'on ne pouvait rien lui reprocher. Il avait acheté le crabe tout à fait légalement et à partir de là, il pouvait s'en prendre à l'espion à visage découvert. Il se prépara à protester violemment, à exprimer sa légitime indignation sur ce gaspillage d'énergie que représentait le fait d'espionner des officiers allemands pendant leur précieux temps libre.

En quittant le parc pour remonter la rue, il regarda derrière lui. L'homme le suivait toujours, à une certaine distance, maintenant sans même cacher son jeu. Il avançait lentement, Kurt se demanda s'il n'était pas malade plutôt qu'incompétent dans sa manière de faire. Les rations alimentaires venaient encore de diminuer affreusement et peut-être que la tuberculose, qui touchait de plus en plus la population, commençait à s'en prendre aux membres de la police secrète. Bien fait pour ces salauds, se dit-il. Raison de plus pour marcher plus vite et le semer.

Il accéléra donc et, arrivé au coin de Parade Road, prit à gauche, pour courir à petites foulées le long des maisons à terrasses. Il savait qu'en passant par là, il arriverait dans la ruelle parallèle aux cours arrière de West Park Avenue. S'il réussissait à mettre assez de distance entre eux, il pourrait se glisser chez Dorothea sans que ce type sache où il avait disparu. Mais en se retournant encore, il vit qu'il était toujours là.

Il changea son plan. Il se trouvait trop près du but maintenant pour prendre le moindre risque. Il n'était pas impossible que Wildgrube et ses sbires viennent mettre toute la rue sens dessus dessous à l'idée de découvrir quelque chose qui serait porté à leur crédit ou favoriserait une promotion. Kurt décida donc de revenir à sa première idée : affronter l'espion directement – qui de loin semblait épuisé, au point de s'appuyer contre un mur, lui donnant à lui un avantage de plus. Il fonça dans sa direction et de son ton le plus officiel demanda : « À quoi croyez-vous jouer ? » mais quand l'homme releva la tête, il en resta bouche ouverte. Deux ans avaient passé, mais il le reconnut tout de suite, même s'il avait maigri et beaucoup vieilli : « Docteur Maine ?

— Je suis désolé… J'aurais dû aller directement chez Miss Le Brocq, je veux dire Mrs Weber. Mais je n'étais pas trop sûr de ce qu'il fallait faire. On ne veut pas attirer l'attention dans des circonstances aussi délicates. Vous comprenez ? »

Kurt fit oui de la tête.

« Puis je vous ai reconnu, quand vous traversiez Cheapside et je me suis douté de l'endroit où vous alliez.

— Il est arrivé quelque chose ? »

Et Kurt regarda autour de lui, pour vérifier qu'il n'y avait personne, mais redoutant quand même les paires d'yeux qu'il imaginait à l'affût derrière des rideaux. Maine répondit : « J'ai bien peur que oui. Et c'est très sérieux. »

*

« Mais je ne connais pas cet homme. Je ne comprends pas… »

Dorothea était assise tout au bord de sa chaise, les doigts dans la bouche, à se ronger ce qui lui restait d'ongles. Hedy la regardait, puis Kurt, en essayant de contrôler les violents battements de son cœur. Le crabe gigotait dans l'évier de la cuisine, son exécution remise à plus tard.

« La police secrète est allée chercher Fintan

Quinn la semaine dernière pour l'interroger à nouveau, cela fait partie du "ménage" que se vante d'effectuer Wildgrube, expliqua Kurt. Ils ont dû trouver un moyen de faire pression sur lui, parce que cette fois, il leur a livré le nom du docteur, ce qui établissait un rapport avec le vol de bons d'essence ; dès le lendemain, ils sont allés chercher Maine pour le questionner, lui aussi. »

À l'idée de celui-ci, si gentil, si fatigué dans une salle d'interrogatoire, Hedy horrifiée, ferma les yeux.

« Il ne leur a bien sûr rien dit, poursuivit Kurt, et ils n'ont aucune preuve, donc ils l'ont laissé repartir, mais ils ont épluché la liste de ses patients et ont trouvé le nom de Dorothea. Maintenant, ils essayent de relier les différents points entre eux, espérant que cela les conduira jusqu'à Hedy. »

Celle-ci avala un bon coup.

« Donc ils vont venir fouiller ici ?

— Le docteur Maine n'était pas sûr, mais en s'en allant, il croit avoir entendu dans le couloir quelqu'un dans un bureau, dont la porte était ouverte, parler de *Freitag* – mais son allemand n'est pas bon.

— Vendredi ! Mais c'est ce soir ! »

Les yeux de Dorothea s'écarquillèrent de peur.

« C'est pourquoi il n'y a pas de temps à perdre.

— Doit-on cacher Hedy dans le grenier ? »

Hedy eut l'impression que tout se mettait à

tourner autour d'elle et que son sang se glaçait dans ses veines. Le moment était finalement arrivé. Elle cessait d'être une personne, elle devenait un problème, dont il fallait discuter et sans doute cacher comme un fusil ou un poste de radio qu'il est illégal d'avoir. Elle ouvrit la bouche pour dire quelque chose, mais rien n'en sortit.

« Le grenier, c'est beaucoup trop dangereux, expliquait Kurt. C'est là qu'ils iront regarder en premier.

— Mais où peut-elle aller ? S'ils soupçonnent aussi le docteur Maine…

— Je crois que j'ai une idée, coupa Kurt. Mais d'abord, il faut sortir le poste de radio de la maison. Vous connaissez quelqu'un chez qui le laisser ?

— Oui, dit Dorothea, ma grand-mère. Je peux le cacher dans la cabane, au fond de son jardin.

— Parfait. Emportez-le tout de suite, dans la brouette, en le dissimulant bien, sous des feuilles mortes, des chiffons, n'importe quoi. Allez-y maintenant, pendant le changement de patrouille. Les rues seront vides. »

Puis Kurt se tourna vers Hedy :

« Et toi, maintenant, il va falloir qu'on t'habille.

— Qu'on m'habille ?

— C'est dangereux, mais c'est la meilleure idée que j'ai pu avoir. Et ça peut marcher. »

Il se pencha pour soulever le sac en toile qu'il avait apporté avec lui et, en l'ouvrant, déclara : « Je veux que tu mettes ça. »

Hedy le regarda sortir, puis étaler des vêtements sur la table de la cuisine. Elle entendit Dorothea étouffer un cri et sentit brusquement que ses jambes ne la portaient plus.

« Kurt, tu n'es pas sérieux ? Tu as perdu la tête ? »

Là, devant elle, il y avait un uniforme de sergent de la Wehrmacht.

11

« Qu'est-ce que tu en penses ? »

Hedy regarda Kurt, puis le morceau de miroir posé devant elle, en équilibre précaire sur un tabouret et appuyé contre le mur de la chambre de Dorothea. Elle examina ses nouveaux vêtements, la lourde veste à boutons de métal, le pantalon trop large resserré aux chevilles et renforcé sur les fesses, et s'étonna de constater à quel point la façon de s'habiller pouvait métamorphoser quelqu'un. Elle pensa aux soldats dans les camps de concentration, revêtus du même uniforme et se prenant en conséquence pour des surhommes, des êtres d'une race supérieure. Mais ce qu'elle voyait, elle, c'était une petite Juive trop maigre portant un déguisement de très mauvais goût. Elle s'adressa une grimace.

« C'est le seul que j'ai pu trouver. Un sergent qui était logé dans la même maison que moi l'a laissé en partant. Heureusement, il était de petite taille.

— Mais encore trop grand. Personne ne va

me prendre pour un soldat ! Kurt, ça ne marchera jamais ! »

Elle se tourna vers lui, étouffant mal la peur qui l'envahissait. Il lui caressa le visage.

« C'est notre meilleure chance. Cette administration devient prisonnière de sa logique : si elle décide que quelque chose est impossible, elle ne considère plus ce quelque chose comme une menace. Si nous nous cachons exactement où ils sont, ce n'est pas là qu'ils nous chercheront. Mets cette casquette, ça va faire toute la différence. »

Hedy s'en coiffa, en essayant de recouvrir toutes ses boucles. « C'est mieux ?

— Non. On voit encore trop tes cheveux. Désolé, ma chérie. Mais il va falloir faire disparaître tout ça. »

Hedy acquiesça sans un mot. Ce n'était pas le moment de discuter. Kurt alla chercher des ciseaux dans la cuisine et commença tout de suite à couper, mèche par mèche, méthodiquement. Elle gardait les yeux fixés sur lui, voyant à quel point il s'efforçait de rester calme, en lui adressant des petits sourires encourageants. Elle repensa au shampoing qu'elle s'était fait le matin même dans l'évier, avec un minuscule morceau de savon qui ne moussait pas plus qu'un caillou. Comme cela semblait déjà loin… De même que la course à travers la maison pour faire disparaître toute trace de sa présence… Ses vêtements vite rangés avec ceux de Dorothea, le matelas redescendu du grenier dans la deuxième chambre… On ne mesurait plus le temps en jours ou en semaines, mais en minutes. Elle sentait ses boucles tomber sur ses épaules, puis par terre, où Dorothea, encore hors d'haleine après être revenue en courant de chez sa grand-mère, les ramassait soigneusement avec une balayette. Puis Kurt humecta son rasoir à l'eau froide et lui rasa la nuque et le tour des oreilles. Une ou deux fois, il lui égratigna la peau et elle sursauta, mais sans proférer un son et il appuya son mouchoir pour arrêter le sang. Quand il eut terminé, il l'embrassa tendrement sur le front, la coiffa de la casquette et la tourna vers le miroir. Hedy en eut le souffle coupé. Il avait raison : sans cheveux visibles, cela faisait toute la différence. Ce qu'elle voyait, c'était un très jeune soldat allemand trop maigre. Malgré l'épaisseur de l'uniforme, elle se mit à frissonner de la tête aux pieds. Debout derrière elle, Kurt l'entoura de ses bras. Elle se força à sourire.

« Il faut y aller. »

Il posa une main sur l'épaule de Dorothea : « Quand nous reviendrons, nous saurons ce qui se passe en voyant la porte sur la cour : si elle est ouverte, c'est qu'ils ne sont pas encore venus ou alors sont encore dans la maison. »

Dorothea fit signe qu'elle avait compris : « Bonne chance », dit-elle simplement.

En se retrouvant dehors, les sens de Hedy furent tous assaillis en même temps. La fraîcheur de la brise en cette fin d'été, la luminosité du crépuscule, les odeurs venant de la rue – tout la submergeait, l'asphalte, le crottin de cheval, les senteurs de pin, d'eau salée… Ils marchèrent d'un bon pas dans la ruelle, jusqu'à la grande rue. Là, sa tête se mit à tourner. L'immensité du ciel, la distance qui semblait sans fin jusqu'à la baie de St Aubin, et plus loin encore la Manche… Comment avait-elle pu, auparavant, se déplacer dans un espace pareil, où elle se sentait si vulnérable… Kurt la poussa fermement dans le dos pour la faire avancer. Elle se dit qu'à partir de cet instant, elle le laisserait décider de tout et qu'une chose était sûre, quoi qu'il arrive, elle ne le décevrait pas.

Ils empruntèrent Parade Road. C'était terriblement excitant de marcher tout droit sans s'arrêter, sur des pavés, et en plus, chaussée de bottes allemandes. Elle n'avait jamais porté de pantalon auparavant et le contact du tissu entre ses jambes était surprenant. Elle essaya de se détendre et d'adopter une façon de bouger plus masculine. Mais voilà qu'elle entendait toutes sortes de bruits, bien que la soirée fût calme : un moteur de voiture, des oiseaux dans les arbres, un avion dans le lointain, quelqu'un interpellant un passant depuis sa fenêtre… Elle se demanda si tous ces mois passés complètement coupée du monde avaient endommagé son ouïe, sa vue, son odorat. Redeviendrait-elle jamais celle qu'elle était auparavant ?

« Où allons-nous ?

— Pas vers le centre, répondit Kurt, là où c'est moins passant. »

Hedy mourait d'envie de regarder autour d'elle, mais elle garda les yeux baissés. Deux ou trois piétons, se hâtant de rentrer chez eux avant le couvre-feu et qui arrivaient en face, traversèrent pour ne pas se trouver proches de deux militaires allemands. Elle aurait voulu les voir de plus près, enfin des visages autres que ceux de Dorothea et de Kurt.... Mais elle se concentra sur le fait d'avancer, un pas après l'autre, encore, encore, le souffle de plus en plus court.

« Kurt, je suis si fatiguée.

— Je sais. On va entrer dans le parc et s'asseoir une minute. Mais pas plus. D'accord ? »

Elle lui jeta un coup d'œil. Il était aux aguets, observant autour d'eux tout ce qui risquait de représenter un danger.

« Kurt, tu sais que je t'aime ? »

Soudain, elle avait peur, de plus en plus. Si leur plan ne fonctionnait pas, tout pouvait arriver en quelques secondes et elle ne le reverrait jamais.

« Moi aussi je t'aime, ma chérie. Maintenant, on ne parle plus. »

Ils arrivèrent à Parade Park et trouvèrent un banc. Le soleil était couché et le vent faisait virevolter les premières feuilles jaunissantes sur les pelouses. Dans la rue en face, des militaires allemands passaient, par deux ou par trois, puis disparaissaient. Quand Kurt repéra deux jeunes simples soldats qui entraient dans le parc, il se leva et fit signe à Hedy de le suivre :

« Être assis, c'est une invite à venir faire la

conversation. Il faut que nous reprenions notre marche.

— Et si quelqu'un s'adresse à moi ?

— Aucune raison pour que ça arrive. Allez, viens. »

Ils retournèrent sur Parade Road et gagnèrent un quartier où s'entrecroisaient des petites artères tranquilles. Là, les portes des cottages donnaient directement sur les trottoirs et on se trouvait à parfois deux mètres à peine de quelqu'un assis dans son salon près de la fenêtre. Une telle proximité n'était pas rassurante et Hedy gardait la tête baissée mais au moins, il n'y avait personne dehors. Quand ils eurent un peu tourné en rond, Kurt regarda anxieusement autour de lui :

« Il faut qu'on s'éloigne. Les gens vont commencer à se poser des questions s'ils voient les mêmes deux militaires passer et repasser. »

Ils avancèrent un peu plus loin, sans but réel.

Alors que la nuit tombait, ils coupèrent par Val Plaisant, traversèrent Rouge Bouillon, et commencèrent à monter Trinity Hill, mais à partir de là, on quittait la zone habitée et il n'y avait que des petites routes bordées d'arbres. Kurt s'arrêta.

« Il n'y a plus rien devant nous. Continuer pourrait paraître bizarre. Nous allons revenir par le côté nord de la ville.

— Pendant combien de temps ? demanda Hedy que ses pieds faisaient de plus en plus souffrir.

— Ils vont vraisemblablement envoyer une patrouille pour fouiller la maison tout de suite après le couvre-feu. Je dirais, encore deux heures au moins. »

Elle se mordit la lèvre inférieure. Que je ne le laisse pas tomber, se dit-elle, que je tienne bon.

Ils repartirent donc, passèrent par St Saviours Hill, puis obliquèrent vers le sud, en direction du Howard Davis Park. Le ciel était maintenant devenu noir. On entendit le grondement de plus en plus fort d'avions, de plus en plus nombreux, des bombardiers alliés, se dit Hedy. Elle guetta la riposte des batteries antiaériennes, mais rien ne vint. Ses jambes semblaient se mouvoir indépendamment de sa volonté, comme celle d'une marionnette. Ça va aller, se répétait-elle. Encore un peu de courage.

Dès qu'ils tournèrent vers Colomberie, elle les vit. Trois simples soldats en uniforme qui s'amusaient à se bousculer sur la chaussée. Elle devina que Kurt allait la faire avancer sur le côté mais aussitôt on entendit une voix crier, « *Haben Sie Feuer, Leutnant* ? »

Ils se rapprochèrent, au point qu'on sentait qu'ils avaient trop bu. Kurt se durcit aussitôt. S'il disait non, même aimablement, ces individus étaient assez ivres pour insister et faire encore plus de tapage. S'il disait oui, en leur tendant une allumette, quelque chose de tellement précieux, il serait impossible d'éviter de parler un peu avec eux. D'un doigt, il fit signe à Hedy de rester là où elle était et s'avança de quelques pas, en fouillant de l'autre main dans une de ses poches.

« Tenez, prenez ça, mais cette seule boîte d'allumettes m'a coûté trois marks, annonça-t-il. Vous avez intérêt à l'allumer du premier coup. »

Il parlait calmement, souriant et détendu comme s'il se trouvait dans un bar, avec quelques amis. Hedy le regarda frotter l'allumette lui-même et tendre du feu aux trois garçons, qui le remercièrent. Puis au moment où il allait s'éloigner, l'un d'eux demanda :

« Et où vous alliez comme ça avec votre copain, mon lieutenant ?

— Nous allions juste boire un verre.

— Emmenez-nous avec vous, vous voulez bien, mon lieutenant ? On a bu toute notre bouteille et les endroits habituels sont fermés. »

Kurt, toujours très calme, eut un petit rire forcé : « Désolé, mais là, je ne peux rien pour vous. »

Hedy, qui n'avait pas bougé, gardait les yeux baissés, comme préoccupée par bien autre chose que cette conversation. C'est alors que le plus grand des trois, un caporal, se tourna vers elle : « Et vous, mon sergent, vous voulez bien nous payer une bière ? »

La panique lui noua l'estomac. Elle se trouvait encore assez loin, à cinq mètres environ, pour entretenir l'illusion dans l'obscurité, mais elle savait que si elle ouvrait la bouche, elle était perdue. Elle et Kurt n'avaient pas eu le temps de se préparer à cette éventualité. Maintenant, c'était à elle de les sortir de là. Son cerveau se mit à carburer à toute vitesse. Elle pensa à Roda à la frontière suisse, ses sourires, son charme, sa façon d'inventer quelque chose à quoi tout le monde croirait. En une seconde, l'idée surgit. Elle se pencha sur le côté, eut l'air de trébucher, puis de perdre un peu l'équilibre, en priant le ciel que Kurt la regarde et comprenne. Pendant une interminable minute, elle crut qu'il n'avait rien remarqué. Puis elle l'entendit dire. « J'ai bien peur que le sergent ait eu sa dose. Il ne tient pas l'alcool. »

Se souvenant alors d'un de ses cousins complètement ivre à une fête de famille, Hedy leva une main comme pour s'excuser en direction du groupe, puis la laissa retomber et trébucha encore. Le silence qui suivit sembla se prolonger interminablement et elle crut qu'elle en avait fait trop. Puis les éclats de rire fusèrent, ainsi que les remarques douteuses.

« Ça n'a pas l'air d'aller, sergent !

— Ça n'ira pas fort demain matin !

— Z'avez la tête qui tourne, pas vrai ? »

Sur quoi le caporal se mit à flanquer des grandes claques dans le dos de ses compagnons qui en firent autant, continuant à se tordre de rire. Kurt se dirigea droit sur Hedy et l'empoigna brutalement par l'épaule. Continuant son petit jeu, elle fit semblant de tomber. Il la prit alors par le bras et l'entraîna sur la route, se retournant une fois pour crier, « bonne soirée, messieurs ! ».

Les clameurs des trois soldats continuèrent à résonner dans la nuit, au fur et à mesure qu'ils s'éloignaient tous les deux, commençant seulement à réaliser ce qui venait de se passer. Hedy, sentant la poussée d'adrénaline retomber, avait besoin d'être encore soutenue et ce n'était plus de la comédie. Ils longèrent des boutiques fermées et des maisons aux volets clos. Elle respirait mal, par à-coups. Kurt transpirait sous sa veste d'uniforme. Il ne parla qu'au bout de quelques minutes, une fois sûr qu'on ne l'entendrait plus au loin – et ce furent les paroles les plus merveilleuses qu'elle ait jamais entendues : « Oh mon Dieu, ma chérie, beau travail ! »

Quand ils arrivèrent au coin de West Park Avenue, il était plus de minuit. Il lui fit signe de rester à l'écart, tandis qu'il allait inspecter la ruelle. Un instant après, il revint et ils se hâtèrent ensemble jusqu'à la porte à l'arrière de la maison.

Dorothea les attendait, debout dans le salon, des larmes de frustration sur les joues. Tout était sens dessus dessous, les chaises renversées, ce qui se trouvait au grenier jeté au pied de l'escalier, des éclats de verre partout. Kurt la prit dans ses bras : « Combien étaient-ils ? Ils ont fait beaucoup de dégâts ?

— Quatre soldats. Ils ont vidé les armoires, retourné les lits. Ils ont cassé ma dernière théière, je ne pourrai jamais la remplacer. »

Hedy vint l'étreindre à son tour.

« Je suis désolée, tu as dû avoir tellement peur.

Mais nous allons t'aider à tout remettre en place. Ce qui compte, c'est qu'ils n'aient rien trouvé. »

Elle sentit alors Dorothea se raidir, pour s'écarter : « Ils n'ont rien trouvé, n'est-ce pas ?

— Je suis tellement désolée… Je croyais avoir balayé partout… J'avais fait tellement attention… C'est ma faute… »

Elle se remit à pleurer de plus en plus fort. Hedy insista : « Qu'est-ce qu'ils ont trouvé ?

— Un bouton, sous la table de la cuisine. Un bouton de veste d'uniforme allemand. »

Kurt blêmit.

« Ce n'est pas votre faute, Dorothea, c'est la mienne. Je savais que j'avais perdu un bouton, mais je n'aurais jamais pensé que c'était ici. *Scheisse !* »

Hedy ôta sa casquette et passa la main sur sa tête rasée.

« Ils ne pouvaient pas penser que c'était à Anton ?

— C'est ce que je leur ai dit mais je sais qu'ils ne m'ont pas crue. Cela fait si longtemps qu'il est parti. »

Elle se tourna vers Kurt.

« En fait, ça ne prouve rien, n'est-ce pas ?

— Non, mais Wildgrube va sauter là-dessus. Cela fait des mois qu'il cherche un lien entre Hedy et moi.

— Vous croyez qu'ils vont revenir ? »

Hedy intervint :

« Et qu'il va falloir qu'on ressorte ce soir ? »

À son grand soulagement, Kurt secoua la tête.

« Non, pas ce soir. Mais ils reviendront, demain, ou après-demain, ou la semaine prochaine. Et sans préavis, cette fois. Nous devons trouver un moyen pour que ce salaud nous lâche une fois pour toutes. Mais bon sang, je ne sais pas quoi. »

Hedy lui posa alors la main sur le bras :

« Il y a quelque chose qui pourrait marcher. »

*

La fille derrière le bar devait être très jeune, peut-être dix-sept ans, mais en paraissait au moins quinze de plus. En faisant tourner les dernières gouttes de cognac au fond de son verre mal lavé, Kurt se demandait ce qui l'avait obligée à accepter ce travail. Peut-être son père était-il au chômage, comme tant d'habitants de Jersey et que sa famille cherchait le moindre sou pour acheter de la nourriture au marché noir. Ou alors ses parents étaient morts et elle devait faire vivre ses petits frères et sœurs. Quoi qu'il en soit, elle essayait de dissimuler le mépris que lui inspiraient ces officiers tapageurs et vulgaires qui déplaçaient bruyamment les sièges sur le parquet et brûlaient les coussins en y éteignant leurs cigarettes. Comment disait-on en français ? « *Fin de siècle.* » Kurt les regardait en train de boire et de rire de blagues déjà racontées cent fois. La race supérieure, pensa-t-il amèrement, quelle plaisanterie.

Du regard, il fit le tour de la pièce. Fischer

était perché sur un tabouret dans le coin le moins éclairé, en grande conversation avec deux officiers supérieurs de College House et ils baissèrent tous la voix quand ils virent que Kurt les observait, mais son objectif à lui, ce soir, ce n'était pas eux. Non, sa cible se trouvait près d'une fenêtre, en train de boire avec des copains de la police secrète. Wildgrube avait depuis longtemps renoncé à cacher ses véritables fonctions et au contraire s'en vantait. La présence d'autres espions donna à Kurt l'assurance dont il avait besoin. Cela rendrait sa tâche plus facile.

Tout le monde était là, ce soir. Il s'agissait du dernier club pour officiers et clients « particuliers » où on était sûr de trouver encore du cognac français, surtout parce que le chef de la police secrète, de notoriété publique un as du marché noir, le fréquentait souvent. Il était même possible d'y manger de temps à autre un petit morceau de pain avec un peu de fromage, bien que les portions aient réduit de plus de la moitié. Kurt vit Wildgrube se faire resservir du cognac, mais remarqua que, pour une fois, il se tenait bien, gardait son contrôle et buvait à petites gorgées au lieu de tout avaler d'un coup. Après avoir reposé bruyamment son verre sur le bar de façon à être entendu, Kurt traversa la pièce et vint se planter devant lui, le regard mauvais : « Eh bien, si ce n'est pas le grand chef en personne. » Wildgrube leva les yeux, essayant de comprendre, déjà énervé par ce manque de respect.

« Mon lieutenant...
— Alors on a fait quelques belles arrestations ces temps-ci ?
— Je vous demande pardon ?
— Ne faites pas l'innocent, Erich. Je croyais que vous étiez fier de votre travail ?
— Je suis sûr que nous sommes tous fiers de servir le Reich.
— En ce cas, crachez-le ! Dites que vous avez mis sens dessus dessous quelques belles maisons ! Tout cassé ! Parce que je sais que des types comme vous adorent faire ça. »

Wildgrube pinça les lèvres.

« Si vous avez un problème avec mon département, je suggère que vous passiez par la filière adéquate.
— Non, je crois que j'ai envie de tout vous balancer en pleine figure. Ça doit être excitant pour vous, maintenant que nous sommes coupés du monde, de taper sur les gens de Jersey. Et tant pis s'ils n'ont rien fait, n'est-ce pas ? Il faut bien leur montrer qui est le patron, non ?
— Kurt, attention. Ce n'est ni le lieu ni l'heure. Je suggère que vous rentriez chez vous avant de vous attirer de gros ennuis.
— Je m'en vais. Je n'aime pas beaucoup cet endroit. Mais je vais vous surveiller, Erich. De très, très près. »

Et là-dessus, Kurt tourna les talons et sortit de la pièce, en bousculant au passage un jeune officier qui se trouvait là.

Une fois dehors, il respira profondément l'air

de la nuit, puis se glissa dans la porte cochère la plus proche et alluma une cigarette. Il attendit trente secondes et s'en fut, sans se presser. Arrivé au coin de la rue, il se retourna, comme pour vérifier s'il pouvait traverser. Et là, exactement où il savait qu'il serait, était embusqué Wildgrube, à moitié dissimulé dans l'ombre. À ses côtés se trouvaient deux officiers subalternes, deux costauds, et tous trois attendaient de voir dans quelle direction irait Kurt.

Celui-ci partit vers Cheapside, résistant à l'envie de se retourner de nouveau. Son cœur battait à grands coups. Sous sa veste, des gouttes de sueur ruisselaient le long de son dos. Mais il se sentait très calme. Il pensa à Hedy et s'accorda le plaisir d'un petit rire. L'amour. Les folies qu'il vous faisait faire. Car ce qui se préparait, c'était de la folie pure.

*

Hedy ferma les yeux et essaya de penser à des choses agréables. Mais en choisir une s'avérait plus difficile qu'elle ne l'aurait cru. La cuisine où il faisait si bon, dans la maison de ses parents – c'était trop douloureux. Une grande promenade le long de la côte avec Anton – cela rappelait trop ce qu'elle avait perdu quand il était parti. Finalement, elle opta pour elle et Kurt dans un grand lit bien chaud, dans une chambre, quelle chambre ? Ce n'était pas précisé, quelque part, dans un futur mal défini. Il la tenait serrée contre lui. Si elle réussissait à se concentrer là-dessus, se dit-elle, elle parviendrait à faire disparaître la douleur physique et la terreur.

Elle bougea un tout petit peu, pour essayer de diminuer la pression. Il faisait froid et humide. Il n'y avait qu'à peine cinq centimètres entre le sommet de sa tête et les planches qui l'enfermaient comme dans un cercueil. Au plus petit mouvement, une solive lui entrait dans la chair ou alors une longue écharde traversait ses vêtements et lui piquait la peau. Elle ne pouvait pas étendre ses jambes, ni redresser son dos. Quand Dorothea avait annoncé que c'était l'heure et cloué les planches au-dessus de sa tête, se retrouver dans le noir et confinée ainsi avait suscité en elle un tel mouvement de panique qu'elle se dit qu'elle allait mourir de peur. Puis elle se répéta que ce n'était pas vraiment différent de l'obscurité du grenier où elle venait de passer dix mois. Si elle parvenait à contrôler sa respiration et à ne pas trop aspirer de poussière, tout irait bien.

Heureusement, les petites fentes entre les planches lui permettaient d'entendre ce qui se passait dans la chambre au-dessus. Cela la rattachait un peu au monde et diminuait la terrible impression de claustrophobie. Elle savait en outre qu'elle n'aurait pas longtemps à attendre. Elle entendit qu'on fermait la porte d'entrée. Puis il y eut des pas dans l'escalier, suivis des bruits indéfinissables de personnes se déplaçant dans une pièce. Puis vint le grincement des ressorts du lit de Dorothea, suivi de chuchotements – et plus rien. Comme si tout le monde écoutait.

Hedy ferma les yeux, essayant de calculer le temps écoulé. Elle jouait à ce jeu, enfant, dans sa salle de classe, se forçant à ne pas se tourner pour regarder la pendule au mur et faisant des paris avec elle-même. Si elle devinait l'heure, avec une marge d'erreur de cinq minutes, Papa l'emmènerait manger une glace dimanche. Si elle se trompait de plus de dix minutes, elle devrait rentrer à pied de l'école en marchant dans les orties au bord du chemin. Maintenant, elle calcula qu'une bonne demi-heure s'était écoulée depuis les derniers bruits. Ce ne pouvait donc plus être très long. Si leur plan fonctionnait, alors…

CRASH

Le vacarme fut tel que Hedy sursauta, se cognant partout. Son cœur battait à tout rompre. Elle ferma les yeux. Ils étaient là.

*

Le bruit de la porte qu'on enfonçait dut se faire entendre dans toute la rue. Kurt se redressa, le dos contre les barreaux de la tête du lit. Il regarda Dorothea dont le visage blême se détachait à peine de la taie d'oreiller blanche. Instinctivement, elle remonta la couverture sur elle, horrifiée qu'on la voie nue, les yeux agrandis de terreur. Kurt vérifia d'un coup d'œil que son pantalon était bien par terre, puis avec un petit sourire d'excuse, se rapprocha d'elle – qui, d'un léger signe de tête, indiqua qu'elle comprenait. Inutile de se livrer à une telle mise en scène si elle n'était pas totalement réaliste au final.

Ils restèrent parfaitement immobiles, écoutant les pas lourds à travers tout le rez-de-chaussée, puis grimpant l'escalier. Kurt ferma les yeux une seconde et inspira un bon coup, à l'instant où la porte de la chambre s'ouvrait violemment. Wildgrube se tenait sur le seuil, ses deux gros acolytes dans l'ombre du palier derrière lui. Ses joues, rosies par la fraîcheur de la nuit, faisaient ressortir l'éclair de triomphe dans ses yeux. Depuis combien de temps avait-il rêvé de cet instant, se demanda Kurt, rêvé du claquement de menottes passées à ses poignets, du dossier complet jeté sur le bureau de son supérieur. Seulement voilà, ces mêmes yeux se posaient sur Dorothea, la comparaient à la photo de Hedy et sentaient que quelque chose n'allait pas, affreusement pas. Le visage de l'espion rappela à Kurt un livre qu'il avait eu, enfant, où, en feuilletant vite les pages avec le pouce, on faisait apparaître une histoire en images. En l'espace de trois secondes, il le vit passer du ravissement à la confusion, la déception et finalement la colère.

« Espèce de putain ! Où sont tes papiers ? »

Dorothea, en proie à une panique que Kurt savait non feinte, poussa un petit gémissement et désigna du doigt un tiroir de la commode. « Debout et apporte-les-moi ! » Elle obéit, tira la couverture pour l'enrouler sur elle et laissa Kurt nu sur le matelas. Wildgrube fit tout un cirque pour examiner sa carte d'identité mais il n'y avait aucun doute qu'en même temps, il jetait un regard un peu plus long que ne l'aurait justifié la simple curiosité sur les parties intimes de Kurt.

« Vous, lieutenant, habillez-vous ! »

En silence, Kurt obtempéra. « C'est donc comme ça que vous honorez un collègue, serviteur du grand Reich, un soldat qui se bat pour notre pays ? Vous venez ici pour coucher avec sa femme ! Et ça fait combien de temps que cette histoire dure ? »

Prenant un air aussi honteux que possible, Kurt soupira, semblant hésiter à avouer pareille ignominie : « Depuis que son mari est parti. »

Il se risqua à regarder Wildgrube et vit dans ses yeux qu'il calculait rapidement quelque chose, se remémorait des instants où sa conduite lui avait paru douteuse, essayait de mettre ses soupçons en ordre, mais tout en manifestant sa répugnance, ne parvenait pas à dissimuler une certaine admiration.

« Si j'avais sous la main un texte de loi qui m'y autorise, je vous ferais arrêter tous les deux. Les choses étant ce qu'elles sont, vous serez jugés pour ce que vous avez fait quand la guerre sera finie. Vous me dégoûtez ! » conclut-il d'un ton qu'il voulait théâtral, et il sortit de la pièce avec fracas. Kurt seulement vêtu de son pantalon et Dorothea encore enroulée dans la couverture restèrent immobiles jusqu'à ce que les pas précipités se fussent suffisamment éloignés dans la rue. Ils attendirent encore quelques minutes avant d'oser parler. Finalement, Dorothea laissa échapper un petit rire : « Je crois que ça a marché… »

Kurt acquiesça. « Je le crois aussi. » Soudain gêné, il prit sa robe au pied du lit et la lui tendit : « Habillez-vous, il fait glacial ici. Maintenant je dois vite aller déclouer la planche. »

*

Hedy se pencha sur la cuvette et y trempa une serviette qu'elle se passa ensuite sur tout le corps, les bras, la poitrine, entre les seins, pour ôter la poussière. Elle était douloureusement consciente du regard de Kurt sur son corps, aussi maigre que celui d'un jeune garçon et sa tête hérissée de quelques touffes de cheveux à la place de ses boucles. Mais quand elle se tourna vers lui, elle vit ses yeux pleins d'adoration.

« Comment te sens-tu maintenant ? demanda-t-il. Tu as été si brave. »

Elle hocha la tête pour lui indiquer qu'elle allait mieux, même si elle avait encore mal partout et qu'il lui avait fallu plus d'une demi-heure pour cesser de trembler, une fois sortie de sa cachette.

« Tu as dû bien jouer ton rôle de ton côté, dit-elle enfin. Raconte-moi ce qui s'est d'abord passé au club. »

Il l'avait déjà fait deux fois mais on aurait dit une petite fille qui veut une histoire au moment d'aller au lit. Il s'assit en face d'elle.

« Je savais que c'était le bon soir. Il avait déjà bu, mais pas trop, et il piétinait, littéralement, en essayant de nous attraper ensemble pour prouver que sa théorie était la bonne. Tout ce que je devais faire, c'était le persuader que cette opportunité était arrivée.

— Tu as vraiment crié après lui ?

— Juste assez pour l'humilier un peu, titiller son instinct de vengeance. Avec un type de ce genre, ce n'est pas difficile. »

La porte s'ouvrit et Dorothea se glissa dans la pièce tel un fantôme. Hedy remarqua tout de suite qu'elle évitait de regarder Kurt à qui elle fit aussitôt signe : c'était à lui de rétablir la situation. Il enchaîna donc :

« Quant à Dory, sa performance mériterait un Oscar. Je commençais à y croire moi-même ! »

Dorothea rougit jusqu'à la racine de ses cheveux : « Je savais simplement qu'il fallait que ça ait l'air vrai.

— En réalité, la rassura Kurt, je n'ai rien vu. J'ai gardé les yeux fermés tout le temps. »

Toujours cramoisie, elle réussit à sourire : « Ça va, vraiment. Je sais qu'Anton comprendrait, s'il était ici.

— Bien plus, lui dit Hedy, il serait fier de toi. Fier de nous tous. »

Elle prit une petite serviette pour se sécher puis se tourna vers Kurt.

« Mais en avons-nous fait assez pour que les autorités nous laissent définitivement tranquilles ?

— En principe oui. Si Wildgrube continuait à s'acharner sur moi, pour raison privée, cela ressemblerait à un grief personnel, et il aurait l'air stupide. Dieu sait qu'il se passe assez de choses sur cette île pour suffire à l'occuper.

— Donc nous sommes plus en sécurité maintenant ?

— Plus oui, mais pas complètement. Nous devons encore être prudents. Quoique, honnêtement, je ne crois pas que la police secrète soit désormais notre plus gros problème. Non. Ce qui se passe, c'est qu'au cours des prochains mois, les îles Anglo-Normandes pourraient avoir à faire face à une véritable famine. J'ai entendu Fischer et quelques officiers parler au club et ils disaient que Churchill a refusé à la Croix-Rouge l'autorisation d'y envoyer de l'aide alimentaire. »

Horrifiée, Dorothea écarquilla les yeux.

« Mais pourquoi ?

— Il croit sans doute que les Allemands s'en empareraient. Mais on prétend que c'est aussi dans un esprit de vengeance, pour punir les insulaires d'avoir collaboré.

— Collaboré ? s'exclama Hedy. Qu'est-ce qu'il s'imagine, Churchill ? Il n'a semble-t-il aucune idée de ce qui s'est passé ici !

— Apparemment, le gouvernement britannique a l'impression que nous nous sommes tous bien entendus et que jusqu'à aujourd'hui, l'Occupation n'a pas été trop terrible. »

Hedy observa Dorothea et vit que la colère qu'elle connaissait, désormais, commençait à prendre forme.

« Et qu'est-ce que nous étions censés faire ? Combattre les Allemands à mains nues ?

— Je ne fais que répéter ce que j'ai entendu. »

Hedy, comme par automatisme, fixa des yeux le garde-manger, pour calculer ce qu'il contenait encore et devait les nourrir, elle et Dorothea, jusqu'à la fin de la semaine.

« Et comment sommes-nous censés survivre, sans aide extérieure d'aucune sorte ?

— Les autorités prétendent avoir de quoi tenir jusqu'en janvier, répondit Kurt, mais à condition de mettre la main sur toutes les réserves. Désormais, cela va être encore plus difficile pour moi de vous apporter quelque chose. Et si les Alliés n'avancent pas rapidement en France… »

Hedy alla jusqu'à la fenêtre de la cuisine et toucha le rideau spécial du couvre-feu. Elle pensait aux odeurs, aux bruits du monde extérieur retrouvés la nuit précédente. La cuisine semblait soudain beaucoup plus petite.

Kurt s'approcha d'elle et lui entoura la taille d'un bras.

« Ne t'inquiète pas, ma chérie. Churchill sera obligé de céder si les choses vont trop mal. Nous allons nous en sortir. » Mais il n'y avait guère de conviction dans sa voix.

Hedy soupira, résignée : « Qui sait ? Police

secrète ou pas, l'hiver nous tuera peut-être tous. »

Ils s'assirent autour de la table et Dorothea, au bout d'un moment, alla chercher un jeu de cartes. Ils jouèrent en silence, pour des petits cailloux ramassés dans le jardin. L'été tirait à sa fin. Les nuits devenaient vite plus fraîches. Au loin, de l'autre côté de la Manche, on entendait par moments le grondement lointain des canons, qui faisait vibrer les vitres.

*

Tic tac, tic tac. Le rythme hypnotique de la pendule de la cuisine résonnait dans l'obscurité. L'électricité ne reviendrait pas avant une heure encore et la dernière bougie avait brûlé jusqu'au bout depuis plusieurs jours déjà. Lire, la seule activité plaisante qui restait, était désormais impossible en fin d'après-midi. En ville, des rumeurs couraient, comme quoi il n'y aurait bientôt plus d'électricité du tout.

Hedy, recroquevillée au bord de la cheminée, tendait les mains vers les cendres encore chaudes pour en profiter un peu. Près de l'âtre, le panier à bûches était désespérément vide. La veille, Dorothea avait cherché à ramasser du bois pratiquement toute la journée du côté de Westmount, sans trouver autre chose que quelques brindilles mouillées qui mettraient des jours à sécher dans cette maison humide et glaciale. Tout le monde en ville en faisait autant mais seuls ceux qui possédaient une scie bien aiguisée se taillaient la part du lion.

Hedy écouta la pluie frapper les vitres et le sol pierreux de la cour. Il pleuvait depuis des jours, des semaines. Le mois de novembre le plus humide depuis dix ans, disaient les insulaires. Elle sentait à nouveau cette douleur à l'estomac, qu'elle pensait être un début d'ulcère. Récemment, Kurt s'en était plaint lui aussi. Même les officiers souffraient de la faim maintenant. Il lui avait raconté que plusieurs simples soldats venaient d'être arrêtés pour comportement violent et vols chez des particuliers. Dorothea aurait voulu mettre un verrou supplémentaire à la porte mais n'en avait trouvé chez aucun quincaillier de la ville. Mais, se disait-elle, ce n'était peut-être pas très important. Des voleurs iraient plutôt se servir dans les fermes des environs où on trouvait encore quelques légumes ou des lapins. À quoi bon aller en ville chez des gens qui n'avaient plus rien ?

Les prédictions de Kurt s'avéraient exactes. Wildgrube et ses sbires ne s'intéressaient plus à lui depuis leur intrusion ratée chez Dorothea et ne semblaient pas non plus rechercher Hedy. Tous les trois, ils reprenaient confiance, au point que Hedy dormait maintenant dans la deuxième chambre, à l'arrière de la maison. C'était merveilleux d'avoir un vrai lit et de pouvoir se lever s'il le fallait pendant la nuit – après des mois au grenier, telle une chauve-souris. Mais en fait, personne ne dormait bien, à cause de cette terrible faim qui vous rongeait intérieurement et ces remontées acides jusque dans la gorge dès qu'on était étendu. La veille au soir, il n'y avait absolument plus rien à manger dans la maison, jusqu'à ce que Kurt apporte un petit bout de saucisse et une croûte de ce qu'on n'osait plus appeler du pain. Deux jours avant, Dorothea s'était évanouie au pied de l'escalier.

Hedy entendit le verrou tourner à la porte d'entrée et Dorothea surgit, trempée, qui replia son parapluie, dont deux baleines étaient cassées, en faisant tomber de l'eau partout. Elles étaient maintenant tellement en phase l'une avec l'autre qu'elles devinaient ce que signifiait le moindre changement d'expression, le moindre geste. Dorothea avait les yeux rouges et serrait les lèvres comme pour s'empêcher d'exploser.

« Qu'y a-t-il ? demanda Hedy.

— Je viens de voir Mrs Le Cornu, la vieille dame qui habite au bout de la rue, elle pleurait. Son chat a disparu. Elle croit que les Allemands l'ont pris.

— Non ! s'exclama Hedy.

— Elle pense qu'il est arrivé la même chose à sa voisine. Ils les attrapent, les tuent d'une balle, semble-t-il, et les font cuire. J'ai remarqué qu'il n'y a plus de chiens dans le coin non plus.

— Mais c'est horrible ! »

Hedy pensait à la petite tête grise de Hemingway contre sa joue et pria pour qu'il ait échappé à ce sort-là.

« Tout est horrible. J'en ai tellement assez. Je faisais la queue dehors, devant la boucherie, parce qu'on prétendait qu'il y aurait peut-être du lapin. Mais ce n'était pas vrai et voilà qu'une bagarre a éclaté entre deux femmes. Une vraie bagarre, elles se tapaient dessus et tout ça pour deux pommes pourries trouvées au marché. »

Les larmes ruisselaient sur les joues de Dorothea. Elle poussa un étrange petit cri, puis se laissa tomber par terre en sanglotant. Hedy vint s'accroupir près d'elle et l'entoura d'un bras.

« Ça va aller.

— Non, ça ne va pas aller ! C'est partout pareil. Tout le monde a tellement faim et est tellement en colère. Il n'y a plus rien, dans aucune boutique. Et on ne pourra même plus aller à la pêche aux bigorneaux à la prochaine grande marée basse parce que tout le monde ira en même temps.

— Et ton cousin ? »

À peine avait-elle dit cela que Hedy se mordit la lèvre. Elles savaient l'une comme l'autre que cela n'avait pas de sens. Mais Dorothea fit comme si c'était une question normale.

« Les Allemands s'emparent de tout dans les fermes. Je ne suis même pas sûre qu'il ait de quoi nourrir ses propres enfants. Alors tu penses, nous… »

Les mots lui manquèrent brusquement, comme noyés sous le flot de son chagrin. Puis elle se reprit :

« Je suis tellement bête. Tu sais, quand Kurt avait dit, en juin, que les Alliés ne viendraient peut-être pas nous délivrer, je ne l'ai pas cru. J'ai fait comme si, mais j'étais sûre qu'ils viendraient. Ma mère a toujours tellement aimé le roi George, nous nous mettions debout quand on jouait l'hymne national, mais je n'aurais jamais pensé qu'il laisserait les choses en arriver là. J'espérais qu'il enverrait un bateau, qu'il ferait quelque chose... »

Hedy la serra dans ses bras.

« En ce cas, les Allemands auraient riposté, il y aurait eu un bain de sang. Nous serions peut-être tous morts à l'heure qu'il est.

— Et peut-être que cela aurait mieux valu ! Peut-être qu'il aurait mieux valu mourir vite, en nous battant, plutôt qu'être là, assises, impuissantes, à attendre. »

Dans la pénombre, le visage de Dorothea était presque translucide, Hedy voyait les veines bleues sous sa peau. Elle l'étreignit davantage.

« Mais nous sommes encore là. Nous avons survécu, Dory, résisté à tant de choses. Nous avons combattu de toutes nos forces. Nous ne pouvons pas abandonner maintenant. »

Dorothea pleurait toujours, mais différemment, comme résignée : « Je ne suis pas sûre d'avoir encore assez de force. Hedy, je suis si fatiguée. Parfois, j'ai envie d'avoir une crise d'asthme en pleine nuit et de ne pas me réveiller.

— Ne dis pas ça ! J'ai besoin de toi et Anton aussi. Nous devons tenir bon. Kurt continuera à nous apporter à manger tout ce qu'il pourra trouver. Et ça ne durera plus très longtemps, ça ne peut pas se prolonger... »

Sa voix s'élevait, devenait perçante :

« Voyons, la Belgique a été libérée, les Américains ont traversé le Rhin en plusieurs points. Les Alliés vont vaincre. Dory, tout le monde le sait. Il faut juste tenir encore quelques semaines... »

Mais elle avait failli dire « mois », car c'est ce qu'elle pensait.

« Hedy, je suis si fatiguée. Si fatiguée... »

Elles étaient toujours assises par terre l'une contre l'autre. Les flaques de pluie trempaient leurs vêtements et elles avaient de plus en plus froid. Il n'y avait nulle part où aller, rien à faire. Elles ne pouvaient que rester là, à écouter l'implacable tic-tac de la pendule de la cuisine.

12

1945

Evening Post
8 mai 1945

J'en appelle à vous pour faire preuve de calme et de dignité dans les heures à venir et vous abstenir de toute espèce de manifestation…
J'estime que la fin du discours du Premier ministre cet après-midi sera le moment approprié pour sortir les drapeaux et je vous demande avec la plus grande insistance, et afin de préserver l'ordre public, de ne pas le faire avant cette heure-là.
J'étais présent hier soir quand, pour la plupart, les prisonniers politiques ont été relâchés et je fais tout ce qui est en mon pouvoir pour que soient libérés ceux qui restent.
Je vous informerai immédiatement de tout développement futur.

A.M. Couranche
Bailli de Jersey

L'odeur n'était pas la même qu'avant, se dit Kurt quand il pénétra dans le vaste hall d'entrée de College House avec les autres officiers. Ce n'était plus un mélange de tissu d'uniforme humide, de sueur et de cuir. À quoi s'était ajoutée dès les premiers jours du débarquement une puanteur due à la peur. Il n'arrivait pas à la définir. Mais regarder le visage de ses collègues et leur attitude, exprimant le même accablement, et entendre leurs questions et leurs jurons lui suffisait, tous prononcés rageusement à voix haute – et non plus chuchotés comme avant dans les couloirs silencieux des clubs pour officiers. C'était bel et bien l'odeur de la défaite.

Il voyait le même ciel bleu où passaient des nuages blancs, si souvent contemplé auparavant par ces mêmes fenêtres à meneaux, et se répétait en boucle certaines phrases pour les rendre réelles : Hitler était mort, la guerre était finie, l'Allemagne vaincue, le rêve du Grand Reich terminé. Des millions de morts, de vies détruites, tout cela pour l'idéologie furieuse d'une nation. Pour des mirages. Pour rien. Kurt essaya de mettre au clair ce qu'il éprouvait, sans trouver autre chose qu'un sentiment de soulagement.

Le jour où il allait falloir faire les comptes n'était plus une vague possibilité, dans un avenir incertain. Dans très peu de temps, peut-être quelques heures, les troupes britanniques allaient débarquer et absolument tous les hommes, présents dans cette pièce, iraient en prison. Certains seraient fusillés. Avec un étrange sentiment de détachement, Kurt se demanda s'il en ferait partie. Comme c'était tragique, pensa-t-il, qu'après avoir réussi à survivre si longtemps, à préserver la vie de la femme qu'il aimait, il risque de mourir alors qu'enfin, ils auraient pu être heureux. Mais il n'éprouvait ni peur, ni apitoiement sur son sort, juste un calme inquiétant. Il ne contrôlait plus rien, n'était plus responsable de quoi que ce soit. Et cela faisait peut-être aussi partie de cette odeur ambiante, plus cette sorte de plaisir à ne plus avoir à obéir aux ordres, à ne plus décider de ce qui se passerait après.

Installé à un bureau à l'autre bout de la pièce, le baron Von Aufsess s'exprimait d'une voix assurée, comme s'il faisait part d'instructions un jour normal. « Je viens d'être informé, dit-il, que Mr Churchill s'adressera à la nation britannique à la BBC à trois heures. J'ai reçu des ordres pour que nous empêchions les habitants d'entendre ce genre de proclamation illégale… »

Là-dessus, il hésita, toussota, plus pour ponctuer sa phrase que pour s'éclaircir la gorge, pensa Kurt. « Néanmoins, comme nous savons de source sûre que les navires de guerre britanniques sont déjà en route vers les îles avec des ordres pour notre reddition immédiate, j'ai autorisé que les membres de la population possédant encore un poste puissent l'écouter. »

Un murmure parcourut aussitôt la pièce. Chacun savait qu'au moins la moitié des insulaires avait encore sa radio, ou alors, en toute illégalité, un poste à galène.

« En attendant, poursuivit Von Aufsess, sachez que je parlerai aujourd'hui avec le bailli concernant la mise à disposition des réserves alimentaires et que le bailli a enjoint les habitants à faire preuve de retenue et à ne pas se mettre en tête de folles idées d'y avoir accès tout de suite. »

Kurt esquissa une grimace, pour ne pas se mettre à rire. Même maintenant, ils ne parvenaient pas à se débarrasser de ce sentiment de supériorité qu'on retrouvait partout. Les jours à venir allaient représenter un fameux choc.

Le baron signala à ses officiers qu'il avait terminé et on fit circuler des fiches avec des instructions écrites en hâte à la main. Kurt jeta un coup d'œil à la sienne avant de la fourrer dans sa poche de poitrine. Avançant lentement dans la cohue vers la sortie, il réussit à lire sur celles que certains tenaient à la main, « Ôtez, détruire, démanteler... », il était clair que le haut commandement avait pour priorité de dissimuler le plus possible ce qui s'était passé là depuis cinq ans, tout ce qui serait aux yeux des Alliés contraire à la convention de La Haye – des montagnes de paperasses, des réserves de vivres uniquement destinées aux Allemands par exemple.

Kurt reboutonna sa veste et quitta College House, mais au lieu de se diriger vers le Lager pour brûler des listes comme on le lui ordonnait, il partit vers West Park Avenue. Qu'ils aillent tous au diable ! Que pouvaient-ils lui faire maintenant ? Dans l'immédiat, il avait plus que tout besoin de voir Hedy.

Les rues étaient noires de monde. Beaucoup, de toute évidence, n'iraient pas travailler ce jour-là. Certains lui lançaient des regards vengeurs. D'autres criaient des insultes. Plusieurs femmes regardaient quatre soldats allemands en train d'essayer désespérément d'effacer la gigantesque croix rouge peinte sur le mur du club des officiers, neuf mois plus tôt, pour empêcher qu'il soit bombardé. Mais elle restait bien visible, devenue simplement rose.

Défiant la recommandation qui avait été faite, des drapeaux anglais et jersiais apparaissaient déjà partout aux fenêtres – comme surgis de nulle part, après avoir été cachés dans des greniers, des caves ou des réserves. En traversant Val Plaisant, Kurt vit un vieux monsieur, l'air ravi, qui installait des haut-parleurs sur son balcon, pour que tout le monde puisse entendre les nouvelles à venir. Il ne put s'empêcher de sourire. C'était étrange d'être entouré de gens si heureux et de savoir que c'était parce que vous, vous étiez vaincu, se dit-il.

Arrivé à West Park Avenue, il frappa les quatre coups habituels et on le fit vite entrer. Dorothea était superbe, vêtue de la robe portée le jour de son mariage. Hedy avait mis un ensemble à fleurs et le cardigan guère quitté depuis au moins dix-huit mois. Le cœur de Kurt fondait en la regardant. Il voyait dans ses yeux un éclat disparu depuis longtemps. Même si ses cheveux n'avaient pas encore repoussé comme avant, des boucles dorées encadraient ses joues.

« Hier soir, comme dîner, nous avons eu une boîte entière de saumon en conserve ! annonça-t-elle très excitée. C'était tout ce qui restait à la Croix-Rouge, mais il paraît que les navires anglais apportent des colis de secours, alors nous avons décidé de nous offrir un festin !

— Vous avez eu bien raison, dit-il en lui caressant les cheveux, s'émerveillant de leur douceur. Vous avez ce qu'il faut pour écouter Churchill à trois heures ?

— Dory est allée rechercher le poste chez sa grand-mère. En revenant, elle est passée à côté d'un soldat allemand qui n'a même pas essayé de voir ce qui était caché dans la brouette sous une couverture. C'est comme ça que nous avons vraiment su, vraiment compris que c'était bien fini. »

Il enroula ses mèches autour de ses doigts : « Les bateaux anglais seront là demain. Vous devriez aller jusqu'au port pour les accueillir. Cela va être un jour mémorable.

— Vous viendrez avec nous ? » demanda Dorothea qui contemplait son reflet sur le miroir de son poudrier vide.

Kurt et Hedy échangèrent un regard où tout était dit.

« Eh bien, je risque d'être occupé ailleurs. »

Hedy lui saisit la main.

« J'ai une idée. Dès que je saurai qu'il n'y a plus de danger, j'irai voir les autorités de Jersey et je raconterai tout, je dirai comment tu m'as aidée.

— Hedy, j'apprécie, mais...

— Je sais bien que les Anglais vont devoir vous arrêter tous au début. Mais ils ne peuvent pas vous traiter tous de la même façon. Ils voudront identifier les vrais responsables. Je suis la preuve vivante que tu n'es pas comme eux.

— Hedy, je suis officier. Cela implique certaines choses, dit-il doucement.

— Au début, oui, mais les lois anglaises sont très justes. Quand ils connaîtront notre histoire je suis sûre qu'ils feront des exceptions. Peut-être même qu'ils décideront de ne pas te mettre en prison. »

Ne voulant pas gâcher ce moment, Kurt la serra contre lui, sentant la chaleur de son corps et la douceur de ses seins à travers sa veste d'uniforme. Puis il l'embrassa longuement, respira le parfum naturel de son cou, de sa peau. Il s'écarta et se força à lui sourire : « Je dois y aller, ma chérie. Écoute bien le discours de Churchill. »

Là-dessus, il repartit en direction de son cantonnement de l'autre côté de la ville.

*

Hedy et Dorothea contemplaient avec stupéfaction la foule qui déferlait vers le port et ses alentours. Les cris, les chants, les clameurs envahissaient l'espace. Comme un gigantesque carrousel humain, des visages passaient, repassaient, dans toutes les directions, chacun tentant d'avancer, de mieux voir, ou de rejoindre un ami perdu dans la cohue. Le plus gros rassemblement se formait du côté de West Park, où les colonnes de soldats anglais, qui venaient de débarquer des transports de troupes, avançaient difficilement au milieu de milliers d'insulaires leur souhaitant la bienvenue. De vieux fermiers leur tendaient les bras, des femmes, jeunes et vieilles, se jetaient à leur cou pour les couvrir de baisers. Des doigts avides essayaient d'attraper les cigarettes ou les friandises qu'ils sortaient de leurs poches.

Soudain Hedy s'exclama : « Dory, regarde, l'hôtel ! »

À toutes les fenêtres et les balcons du très chic hôtel de La Pomme d'Or, devenu pendant la guerre le quartier général des forces navales allemande, on voyait des militaires en uniforme britannique. Quand l'Union Jack fut hissé en haut de la façade, la foule entonna spontanément le *God Save the King*. Les mères embrassèrent leurs enfants, les maris leur femme, les gens âgés essuyaient des larmes de bonheur.

« N'est-ce pas merveilleux ? » s'exclama Dorothea d'une voix claire. Mais quand Hedy se tourna vers elle, elle vit son visage figé, qui n'exprimait qu'une joie forcée. Elle ressentait en fait la même chose, une sorte de terreur. Tous ces inconnus qui se pressaient autour d'elles, ces mains qui frôlaient leur dos, leurs bras… Il y avait là quelque chose de choquant, même si on célébrait la victoire. Elle respirait par à-coups et se demanda si l'asthme de Dorothea n'allait pas ressurgir.

Au même instant, comme pour conjurer son angoisse, elle aperçut une silhouette familière de l'autre côté de Weighbridge Place, un homme vêtu d'un vieil imperméable marron, entraîné par le flot humain vers le port. C'était le docteur Maine, qui tourna miraculeusement la tête, juste à temps pour la voir. Il souleva son chapeau et l'agita triomphalement. Elle lui répondit de la main, sachant qu'il serait impossible de le rejoindre dans une telle cohue, au milieu de laquelle il disparut. Elle se dit que dès que cette atmosphère de folie se calmerait, sa première visite serait pour l'hôpital. Et peut-être que dans une semaine ou deux, elle pourrait trouver quelques œufs, un peu de sucre et de farine pour faire un gâteau qu'il apporterait à sa femme.

Elle se rendit compte alors que Dorothea la tirait par le bras.

« Il y a deux soldats là-bas, dit-elle. Je veux leur demander ce qu'ils savent sur la guerre en Europe.

— Qu'est-ce que tu racontes ? »

Mais Dorothea l'entraînait déjà, en criant pour attirer l'attention des deux jeunes militaires. Une fois tout près d'eux – à peine des adolescents, aux joues encore rondes – elle déclara : « Puis-je vous poser une question ? J'essaye d'avoir des nouvelles de mon mari. Dans sa dernière lettre, il disait qu'il se battait en Prusse-Orientale. Vous savez ce qui est arrivé là-bas aux soldats ? »

Tous deux la dévisagèrent, sans comprendre.

Hedy la tirait par sa manche mais elle refusait de bouger.

« Y avait pas d'Anglais là-bas, ma belle. C'est les Russkofs qui ont tapé sur les Boches. Il était dans quel régiment ton vieux ?

— Il est autrichien, on l'a forcé à se battre du côté des Allemands. Vous savez si les Russes ont fait beaucoup de prisonniers ? Comment faire pour savoir s'il est encore en vie ? »

Le jeune soldat s'écarta brusquement, ainsi que son compagnon.

« Ton mari se battait avec les Boches ?

— Il ne voulait pas, il a été enrôlé de force. Je me demandais si vous pourriez m'aider à trouver ce qui lui est arrivé.

— Dory, chuchota Hedy, partons d'ici. Ce n'est pas le bon moment. »

Le soldat l'entendit, remarqua aussitôt son accent et la foudroya du regard.

« Hé, vous êtes boche vous aussi ?

— Non, je ne suis pas allemande, répondit-elle, le cœur battant à grands coups. Je suis… J'ai été… »

Mais les deux jeunes, après les avoir toisées, rejoignirent la cohue. Hedy les regarda s'éloigner, puis se tourna vers Dorothea : « Ce n'est pas le bon jour, je te le répète. Ces hommes ne sont pas d'ici, ils ne peuvent pas comprendre. Si nous allions voir ce qui se passe à Fort Regent ? »

Mais celle-ci avait soudain les yeux braqués vers un mouvement de foule sur l'Esplanade. Des jeunes, en bras de chemise, se déplaçaient aussi vite qu'ils le pouvaient au milieu de la foule, comme s'ils étaient à la poursuite de quelque chose ou de quelqu'un qu'on ne parvenait pas à distinguer. Brusquement, des gens s'écartèrent et Hedy vit avec horreur qu'il s'agissait d'une jeune fille, entièrement nue et le crâne tondu, qui courait pour tenter désespérément de s'échapper. Ses cris de terreur faisaient que les têtes se tournaient pour voir ce qui se passait. Soudain elle s'engouffra dans une petite rue et un policier s'interposa pour stopper ses tourmenteurs.

Hedy jeta un coup d'œil à Dorothea devenue blême qui murmura : « Oh, mon Dieu, c'était… C'était ce que je crois ? C'est ce qui risque de nous arriver ? On aura vécu tout ça pour ça ? »

Incapable de trouver ses mots, Hedy se contenta de hocher la tête.

Puis elle se reprit : « Allez, viens, dit-elle. On va chercher nos colis alimentaires au bureau de la Croix-Rouge. Après, on rentrera à la maison. »

Elles remontèrent à contre-courant de la foule toujours en fête. Ce jour-là, elles en avaient tellement parlé, tellement rêvé, comme d'un miracle, pendant des années. Et maintenant, Hedy ne souhaitait plus qu'une chose, retrouver la paix et le calme de la petite cuisine de Dorothea où elles seraient à l'abri, loin de ce monde en fièvre.

*

« Neumann, il s'appelle le lieutenant Kurt Neumann. Il est ingénieur. Il a été employé au Lager Hühnlein depuis 1941. »

Hedy croisa les jambes et ajouta délibérément une touche d'ironie dans son regard. La pièce n'avait absolument pas changé depuis cinq ans – le même bureau, le même lustre trop grand, les mêmes dossiers bien rangés sur les étagères. Elle se souvenait de chaque détail, aussi bien que de la conversation qu'elle avait eue avec Clifford Orange et elle voulait qu'il le sache. Au vu de l'expression qu'il affichait, elle était pratiquement sûre qu'il savait ce qu'elle pensait.

Elle l'observait en train de prendre des notes avec une exaspérante lenteur. Il avait maigri, bien sûr, et perdu beaucoup de cheveux. La couleur cramoisie de ses joues, due sans doute à des excès de boisson, était remplacée par de l'eczéma causé par le manque de nourriture. Mais le plus frappant, ce qu'avait remarqué Hedy dès son arrivée, c'était la disparition de son air autoritaire, comme si quelqu'un lui avait ôté toute son arrogance avec une grande cuiller, ne laissant que des miettes d'un fond de soumission aux ordres. Elle aurait voulu le narguer, lui dire qu'elle voyait à quel point il avait changé et en était ravie. Mais elle pensa à Kurt et essaya de ne rien montrer.

La nouvelle était maintenant connue de tous. Des photos de la libération de Bergen-Belsen, où un habitant de Jersey avait miraculeusement survécu, étaient affichées au bureau de poste.

Dans un des cinémas, un film documentaire déclenchait les cris et les pleurs du public. Personne, pas même Clifford Orange, ne pouvait plus prétendre ignorer les conséquences du fait d'avoir déclaré officiellement quelqu'un comme juif.

Hedy se demanda un instant si c'était un sentiment de culpabilité qui le faisait se recroqueviller sur lui ainsi, s'il reconnaissait avoir eu un rôle maudit. Mais il ne manifesta rien de tel quand, ayant fini d'écrire, il releva la tête pour la regarder – mais pas droit dans les yeux, un peu plus bas.

« Eh bien, Miss Bercu, déclara-t-il, il semble que grâce à votre très astucieuse cachette chez Mrs Weber, vous ayez admirablement réussi à vous en sortir. Puis-je vous présenter mes félicitations et exprimer mon soulagement. Vous avez traversé ces expériences sans trop de dommages. Il semble que tout va bien. »

Hedy pensa à ses parents, parqués derrière des barbelés, poussés vers la chambre à gaz. Elle se demanda combien de personnes étaient venues s'asseoir sur cette chaise pour écouter les phrases creuses de Clifford Orange, bien tournées, certes, mais qui ne signifiaient rien. La vérité, c'était que même maintenant, ces hommes en gris détenaient encore du pouvoir et qu'elle devait venir mendier de l'aide auprès d'eux.

« Et le lieutenant Neumann ? » demanda-t-elle.

Il reboucha soigneusement son stylo avant de répondre :

« Je transmettrai l'information au département concerné, naturellement. Mais honnêtement, je doute que cela fasse une différence.

— Mais il m'a sauvé la vie ! Il a risqué la sienne pour me mettre à l'abri, pour m'apporter de quoi manger. Comprenez-vous ce que les Allemands lui auraient fait s'ils avaient découvert qu'il protégeait une Juive ? Un officier de son rang ? »

Elle s'entendait parler de plus en plus fort et essaya de se contrôler.

« Ce que je veux dire, c'est que ce n'est pas un nazi. Il a détesté les autorités allemandes autant que » – là, elle s'arrêta un instant, sachant que les termes qu'elle allait employer seraient très bien compris et tant pis, ou tant mieux – « que n'importe quel être humain normal. Et à mon avis, cela doit être pris en compte. »

Orange lissa sa moustache grise hérissée du doigt.

« Comme je viens de vous le dire, Miss Bercu, l'information sera transmise. Mais le lieutenant Neumann était – enfin, est – un officier ayant servi dans l'armée allemande et en tant que tel sera soumis aux lois et aux décisions du système juridique britannique. Je suis désolé de ne pas pouvoir vous aider davantage. »

La porte s'ouvrit brusquement. Hedy, surprise, vit deux officiers anglais pénétrer dans la pièce sans en demander l'autorisation. Le plus âgé fit un brusque signe de tête à Orange : « Le major veut vous voir tout de suite dans son bureau.

— Mais, comme vous le voyez, je suis en rendez-vous… »

Hedy se leva et s'adressa directement à l'officier : « Mr Orange venait de m'informer qu'il était incapable de m'aider. Donc je pense que le rendez-vous est terminé.

— Merci, madame. » Et se tournant vers Orange : « Allons, après vous, monsieur. »

Orange se mit lentement debout, comme s'il voulait donner l'impression qu'il réagissait à son rythme à lui – mais Hedy soupçonna qu'il se sentait soudain mal. Il alla jusqu'à la porte et sortit, escorté de deux hommes.

Elle prit son sac et allait partir, quand quelqu'un entra brusquement, comme très pressé. Elle le reconnut tout de suite.

« Excusez-moi, vous êtes bien Mr Le Quesne, le député ? »

Il la dévisagea, avec un sourire las.

« Puis-je faire quelque chose pour vous ?

— Je me demandais… » Elle hésita, c'était probablement une perte de temps. Mais elle sentait qu'elle pouvait faire confiance à ce vieil homme si fatigué de toute évidence.

« Pourquoi ces deux officiers voulaient-ils parler à Mr Orange ?

— Tous les fonctionnaires de Jersey sont interrogés par les officiers de renseignement britannique. Pour les débriefer et procéder à une évaluation.

— Une évaluation ?

— Pour s'assurer qu'ils ont exécuté correctement leur tâche. Il a été confirmé que certains fonctionnaires – si vous voyez ce que je veux dire – ont fait preuve d'un excès de zèle dans le respect des ordres venus des Allemands. Si cela était prouvé, il y aura des conséquences. »

Hedy esquissa un sourire et hocha la tête : « Merci, monsieur le député. Je vous souhaite une bonne journée. »

*

Kurt fourra sa brosse à dents dans une des poches de son sac à dos, puis le ferma. Il lui avait fallu cinq minutes pour boucler cinq ans. Il contempla encore une fois la jolie chambre où il avait dormi si longtemps, la fenêtre à petits carreaux, la table de toilette édouardienne, avec son lavabo de porcelaine et sa cruche, le plafond couleur crème dont il connaissait par cœur les moindres fissures… Combien de fois les avait-il contemplées quand, incapable de dormir, il s'inquiétait pour Hedy, se demandant si elle était en sécurité, si elle avait assez à manger, s'il pourrait bientôt la voir. Maintenant, tout allait changer : ce serait Hedy qui, couchée dans un bon lit, se tourmenterait pour lui. Il jeta son sac sur son épaule et s'apprêtait à descendre quand il entendit sa voix dans le hall d'entrée.

Au bout de quelques marches, il la vit qui discutait avec animation avec le sergent anglais, manifestement un peu débordé qui, depuis le matin, vérifiait les noms et les matricules des officiers allemands logés dans la maison.

« Vous ne comprenez pas ! cria-t-elle. Je n'essaye pas de vous empêcher de faire quoi que ce soit ! Je veux juste parler en privé au lieutenant Neumann !

— Je regrette, madame, répondit le sergent. Mais ces hommes sont désormais prisonniers de guerre. Un fourgon cellulaire attend dehors qui doit partir dans cinq minutes et les conduire à un point de rassemblement. »

Cinq minutes, se dit Kurt. Encore cinq minutes. Des années à regarder l'heure, à attendre. Et maintenant tout arrive en cinq minutes.

« C'est bon, sergent, dit-il, dans son meilleur anglais possible. Je vous garantis personnellement que tous les officiers logés ici seront dans le fourgon à l'heure voulue. Pouvez-vous simplement nous accorder un instant ? »

Le sergent lui jeta un regard méfiant, ainsi qu'à Hedy, puis sortit sous le porche pour les laisser seuls. Kurt posa son sac par terre et la dévisagea. Hedy était aussi jolie que d'habitude, mais avec un air déterminé qui le surprenait. C'était celui qu'elle avait eu le jour où, au Lager, elle postulait pour un poste de traductrice. Il attendit, sans bouger. « Je les ai vus aligner des soldats sur la plage. Je ne savais pas si tu n'étais pas déjà parti.

— Tu as entendu, nous n'avons que cinq minutes.

— Tu n'avais pas l'intention de venir me dire au revoir ?

— Je n'ai pas eu le droit de sortir d'ici depuis hier. Et, honnêtement, je n'étais pas sûr que… »

Avec horreur, il sentit une boule se former dans sa gorge et eut du mal à avaler.

« … pas sûr que je pourrais le supporter.

— Oui. Mais tu as oublié quelque chose.

— Vraiment ?

— Tu m'avais dit avoir appartenu aux Mouvements de Jeunesse. Donc avoir d'excellentes manières.

— T'ai-je offensée ? »

Il commençait à avoir envie de rire mais sans être sûr que cela ne se transformerait pas soudain en envie de pleurer. Il avala encore un bon coup.

« Oui, un peu. Tu comprends, j'attends encore. »

Ce petit menton volontaire, cet air décidé. Il aurait voulu lui faire l'amour, là, tout de suite.

« Tu attends quoi ?

— Ma bague de fiançailles. »

Un petit rire lui échappa.

« Tu as raison. Pardonne-moi. Mais depuis quelques jours, je n'ai guère eu l'occasion de faire les magasins. »

Là, ils rirent tous les deux. Puis Kurt déclara : « J'ai une idée. Attends-moi ici. »

Il alla vite trouver le sergent anglais toujours plongé dans ses listes.

« Excusez-moi, dit-il. Puis-je vous demander

quelque chose ? J'aimerais que vous me donniez cet élastique, là, autour de votre dossier. Je voudrais l'offrir à mon amie. »

Le sergent eut d'abord l'air interloqué, puis sembla comprendre. Sans un mot, il le fit glisser et le tendit à Kurt, qui le remercia d'un sourire, puis se hâta d'aller retrouver Hedy.

Il lui prit la main gauche et enroula délicatement à plusieurs reprises l'élastique autour de son annulaire.

« Ce n'est pas exactement ce que j'avais en tête, mais cela fera l'affaire en attendant que je puisse aller chez un bijoutier. Ce qui n'est pas pour tout de suite. »

Hedy étendit la main et caressa tendrement le bout de caoutchouc marron.

« Ça m'est égal d'attendre. Cette bague-là sera toujours ma préférée. »

Il aurait voulu la serrer dans ses bras, mais craignait, s'il le faisait, de ne plus pouvoir la lâcher. Il essaya de trouver quelque chose de sensé à dire, ou peut-être une blague :

« Alors, mariage d'été ou mariage d'hiver ?

— Le lendemain de ta libération.

— Tu sais que cela peut prendre des années.

— Bien sûr que je le sais.

— La découverte des camps de concentration a tellement horrifié le monde qu'il y aura des désirs de vengeance.

— Je le sais aussi. »

Il caressait le bout de ses doigts, puis demanda :

« Qu'est-ce que tu vas faire, maintenant ?

— Oh, rester ici encore un peu, essayer de savoir ce qui est arrivé à mes parents, à Roda et mes autres frères et sœurs. Cela risque d'être long.

— De quoi vivras-tu ?

— Je trouverai bien un travail. J'ai entendu dire que beaucoup de gens qui avaient été évacués en 40 vont revenir. Peut-être que les Mitchells en feront partie. Bien sûr, ils n'auront peut-être plus besoin de moi.

— Je n'imagine pas qu'on ne puisse pas avoir besoin de toi…

— Ça ira. Je suis plus solide que je n'en ai l'air.

— Je le sais.

— Je serai comme le roi Canute, je laisserai les vagues déferler sur moi, sachant que je ne peux rien faire pour les arrêter. »

Il la prit brusquement dans ses bras, l'embrassa, puis s'écarta et ramassa son sac.

« Je dois y aller. N'attends pas pour voir le bateau partir. Rentre t'occuper de Dorothea. »

Elle acquiesça du regard, puis se mordit les lèvres.

« *Auf Wiedersehen.*

— *Bis bald.* »

Il sortit rapidement et alla jusqu'au fourgon cellulaire, y monta et se laissa tomber sur la banquette sans même qu'on lui en donne l'ordre. Il savait que la digue était sur le point de céder et qu'en ce cas, il ne pourrait plus se contrôler. Ce fut presque un soulagement quand les portières se refermèrent.

*

Bien sûr, elle alla regarder le bateau partir. Tout en lui promettant de ne pas le faire, elle savait qu'elle irait. Elle grelotta de froid sur la jetée pendant deux heures, incapable de le distinguer au milieu de ces centaines d'hommes alignés sur la plage de West Park en contrebas, en longues colonnes ou en petits groupes, très calmes – autant qu'elle pouvait le constater – certains debout, d'autres assis, se parlant entre eux, fumant s'il leur restait des cigarettes ou simplement contemplant l'horizon.

Comme c'était étrange de se dire que ces mêmes silhouettes lui avaient inspiré une telle terreur, peu de temps auparavant. Aujourd'hui il ne s'agissait plus que de jeunes soldats épuisés, en uniforme sale, qui n'avaient qu'une envie, rentrer chez eux, conscients que ce rêve s'était évanoui, avec tant d'autres espoirs. Elle les plaignait presque. Il devait y avoir parmi eux des garçons comme Kurt, qu'on avait forcés à adhérer à un mouvement auquel ils ne croyaient pas. Mais peut-être aussi que certains s'accrochaient encore à cette doctrine maudite. Trop fatiguée pour y réfléchir davantage, ou même s'en soucier, elle sentit soudain que sans la brise très fraîche qui soufflait, elle aurait pu s'écrouler et dormir par terre.

Dans la baie, le bateau attendait sa cargaison humaine. Le soir, ils seraient tous partis. On allait revenir vite à une vie normale. Déjà des camions remplis de charbon circulaient, les vitrines des boutiques se remplissaient de marchandises qu'on pourrait acheter dans quelques jours – des chaussures, des vêtements d'enfants, de la batterie de cuisine. La veille, l'*Evening Post* avait annoncé que la poste allait fonctionner normalement tout de suite. Ce soir, Hedy et Dorothea dîneraient d'un délicieux plat de thon en sauce. Kurt, lui, quelque part au milieu de la Manche, n'aurait droit qu'à une ration de prisonnier.

Elle regarda le bateau se remplir peu à peu. Le vent la glaçait jusqu'aux os et elle comprit qu'il était temps de s'en aller. Lentement elle repartit le long de l'Esplanade, au milieu d'une foule où chacun souriait et tenta de répondre de façon appropriée aux saluts qu'on lui adressait. Mais au fur et à mesure qu'elle approchait de West Park Avenue, un pressentiment l'envahit. Elle crut d'abord que c'était à cause du départ de Kurt, et aussi du choc émotionnel du retour à la vie d'avant. Mais en arrivant à la maison, elle sut qu'il allait se passer quelque chose de grave. Elle poussa la porte – plus personne maintenant ne fermait la sienne, depuis la fin de l'Occupation – et entendit des voix dans la cuisine. Elle s'y précipita.

Elle vit Dorothea debout, contre l'évier, et un homme d'environ quarante ans, en uniforme anglais, assis à la table. À ses deux galons blancs, il s'agissait d'un caporal. Elle les dévisagea l'un après l'autre.

« Qu'y a-t-il ?

— Ce monsieur m'apporte un message du haut commandement allemand, dit Dorothea d'une voix rauque. Il semble que c'est arrivé il y a une semaine, mais étant donné les évènements, ça ne m'a pas été transmis. Aussi, les Autorités britanniques ont donné l'ordre que ce me soit remis en mains propres. »

Elle tendit à Hedy un petit morceau de papier beige. Même si elle n'en avait plus vu depuis des années, celle-ci reconnut tout de suite qu'il s'agissait d'un télégramme. Elle se figea sur place : « Anton ? »

Dorothea fit signe que oui : « C'est en allemand mais je crois avoir compris. »

Hedy lut plusieurs fois les quelques lignes tapées à la machine avant d'en saisir réellement le sens :

« Ai le regret de vous informer que le caporal Anton Weber, matricule 734659 de la 14e Division d'Infanterie est mort au service de son pays le 14 octobre 1944. »

Elle alla aussitôt prendre Dorothea dans ses bras, s'attendant à la voir éclater en sanglots, mais rien ne se produisit. Elles restèrent un long moment serrées l'une contre l'autre. L'idée qu'Anton soit probablement mort était tellement ancrée en elles depuis si longtemps que l'apprendre maintenant officiellement n'était plus vraiment un choc. Ou alors elles n'arrivaient plus à exprimer leur émotion. Hedy essaya de revoir le visage d'Anton le jour où, à l'entrée du cinéma, il lui avait présenté Dorothea ou celui où ils avaient ramassé des bigorneaux sur la plage. Mais elle ne ressentait qu'un immense vide en elle. C'est seulement quand le caporal anglais déplaça maladroitement sa chaise en raclant le sol qu'elle se rappela qu'il y avait quelqu'un d'autre dans la pièce.

« Désolé de vous interrompre, dit-il, d'un air embarrassé, mais y a-t-il quelque chose que je puisse faire ? »

Hedy se redressa et alla lui tendre la main : « Non, mais je vous remercie d'être venu. »

Il hocha la tête :

« Ce ne sont jamais de bonnes nouvelles. Ça m'est arrivé l'année dernière – ma sœur et ses enfants, tués par un V2. On n'est jamais préparé à ça.

— Je suis désolée. »

Elle remarqua le regard chaleureux de ses yeux couleur noisette. Son visage hâlé suggérait qu'il avait dû se battre en Afrique du Nord.

« L'Occupation ici a été très dure, dit-elle, mais au moins, nous n'avons pas vécu le Blitz.

— Chacun de nous a eu sa guerre, répliqua-t-il. Je vous présente mes condoléances, Mrs Weber.

— Vraiment ? » s'exclama Dorothea. Hedy, d'un signe de main, lui indiqua que ce n'était pas le bon moment pour déverser son amertume, mais sans pouvoir l'arrêter :

« Mon mari est mort en combattant pour Hitler. Alors, je ne voudrais pas vous voir gaspiller vos précieuses condoléances ! »

Le caporal la regarda bien en face.

« Je pense réellement ce que je vous ai dit. J'ai croisé des tas de gens, de toutes sortes de nationalités, qui se battaient des deux côtés et ils avaient tous en commun de ne pas vouloir la faire, cette fichue guerre. »

Dorothea se calma : « Merci de dire cela, monsieur.

— Je vous en prie. Je m'appelle Frank. Frank Flanagan. Et j'en ai marre de ne plus être qu'un matricule. Honnêtement, je ne souhaite qu'une chose, rentrer chez moi dans le Cheshire. »

Au ton de sa voix, signifiant qu'il avait quelque part une vie encore pleine de visages familiers, Hedy fut malade d'envie. Il prit sa casquette, posée sur la table, et s'adressa à Dorothea : « Vous venez de recevoir un choc. Maintenant que votre amie est là, je vais vous laisser. »

Et il quitta discrètement la pièce, puis la maison. Hedy avait encore le télégramme à la main et Dorothea, toujours debout, semblait ne plus savoir quoi faire.

« Kurt est parti ? » demanda-t-elle.

Hedy fit signe que oui.

« Bon, eh bien c'est comme ça, dit-elle. Je pense que je vais préparer le dîner.

— Non, laisse-moi faire.

— Je préfère avoir les mains occupées à quelque chose. »

Elle s'affaira dans la cuisine et à six heures, elles se mirent à table pour se servir de généreuses portions de thon en sauce. Dans un coin de la pièce, la radio déversait de la musique et des voix qui les reliaient au monde extérieur. Au bulletin d'information, elles entendirent que les forces de l'Axe avaient été battues en Yougoslavie, avec l'aide des partisans soutenus par l'armée britannique, puis que Nagoya venait d'être lourdement bombardé, ce qui signifiait que la victoire sur le Japon était proche. Dorothea proposa à Hedy de se resservir, mais elle refusa. Elles n'avaient, ni l'une ni l'autre, mangé la moitié de ce qu'il y avait dans leurs assiettes.

L'arrivée du journal du soir leur offrit une pause. Hedy parcourut les déclarations du bailli, annonçant par exemple qu'on revenait à la livre sterling, puis son œil fut attiré par un court titre, en page intérieure. Il était question de certains officiers supérieurs allemands qui, pour ne pas être arrêtés, s'étaient habillés en vêtements civils et avaient essayé de se faire passer pour des insulaires. Des militaires anglais venaient de découvrir un de ces lâches individus, caché dans les toilettes, au fond du jardin d'une ferme abandonnée. Il n'avait offert aucune résistance mais pleuré de façon hystérique. Il s'agissait d'Erich Gerhard Wildgrube, membre de la police secrète.

Après le repas, elles firent la vaisselle, avec du bicarbonate et du vinaigre. Par la fenêtre ouverte leur parvenaient les rires et les chansons d'une fête qui battait son plein dans la maison voisine. Des enfants sortaient courir dans le jardin, des casseroles sur la tête en guise de casques en faisant du doigt le geste de se tirer dessus. On entendit un véritable chœur entonner *Bill Bailey* et *All the Nice Girls Love a Sailor*. Elles échangèrent un sourire.

Puis elles rangèrent la vaisselle. Le soleil se couchait et les derniers rayons dorés éclairaient encore l'entrée. Dorothea éteignit la radio et alluma un petit feu de charbon, dans la cheminée, car la soirée était vraiment fraîche. Elles s'installèrent à la table, Dorothea avec du raccommodage et Hedy avec un livre. Mais au bout de deux heures, elles n'avaient, l'une, cousu qu'un seul bouton, l'autre, lut seulement trois pages. Elles ne disaient rien. La fête chez les voisins prenait fin. Les invités s'en allaient les uns après les autres. Le soir tombait. Il y avait maintenant deux bougies neuves dans le placard mais aucune ne suggéra de les allumer. Puis Dorothea alla se coucher.

C'était la fin de l'Occupation. Vraiment la fin. Elles étaient vivantes et libres.

Hedy resta encore une heure dans la cuisine, plongée dans l'obscurité, le regard dans le vide. Puis elle aussi alla dormir.

Épilogue

1946

Elle n'arrivait tout simplement pas à boucler sa valise. Elle essaya d'appuyer davantage en s'asseyant dessus tout en tentant de faire glisser un des fermoirs métalliques. Puis elle dut se résoudre à l'inévitable et à enlever un cardigan et les pantoufles qu'on lui avait offertes à Noël. Des lainages, elle en avait d'autres, se dit-elle, et elle pourrait toujours acheter de nouvelles pantoufles, après avoir touché son premier salaire et s'être fait faire une nouvelle carte de rationnement. La valise se ferma alors sans problème et sûre qu'elle ne se rouvrirait plus toute seule, elle la souleva du lit et descendit l'escalier en faisant bien attention de ne pas abîmer au passage la paroi en bois ciré dont Mrs Mitchell se montrait très fière.

Toute la famille était sortie à cette heure-là et Hedy s'en réjouit. Dire encore une fois au revoir aurait été trop pour elle. La veille, les Mitchells avaient organisé une très jolie petite fête pour son départ, avec des cadeaux soigneusement choisis : des mouchoirs, des savons à la lavande et une carte avec un dessin de la petite fille. Elle savait qu'ils allaient terriblement lui manquer et leur avait fait promettre de lui écrire chaque semaine. Superviser les devoirs et aller à la plage ne ressemblait pas vraiment à du travail et elle aimait aussi les tâches ménagères, l'odeur des draps fraîchement lavés, celle de l'encaustique sur les meubles. Mais à d'autres moments, quand elle se promenait seule, son jour de congé, ou réfléchissait dans son lit, le soir, elle sentait bien le décalage qu'il y avait entre la vie confortable des Mitchells et sa propre situation. Depuis plusieurs semaines, elle se disait qu'il allait certainement falloir qu'elle parte.

On était maintenant à la mi-janvier. Le matin, il y avait une épaisse couche de givre sur la pelouse. Elle mit son gros manteau marron et le chapeau assorti. Devant le miroir du hall d'entrée, elle se passa un peu de rouge sur les lèvres et de poudre sur le nez. Quand elle entendit klaxonner dehors, elle jeta un dernier coup d'œil à cette si jolie maison, puis empoigna sa valise et sortit dans le froid de cet après-midi d'hiver.

Dorothea, assise à la place du passager, dans la vieille Austin, agita la main à la portière. Frank Flanagan descendit pour l'aider à charger sa valise et plaisanta parce qu'elle était si légère.

« C'est vraiment tout ce que vous avez ?

— Toutes mes possessions terrestres, répondit

Hedy avec un petit sourire. Vous croyez que je devrais penser à me constituer un trousseau ?

— Eh bien, Dory n'en avait pas et ça m'était bien égal. Et je ne crois pas que c'est à votre lingerie que votre fiancé s'intéressera quand il sera libéré. »

Elle rit, puis s'installa sur la banquette arrière. Frank démarra et ils furent bientôt sur St Saviours Road, descendant vers le port. Dorothea se retourna pour attraper la main de Hedy.

« Oh, je suis tellement excitée pour toi ! À quelle heure ton bateau arrivera-t-il à Weymouth ?

— Nous devons accoster à six heures du matin. Puis je prendrai le train, avec trois changements, pour aller jusqu'à Plumpton.

— Mon Dieu, tu seras épuisée après tout cela ! J'aurais dû t'apporter un sandwich. Frank, je n'avais pas dit que j'en préparerais un ?

— Si, dit-il, tu m'as même réveillé pour ça. »

Et dans le rétroviseur, il fit un clin d'œil à Hedy.

« Et quand pourras-tu voir Kurt ?

— Si la demande que j'ai faite par écrit est arrivée, jeudi prochain. Il a l'air d'aller bien sur la photo qu'il m'a envoyée. Là où il est maintenant, on les fait surtout travailler dehors.

— Tu lui transmettras toutes mes amitiés, n'est-ce pas ? Vous allez être si heureux tous les deux. »

Hedy regardait défiler une dernière fois les lieux qu'elle connaissait si bien : les rues arpentées avec Kurt, quand elle portait l'uniforme allemand… La boulangerie de Mr Reis, avec un nouveau patron… La prison où Kurt avait passé deux semaines à cause d'elle… Les souvenirs se bousculaient, des images surgissaient, puis disparaissaient. Quand ils arrivèrent sur le quai, elle avait la tête qui tournait.

Frank alla garer la voiture, tandis que Dorothea et Hedy regardaient le bateau. Ses énormes cheminées se détachaient contre le ciel en train de s'obscurcir. La marée était haute et l'eau venait heurter les pierres noircies du quai, indiquant une mer agitée au large. Hedy regarda Dorothea, se souvenant de la dernière fois où elles s'étaient trouvées là toutes les deux. Comme si elle lisait dans ses pensées elle lui dit :

« Tu sais, Anton serait content pour toi.

— Oui, approuva Dorothea. Je sais. Frank est tellement gentil et ça fait toute la différence. À mon nouveau bureau, on ne m'appelle que Mrs Flanagan. Parfois, j'aimerais parler d'Anton, dire comme il était merveilleux, mais…

— Dory, quelquefois, il vaut mieux laisser les choses suivre leur cours.

— De toute façon, l'été prochain, nous partons nous installer dans le Cheshire. Frank veut créer sa propre boîte et tous ses contacts sont là-bas. Ça sera un nouveau départ pour nous deux.

— N'oublie pas de m'écrire.

— Tu veux rire ! Bien sûr que j'écrirai à ma meilleure amie ! »

Hedy la serra dans ses bras, les bords de leurs chapeaux respectifs se heurtant un peu. Frank arriva avec la valise et ils s'étreignirent encore en parlant tous les trois en même temps, pour se souhaiter bonne chance et promettre de se rendre visite bientôt. Hedy les embrassa une dernière fois et s'engagea sur la passerelle. Elle se retourna pour leur faire signe encore, jusqu'à ce qu'ils repartent vers la voiture. Elle descendit deux escaliers, jusqu'à la place qu'elle avait réservée, y installa sa valise, puis remonta sur le pont, à l'arrière, où elle trouva un coin tranquille, pour attendre le départ. Bientôt les moteurs se mirent à gronder sous ses pieds, envoyant des vibrations jusque dans ses genoux. Au milieu des remous écumants, le bateau commença lentement à s'écarter du quai et à se diriger vers la sortie du port.

Hedy resta là, à regarder le rivage s'éloigner, admirant les lumières qui se reflétaient dans l'eau noire. Puis elle ouvrit son sac et en sortit ce qu'elle avait de plus précieux, une enveloppe marron entourée d'un ruban, avec les lettres reçues récemment. Elle déplia la première et sourit de l'écriture ronde, encore enfantine de Roda. Et elle pensa au jour où elle l'avait trouvée sur le paillasson à la porte des Mitchells et à la joie de ceux-ci devant sa réaction à elle. Elle s'attarda sur le passage qu'elle préférait :

et maintenant, je suis installée à Hedera. Aussi tu peux imaginer mon bonheur en découvrant que

Daniel, notre petit frère chéri, vit à Tel-Aviv, à moins de cinquante kilomètres. Il réussit très bien et écrit régulièrement à Golda, qui est à Londres. Maintenant la poste fonctionne. Chana et son mari adorent l'Australie et ont le projet d'y rester. Nous sommes tous d'accord et très déterminés à savoir ce qui est arrivé à Maman et à Papa, peu importe le temps que cela prendra. Nous pensons que la Croix-Rouge peut nous aider.

Hedy remit la lettre dans l'enveloppe et soupira. Elle savait qu'il n'y aurait pas grand-chose à découvrir. Connaître les dates et les lieux exacts ne changerait rien. Peut-être les aider à tourner la page en quelque sorte, à accepter, après tant d'années d'incertitude. Elle glissa ses doigts pour sortir un autre feuillet :

Ma chérie, je n'arrive pas à croire que ce nouveau travail que tu as trouvé n'est qu'à quelques kilomètres de là où je suis. J'aime beaucoup les travaux agricoles et il est question qu'on nous libère dans les prochains mois. Dès que j'aurai une date, il faudra que tu choisisses ta bague de fiançailles. Être séparé de toi a été le plus difficile à supporter. Je suis tellement impatient de te revoir. Je t'aime.

K.

Elle serra la lettre contre son cœur, avant de la ranger soigneusement et de fermer son sac. En même temps, elle sourit en regardant l'élastique enroulé autour de son annulaire et l'embrassa.

Le port commençait à disparaître et les vagues devenaient plus fortes au fur et à mesure que le bateau gagnait le large. Elle semblait maintenant si petite, cette île qui avait été sa prison. Hedy savait qu'elle avait eu de la chance. Tant de gens étaient morts aux mains des envahisseurs et tant d'autres ne reverraient jamais ces rivages. C'était difficile d'y penser sans éprouver un violent désir de vengeance. On pouvait si facilement ressentir de la haine, se dit-elle. Ce genre d'émotion nocive ne flottait jamais loin de la surface, à la recherche d'une cible, pour s'épanouir telle une algue empoisonnée. Alors que le pardon restait enfoui, inerte, au plus profond des âmes, incapable de réagir quand le devoir l'appelle. Kurt et elle sauraient-ils résister à la tentation ? « Même si vous oubliez le passé, lui se souviendra de vous », répétait souvent sa mère. Hedy se dit que ce ne serait sans doute que dans plusieurs années qu'elle découvrirait si c'était vrai.

Les vagues devenaient de plus en plus fortes, le bateau roulait et tanguait avant de contourner Noirmont Point. Elle s'agrippa au bastingage, sentant des forces invisibles s'acharner contre la coque sous la surface de l'eau. Les courants de la Manche essaieraient de l'entraîner vers l'ouest, alors qu'il se dirigeait vers la côte anglaise. Mais la force de ses moteurs le maintiendrait dans la bonne direction.

Elle ferma les yeux. Le vent glacial lui mordait la peau. Elle sourit dans le noir et décida que tout irait bien pour elle et Kurt. Ils trouveraient le moyen de se libérer du passé, de chercher de nouvelles terres, où vivre de nouvelles aventures. L'Europe était en ruine, mais déjà des milliers d'hommes et de femmes arrivaient avec les outils, les idées et les lois pour la reconstruire. À cet instant précis, à cent kilomètres à peine, on apprenait à des enfants, au moment de leur toilette du soir, que Hedy allait arriver. On lui préparait un bon lit dans une jolie chambre à la campagne. Dans quelques mois, Kurt serait libre. Là-bas, au-delà de l'horizon, il y avait le port de Weymouth, des fermes, des villages, des champs labourés pour le blé d'hiver et bientôt les lueurs dorées du petit matin.

Remerciements

Je voudrais remercier le docteur Gilly Carr, Senior Lecturer à l'université de Cambridge, auteur de nombreux livres et articles sur l'histoire de l'Occupation à Jersey, qui m'a permis d'avoir accès à tous les faits à l'origine de ce livre. C'est elle qui a soumis à Yad Vashem, l'Institut international pour la mémoire de la Shoah à Jérusalem, la candidature de Dorothea Weber, née Le Brocq, au titre de Juste parmi les nations – décerné à titre posthume en 2016 – faisant ainsi connaître au grand public une extraordinaire histoire. On ne peut qu'admirer ses travaux sur ce qui s'est passé pendant la guerre dans les îles Anglo-Normandes.

Je remercie aussi Bob Le Sueur et Bruce Scott Dalgleish, qui ont partagé avec moi leurs souvenirs. Susannah Waters et Julie Corbin qui m'ont beaucoup aidée à passer du statut de scénariste à celui de romancière. Maurice Gran, Jo Briggs et Gabbie Asher qui ont vérifié la terminologie pour ce qui concerne le judaïsme. Le merveilleux George Aboud qui, plus que quiconque, m'a aidée à mettre en forme ce livre, quand il n'était qu'un projet – et avec tant de gentillesse. Feu ma grand-mère, Grace Lecoat, qui m'a appris la chanson *Les merveilleuses raves,* créée par le groupe amateur du Green Room Club pendant la guerre.

Je remercie aussi Sean Mc Ternan, mon agent John Beaton, pour avoir cru en moi, et ma merveilleuse éditrice, Alison Rae, qui m'a tant soutenue.

Enfin merci à mon formidable mari, qui a affronté mes crises d'énervement, quand je répétais que « je n'y arriverai jamais », avec son stoïcisme habituel, son humour et son amour.

DE LA MÊME AUTRICE

Au Mercure de France

LA CLANDESTINE DE JERSEY, 2022 (Folio nº 7329)

COLLECTION FOLIO

Dernières parutions

7085. Gilbert Sinoué — *L'île du Couchant*
7086. Federico García Lorca — *Aube d'été* et autres impressions et paysages
7087. Franz Kafka — *Blumfeld, un célibataire plus très jeune* et autres textes
7088. Georges Navel — *En faisant les foins* et autres travaux
7089. Robert Louis Stevenson — *Voyage avec un âne dans les Cévennes*
7090. H. G. Wells — *L'Homme invisible*
7091. Simone de Beauvoir — *La longue marche*
7092. Tahar Ben Jelloun — *Le miel et l'amertume*
7093. Shane Haddad — *Toni tout court*
7094. Jean Hatzfeld — *Là où tout se tait*
7095. Nathalie Kuperman — *On était des poissons*
7096. Hervé Le Tellier — *L'anomalie*
7097. Pascal Quignard — *L'homme aux trois lettres*
7098. Marie Sizun — *La maison de Bretagne*
7099. Bruno de Stabenrath — *L'ami impossible. Une jeunesse avec Xavier Dupont de Ligonnès*
7100. Pajtim Statovci — *La traversée*
7101. Graham Swift — *Le grand jeu*
7102. Charles Dickens — *L'Ami commun*
7103. Pierric Bailly — *Le roman de Jim*
7104. François Bégaudeau — *Un enlèvement*
7105. Rachel Cusk — *Contour. Contour – Transit – Kudos*
7106. Éric Fottorino — *Marina A*
7107. Roy Jacobsen — *Les yeux du Rigel*
7108. Maria Pourchet — *Avancer*
7109. Sylvain Prudhomme — *Les orages*
7110. Ruta Sepetys — *Hôtel Castellana*
7111. Delphine de Vigan — *Les enfants sont rois*
7112. Ocean Vuong — *Un bref instant de splendeur*
7113. Huysmans — *À Rebours*
7114. Abigail Assor — *Aussi riche que le roi*
7115. Aurélien Bellanger — *Téléréalité*

7146. Collectif — *SOS Méditerranée*
7147. Régis Debray — *D'un siècle l'autre*
7148. Erri De Luca — *Impossible*
7149. Philippe Labro — *J'irais nager dans plus de rivières*
7150. Mathieu Lindon — *Hervelino*
7151. Amos Oz — *Les terres du chacal*
7152. Philip Roth — *Les faits. Autobiographie d'un romancier*
7153. Roberto Saviano — *Le contraire de la mort*
7154. Kerwin Spire — *Monsieur Romain Gary. Consul général de France*
7155. Graham Swift — *La dernière tournée*
7156. Ferdinand von Schirach — *Sanction*
7157. Sempé — *Garder le cap*
7158. Rabindranath Tagore — *Par les nuées de Shrâvana* et autres poèmes
7159. Urabe Kenkô et Kamo no Chômei — *Cahiers de l'ermitage*
7160. David Foenkinos — *Numéro deux*
7161. Geneviève Damas — *Bluebird*
7162. Josephine Hart — *Dangereuse*
7163. Lilia Hassaine — *Soleil amer*
7164. Hervé Le Tellier — *Moi et François Mitterrand*
7165. Ludmila Oulitskaïa — *Ce n'était que la peste*
7166. Daniel Pennac — *Le cas Malaussène I Ils m'ont menti*
7167. Giuseppe Santoliquido — *L'été sans retour*
7168. Isabelle Sorente — *La femme et l'oiseau*
7169. Jón Kalman Stefánsson — *Ton absence n'est que ténèbres*
7170. Delphine de Vigan — *Jours sans faim*
7171. Ralph Waldo Emerson — *La Nature*
7172. Henry David Thoreau — *Sept jours sur le fleuve*
7173. Honoré de Balzac — *Pierrette*
7174. Karen Blixen — *Ehrengarde*
7175. Paul Éluard — *L'amour la poésie*
7176. Franz Kafka — *Lettre au père*
7177. Jules Verne — *Le Rayon vert*

7178.	George Eliot	*Silas Marner. Le tisserand de Raveloe*
7179.	Gerbrand Bakker	*Parce que les fleurs sont blanches*
7180.	Christophe Boltanski	*Les vies de Jacob*
7181.	Benoît Duteurtre	*Ma vie extraordinaire*
7182.	Akwaeke Emezi	*Eau douce*
7183.	Kazuo Ishiguro	*Klara et le Soleil*
7184.	Nadeije Laneyrie-Dagen	*L'étoile brisée*
7185.	Karine Tuil	*La décision*
7186.	Bernhard Schlink	*Couleurs de l'adieu*
7187.	Gabrielle Filteau-Chiba	*Sauvagines*
7188.	Antoine Wauters	*Mahmoud ou la montée des eaux*
7189.	Guillaume Aubin	*L'arbre de colère*
7190.	Isabelle Aupy	*L'homme qui n'aimait plus les chats*
7191.	Jean-Baptiste Del Amo	*Le fils de l'homme*
7192.	Astrid Eliard	*Les bourgeoises*
7193.	Camille Goudeau	*Les chats éraflés*
7194.	Alexis Jenni	*La beauté dure toujours*
7195.	Edgar Morin	*Réveillons-nous !*
7196.	Marie Richeux	*Sages femmes*
7197.	Kawai Strong Washburn	*Au temps des requins et des sauveurs*
7198.	Christèle Wurmser	*Même les anges*
7199.	Alix de Saint-André	*57 rue de Babylone, Paris 7e*
7200.	Nathacha Appanah	*Rien ne t'appartient*
7201.	Anne Guglielmetti	*Deux femmes et un jardin*
7202.	Lawrence Hill	*Aminata*
7203.	Tristan Garcia	*Âmes. Histoire de la souffrance I*
7204.	Elsa Morante	*Mensonge et sortilège*
7205.	Claire de Duras	*Œuvres romanesques*
7206.	Alexandre Dumas	*Les Trois Mousquetaires. D'Artagnan*
7207.	François-Henri Désérable	*Mon maître et mon vainqueur*
7208.	Léo Henry	*Hildegarde*

7209.	Elizabeth Jane Howard	*Confusion. La saga des Cazalet III*
7210.	Arthur Larrue	*La diagonale Alekhine*
7211.	Hervé Le Tellier	*Inukshuk, l'homme debout*
7212.	Jean-Christophe Rufin	*La princesse au petit moi. Les énigmes d'Aurel le Consul*
7213.	Yannick Bestaven	*Mon tour du monde en 80 jours*
7214.	Hisham Matar	*Un mois à Sienne*
7215.	Paolo Rumiz	*Appia*
7216.	Victor Hugo	*Préface de* Cromwell
7217.	François-René de Chateaubriand	*Atala* suivi de *René*
7218.	Victor Hugo	*Le Rhin*
7219.	Platon	*Apologie de Socrate*
7220.	Maurice Merleau-Ponty	*Le doute de Cézanne*
7221.	Anne Delaflotte Mehdevi	*Le livre des heures*
7222.	Milena Busquets	*Gema*
7223.	Michel Butor	*Petite histoire de la littérature française*
7224.	Marie Darrieussecq	*Pas dormir*
7225.	Jacky Durand	*Plus on est de fous plus on s'aime*
7226.	Cecil Scott Forester	*Hornblower aux Antilles. Capitaine Hornblower*
7227.	Mia Kankimäki	*Ces héroïnes qui peuplent mes nuits*
7228.	François Noudelmann	*Les enfants de Cadillac*
7229.	Laurine Roux	*L'autre moitié du monde*
7230.	Robert Seethaler	*Le dernier mouvement*
7231.	Gilbert Sinoué	*Le Bec de Canard*
7232.	Leïla Slimani	*Regardez-nous danser. Le pays des autres, 2*
7233.	Jack London	*Le Loup des mers*
7234.	Tonino Benacquista	*Porca miseria*
7235.	Daniel Cordier	*La victoire en pleurant. Alias Caracalla 1943-1946*
7236.	Catherine Cusset	*La définition du bonheur*

7237. Kamel Daoud — *Meursault, contre-enquête*
7238. Marc Dugain — *La volonté*
7239. Alain Finkielkraut — *L'après littérature*
7240. Raphaël Haroche — *Une éclipse*
7241. Laura Kasischke — *À Suspicious River*
7242. Étienne Kern — *Les envolés*
7243. Alexandre Labruffe — *Wonder Landes*
7244. Virginie Ollagnier — *Ils ont tué Oppenheimer*
7245. John Steinbeck — *Des souris et des hommes*
7246. Collectif — *La poésie à vivre. Paroles de poètes*
7247. Gisèle Halimi — *Plaidoirie pour l'avortement*
7248. Gustave Flaubert — *Récits de jeunesse*
7249. Santiago H. Amigorena — *Le premier exil*
7250. Fabrice Caro — *Samouraï*
7251. Raphaël Confiant — *La muse ténébreuse de Charles Baudelaire*
7252. Annie Ernaux — *L'autre fille*
7253. Margaret Kennedy — *Le festin*
7254. Zoé Oldenbourg — *Argile et cendres*
7255. Julie Otsuka — *Quand l'empereur était un dieu*
7256. Pascal Quignard — *L'amour la mer*
7257. Salman Rushdie — *Grimus*
7258. Antoine Wauters — *Le musée des contradictions*
7259. Nathalie Azoulai — *La fille parfaite*
7260. Claire Castillon — *Son empire*
7261. Sophie Chauveau — *Journal intime de la Vierge Marie*
7262. Éric Fottorino — *Mohican*
7263. Abdulrazak Gurnah — *Paradis*
7264. Anna Hope — *Le Rocher blanc*
7265. Maylis de Kerangal — *Canoës*
7266. Anaïs LLobet — *Au café de la ville perdue*
7267. Akira Mizubayashi — *Reine de cœur*
7268. Ron Rash — *Une terre d'ombre*
7269. Yasmina Reza — *Théâtre II*
7270. Emmanuelle Salasc — *Hors gel*

Tous les papiers utilisés pour les ouvrages
des collections Folio sont certifiés
et proviennent de forêts gérées durablement.

Composition : Nord Compo
Impression Grafica Veneta
à Trebaseleghe, le 16 janvier 2024
Dépôt légal : janvier 2024

ISBN 978-2-07-304354-2 / Imprimé en Italie

617682